一日三秋

劉震雲 著

作者序

人命與笑話
——就《一日三秋》致臺灣讀者

《一日三秋》是一本關於笑話的書。是笑話跟一個人，一群人，跟這個世界的關係。現實世界中，許多人把自己活成了笑話，還有一個人，每天夜裡到人的夢裡尋找笑話，靠笑話的滋養，長生不老，活了三千多年；不但長生不老，還青春永駐，三千多年過去，仍是十七八歲的美麗的少女。

《一日三秋》的主人公叫陳明亮。他目睹他的父輩一個個把自己活成了笑話。他也時常把自己活成笑話，或者，生活時常讓他成為笑話；他不好意思的地方是，成了笑話，他為什麼還堅強地笑著呢？

明亮不愛說話，不說話不是沒話，而是說話沒人聽；這些話壓在心底，便成了心事。問題是，像明亮一樣的人成千上萬；成千上萬的人走在街上，他們的心事便成了洪流。這些心事的洪流，恰恰又推動和改變了把他們變成笑話的世界，成為歷史，也昭示著未來。

明亮年輕時有一個愛好，愛吹笛子。別人吹笛子是為了娛樂，明亮吹笛子是為了吹出他的心事。吹著吹著，明亮還能吹到心事之外，吹出無可名狀的對世界的感受和心緒；吹的是這些事情，又不是這些事情；這些曲子裡藏的心情，只可意會，不可言傳。明亮想，如果能夠言傳，還吹笛子幹什麼？

這是所有音樂、藝術、文學跟生活的關係。

這也是我寫這本小說和所有小說的原因和目的。

問題是，明亮到中年之後，漸漸把吹笛子的愛好給淡忘了。這也是無可名狀的笑話。唯一對愛好矢志不忘的人，是那個活了三千多年的美麗的少女。愛聽笑話的你，原來是個非常嚴肅的人。

到目前為止，我許多作品被翻譯成二十多種文字，文字所到之處，大家都說我很幽默。其實這是一種誤會，他們沒到過我們村，我們村的人，個個比我幽默。生活本身，遠遠又比我們村幽默。我不生產幽默，我只是生活的搬運工。

人間多少事，兩三笑話中。世上有許多笑話，注定要流著淚聽完。

笑話再往前走一步，就是嚴肅；嚴肅再往前走一步，就是笑話。

「這是本笑書，也是本哭書，歸根結柢，是本血書——多少人用命堆出的笑話，還不是血書嗎？」——《一日三秋》中的話。

到目前為止，我在臺灣九歌出了十一本書，使我跟臺灣讀者有了持久的聯繫；通過這種聯繫，我受益良多。謝謝九歌出版社，謝謝每一個讀了我作品的臺灣讀者。

劉震雲　二〇二三年四月

目次

前言

六叔的畫

寫完這部小說，回過頭來，我想說一說寫這部小說的初衷。

為了六叔，為了六叔的畫。

六叔曾在延津縣豫劇團拉弦子。因在家中排行老六，他年輕時，人稱小六，或六哥；上了年紀，後輩稱他六叔。我八歲那年，延津縣豫劇團招收學員，我也曾去考過。上臺剛唱了兩句，就被團長轟下了臺。天才呀，殺雞一樣，想學這麼難聽的嗓門都難，團長說。當時我媽在縣城東街副食品門市部賣醬油，六叔去打醬油時對我媽說，劉姊，你家孩子上臺時，我盡力了，弦子的調，定得最低。我媽說，爛泥扶不上牆。六叔在劇團除了拉弦，也畫布景。

後來各家買了電視機，無人看戲了，劇團便解散了，六叔去了縣國營機械廠當翻砂工；後來機械廠倒閉了，又去縣棉紡廠當機修工。上班之餘，六叔再沒摸過弦子，倒是拾起當年畫布景的手藝，在家中作畫。春節之前，也寫春聯，拿到集市上賣，補貼家用。

一年中秋節，我回延津探親，在街上碰到六叔，說起當年我報考劇團的事，六叔說，幸虧當年沒考上，不然現在也失業了。兩人笑了。六叔問，聽說你現在寫小說？我說，叔，誤入歧途。又問他，聽說你現在畫畫？六叔說，你嬸天天罵我，說我神經病。又說，神經就神經吧，沒個抓撓消磨時間，心裡就煩悶死了。我說，可不，寫小說也是這樣，就是為了解個煩悶，不是什麼經天緯地的大事。兩人又笑了。後來我送他幾本我寫的小說，他邀我去他家看畫。久而久之，成了習慣，每年或清明，或端午，或中秋，或春節，我回老家探親，都去六叔家看畫。他斷斷續續畫，我跟著斷斷續續看。六叔主要是畫延津，但跟眼前的延津不一樣。延津不在黃河邊，他畫中的延津縣城，面臨黃河，黃河水波浪滔天；岸邊有一渡口。延津是平原，境內無山，他畫出的延津縣城，背靠巍峨的大山，山後邊還是山；山頂上，還有常年不化的積雪。有一年端午節，見他畫中，月光之下，一個俊美的少女笑得前仰後合，身邊是一棵柿子樹，樹上掛滿了燈籠一樣的紅柿子，我便問，這人是誰？六叔說，一個誤入延津的仙女。我問，她在笑啥？六叔說，去人夢裡聽笑話，給樂的。又說，誰讓咱延津人愛說笑話呢？又見一幅畫中，畫著一群男女的人頭，聚在一起，張著大嘴在笑。另一幅畫中恰恰相反，一群人頭，面目嚴肅，閉著眼睛。大笑的我能理解，延津人愛說笑話，閉著眼睛嚴肅又為哪般？我問六叔。六叔說，被笑話壓死的。又說，有喜歡笑話的，就有喜歡嚴肅的，或者說，被嚴肅壓死了。另有一幅畫中，是個飯館，一人躺在桌下，眾人圍攏一圈，桌上殘羹剩汁，其中一只盤子裡，就剩一個魚頭，魚頭在笑。地上這人怎麼了？我問。六叔說，他正在吃魚，旁桌的人說了一個笑話，他一笑，被魚刺卡死了，或者，被笑話卡死了。我看畫的名字是：公共場所，莫談笑話。我說，六叔，你夠後現代呀。六叔搖搖手，這些名詞我也不懂，就是隨心畫開去。我說，隨心畫開去，是個境界呀。六叔搖頭：詞不達意，詞不達意。這天六嬸在旁邊。六嬸年輕的時候也在劇團唱戲，唱刀馬旦；劇團解散後，去縣糖果廠包糖紙。六嬸插話說，既然想畫畫，咋不畫些有用的？六叔問，啥叫有用？六嬸說，畫些花開富貴，畫些喜鵲登枝，畫些丹鳳朝陽，哪怕畫些門神，像春聯一樣，也能拿到集上賣去。又說，筆墨紙硯，各種顏料，你可花出去不少錢。六叔沒應六嬸，我也沒居中解釋。這事解釋也解釋不清楚。一年端午節，又見一幅畫中，一個女子在黃河上空起舞，如仙女飛天，如嫦娥奔月。我問，這女子是誰？這天六嬸沒在旁邊，六叔說，一個鬼魂。我問，誰呀？六叔低聲說，過去也在劇團唱戲，與叔，也算個紅塵知己，後來嫁了別人，後來因為一把韭菜上吊了，前些天來我夢中，就是這麼在河上跳舞。又說，跳哇跳哇。又悄聲說，別告訴你六嬸。一年中秋節，又見一幅畫中，一個男人肚子裡，裝著一個女人，在上火車。我指著肚子裡那女人，誰呀？六叔說，也是一個鬼魂。我問，為啥跑到別人肚子裡去了？六叔說，附到別人身上，是為了千里尋親人呀。一年清明節，又見一幅畫中，六叔畫出的地獄，眾小鬼，有正在被割鼻子的，有正在被剜眼睛的，有正在被鋸成兩半的，有正在被架到火上烤的，有正在被扔到刀山上的，隔著畫，我都能聽到鬼哭狼嚎，卻見畫中的閻羅在笑。我問，這麼血腥的場面，閻羅為啥笑？六叔說，一個小鬼，臨死之前，說了一個笑話，閻羅問，你是延津人吧？聽六叔這麼說，我也搖頭笑了。六叔又說，總體上說，延津還是以笑為主。又見一幅畫中，一個道婆模樣的人，嘴裡念念有詞，正在用鋼針，把一些用紙疊成的小人往木板上釘，畫名是：無冤無仇。我問，無冤無仇，釘人家幹麼？六叔說，是個職業。我明白了，背上起了一層冷汗。六叔也畫日常生活中的人，如北關正賣羊湯的吳大嘴，西關正滷豬蹄的老朱，東街正在算命的瞎子老董，還有正在十字街頭掃大街的郭寶臣等等。這時筆法又非常寫實，還原成素描。六叔指著吳大嘴，整個延津縣，羊湯數他熬得好，可惜剛過四十就死了。又說，吃得太胖了。又說，整天不苟言笑，滿腹心事，還是被心事壓死了。六叔指著算命的老董，這個老董，胡說了一輩子。又說，有眼人解決不了的難題，只能找瞎子了；又說，正經解決不了的問題，只能找胡說了。指著郭寶臣，老郭這輩子是個掃大街的，老董說，他上輩子卻是個總理大臣，上輩子殺人如麻，這輩子把自個兒打掃打掃。又說，老郭一腦子糨糊，他的兒子，卻去英國留學了，這就叫負負為正。六叔也畫過一幅兩米見方的大畫，也是素描，畫中，全是當年劇團的同事，在畫中各具神態。六叔指著畫中的人，這人叫陳長傑，劇團解散之後，他老婆喝農藥死了，他就去了武漢，在武漢機務段當司爐；這是孫小寶，當年唱丑生的，後來去了大慶，在大慶油田當鑽井工；又指著圖中一個四五歲的小孩，這是陳長傑的兒子，叫明亮，小的時候，天天在後臺玩，長大之後，因為說不出口的原因，從延津去了西安。又指著畫中一個女的，悄聲對我說，她，就是在黃河上跳舞的人。我會意，這就是六叔當年的紅塵知己。湊上去細看，說，果然漂亮。六叔說，往事不堪回首。又說，這畫上的人，有七八個已經沒了。又說，畫這幅畫的時候，把許多人都忘了，沒畫上去。這年春節，又見一幅畫中，一個孩子沿著鐵路奔跑，天上飄著一只風箏，身後跟著一頭老牛。我問，這個孩子，咋跑在鐵路上？六叔說，他把火車坐反了。我看這幅畫的名字就叫「坐反」。我說，這孩子，也太大意了。六叔說，在生活中，我們把車坐反的事還少嗎？我明白了，點點頭。六叔還畫過一幅十米的長卷，如《清明上河圖》一般，也是工筆素描，畫的卻是延津渡口的集市，但畫上的人，穿的全是宋朝人的服裝；黃河波濤洶湧；岸邊柳樹下，有吹橫笛的，有拉弦子的；河中有漁夫站在船頭打魚，網上來的，不是黃河鯉魚，也不是草魚、鯽魚或胖頭魚，而是一條美人魚；推車的，挑擔的，趕牲口的，熙熙攘攘，走在渡口的橋上；橋下一家店鋪的門頭上，掛著一幅匾，上書「一日三秋」四個字。我指著這匾說，六叔，店家的門匾，無這麼題字的，都是「生意興隆」或「財源茂盛」。六叔笑了，那天喝醉了，把門匾地方留小了，放不下「生意興隆」或「財源茂盛」這麼稠的字，只能「一日三秋」了，「一日三秋」筆畫少。六叔還工筆畫過一些動物，如狗，如貓，如狐狸，如黃鼠狼，各具神態；其中一隻猴子，身子靠在渡口柳樹上，雙手抱著肚子睡著了，脖子上套著鐵環，鐵環上拴著鐵鍊，鐵鍊拴在柳樹上，餘出的鐵鍊，耷拉在牠身上；頭上和身上布滿一條條傷痕，還沒結痂。我問，看牠屁股和腳掌上磨出的繭子，有銅錢那麼厚，怕是歲數不小了吧？六叔說，這是我的自畫像。我指著猴子頭上和身上的傷痕，咋還挨打了？六叔說，把式玩不動了，不想玩了，可玩猴的人不幹呀，牠可不就挨打了。

前年中秋節回去，聽說六嬸得了憂鬱症。去六叔家看畫，發現果不其然。別人得了憂鬱症是不愛說話，六嬸是滔滔不絕，說盡她平生的不如意事；不如意事的樁樁件件，都與六叔有關。六叔低頭不說話，只是指著畫，看畫。滔滔不絕之中，我哪裡還有心思看畫？隨便看了兩三張，便說中午家裡有客，走出六叔的家。

去年春節回去，聽說六叔死了，心肌梗死。已經死了一個多月。去六叔家看望，六叔成了牆上一張照片。與六嬸聊起六叔，六嬸說，那天早上，六叔正在喝胡辣湯，頭一歪就斷氣了，接著開始敘說，如何把六叔拉到醫院搶救，也沒搶救過來，臨死連句話也沒留，接著如何通知親朋好友，料理六叔的喪事等等；聽六嬸說起這些話的速度和熟練程度，像唱戲背臺詞一樣，便知道這些話她已經對人說過無數遍了。我突然想起一件事，打斷六嬸的話：

「六叔的畫呢？」

「他死那天，當燒紙燒了。」

我愣在那裡：「那麼好的畫，怎麼燒了呢？」

「那些破玩意兒，畫些有的沒的，除了他喜歡，沒人喜歡。」

「嬸，我就喜歡。」

六嬸拍了一下巴掌：「把你忘了，早想起來，就給你留著了。」

又說：「人死不能復生，紙燒成了灰，也找不回來了，也只能這樣了。」

也只能這樣了。六叔的畫的灰燼，如今不知飄到哪裡去了。當天夜裡，我夢到了六叔，延津渡口，漫天大雪，岸邊，六叔白衣長衫，扭著身段，似在唱戲，漫天飛舞的大雪，又變成了漫天他的畫，他對我攤著手在唱：「奈何，奈何？」「咋辦，咋辦？」醒來，我再睡不著。一個月後，我下定一個決心，決心把六叔化為灰燼的畫重新拾起來；我不會畫畫，但我可以把六叔不同的畫面連接起來，寫成一部小說。或者，不能再見六叔的畫，只好寫了這部小說，以紀念我和六叔的過往，以留下六叔畫中的延津。

但是，真到做起來，把畫作改成小說，並不容易。一幅一幅的畫，是生活的一個個片段，其間並無關連，小說必須有連貫的人物和故事；還有，六叔有些畫作屬於後現代，人和環境變形、誇張，穿越生死，神神鬼鬼，有些畫作又非常寫實，畫的是日常生活的常態，是日常生活中人的常態，是日常生活日復一日的延續；二者之間，風格並不統一；畫是一幅一幅的，可以這麼做，而一部小說描寫手法和文字風格必須統一。我寫了兩章之後，曾想放棄，但又想到，我本一介書生，手無縛雞之力，不過用寫作給人解個煩悶，心裡曾默許六叔，要用自己的一點技能，把朋友已經被人忘卻的情感和心事撿起來，不能重諾輕信，半途而廢，還是勉為其難地做了下來。

在寫作中，我力圖把畫中出現的後現代、變形、誇張、穿越生死、神神鬼鬼和日常生活的描摹協調好；以日常生活為基調，把變形、誇張、穿越生死和神神鬼鬼當作鋪襯和火鍋的底料；大部分章節，以日常生活為主，有些章節，出現些神神鬼鬼的後現代，博人一笑，想讀者也不會認真；在主要人物的選擇上，我從兩米見方的劇團人物群像素描中，挑出幾個人，讓其貫穿小說的始終；當然女主角之一，少不了六叔的紅塵知己；所以這麼做，是考慮這些人物離六叔更近。這些人物中，又以離開延津的人為主，因為只有離開延津的人，才能更知道延津；而六叔的畫作，一直畫的是延津；這是小說和繪畫的區別；這方面跑出了畫外，請六叔不要怪罪。同時，把場面拉開，也是給小說的輾轉騰挪騰出空間。還有，因六叔的畫作已經灰飛煙滅，對六叔畫作本身，也都是對過去的記憶，對記憶中的六叔的畫的記憶，僅重現畫中的情形，也難免差之毫釐，謬以千里，難以回到六叔畫中的境界；如果畫虎不成反類犬，也請六叔不要怪罪。總而言之，該小說中，有忠於六叔的地方，有背叛六叔的地方，這是我開始寫起時沒有想到的。但赤子之心，天地可鑒。六叔說過，延津還是以笑為主，就當也是個玩笑吧。

謝謝每一位讀了這本書的朋友。我也代六叔謝謝大家。

第一部分

花二娘

花二娘是個愛聽笑話的人。人問，花二娘，從哪兒來？花二娘說，望郎山。人問，幹麼去？花二娘說，找笑話。人問，眉毛上咋還掛著霜？花二娘說，望郎山上有積雪。花二娘胳膊上捱一籃子，籃子裡裝滿燈籠一樣的紅柿子。

花二娘找笑話不在白天，在夜裡。

花二娘本不是延津人。她不遠千里來延津，是到延津渡口等一個人。這人叫花二郎。但等了三千多年，花二郎還沒來。花二娘逢人便說，約好的呀。不知是花二郎負約變了心，還是三千多年來，兵連禍結，花二郎死在了路上。花二娘在渡口站累了，也坐在河邊洗腳，邊洗邊說，水呀，還是你們講信用，說來，每天就準時來了。水說，二娘，你昨天見到的不是我們，我們也是今天剛到這兒。花二娘歎息，好在河沒變，不然我就沒地方去了。水說，二娘，水不同，河也就不同了。天上飛過一行大雁，花二娘說，大雁呀，還是你們守時呀，去年走了，今年準時回來了。大雁說，二娘，我們不是去年那撥，去年那撥早死在南方了。大約等到宋朝徽宗年間，幾隻仙鶴飛過，又幾隻錦雞飛過，花二娘明白等人等成了笑話，這天夜裡，突然變成了一座山。這山便叫望郎山。

後來大家明白，花二娘本不是人，是塊石頭，後來才能變成一座山。石頭本該鐵石心腸，誰知花二娘柔情似水。是柔情害了花二娘。從宋朝到現在，千把年又過去了。倒是因三千多年的思念和不忿，成就了花二娘長生不老；不但長生不老，還青春永駐；三千多年過去，如今看上去，仍是十七八歲的俊俏模樣。

也有人說，花二娘等人等不來，是哭死的，復活之後，便見不得眼淚，想去人的夢中聽個笑話。

世上並不是人人都會講笑話。花二娘去你夢裡找笑話，你笑話講不好，沒把花二娘逗笑，她也不惱，說，背我去喝碗胡辣湯。誰能背得動一座山呢？剛把花二娘背起，就被花二娘壓死了。或者，就被笑話壓死了。你把花二娘逗笑，花二娘便從籃子裡，拿出一個紅柿子給你吃。

也有浪蕩子弟，笑話說得好，把花二娘逗得開懷大笑；笑過，吃過柿子，兩人本該一拍兩散，但花二娘笑起來，臉上像抹了胭脂，俯仰之間，比平日更加俊俏；因是夢中，這子弟膽兒比平日肥些，便挑逗花二娘，想跟她做苟且之事。想跟一塊石頭做這種事，本身是一個笑話，花二娘又笑了；高興之餘，便答應這人。二人寬衣解帶，身體剛一接觸，因痛快非人間所比，這人頃刻間便化了。第二天早起，家人發現，這人赤身裸體趴在床上，已氣絕身亡；搬開身子，床單上一片精溼；拉到醫院檢查，跟床單精溼沒關係，心肌梗死。當然，並不是延津所有心肌梗死的人，都跟花二娘有關。有的心肌梗死，就是心肌梗死。

另有膽大的人，講笑話把花二娘講笑了，接著問，二娘，你盡讓人家講笑話給你聽，你能否也講個笑話給我聽一聽呢？二娘剛笑過，心情正好，便說，可以呀。接著講，我最近給我家改名了，「望郎山」從宋朝叫到現在，也該改一改了。人問，改成個啥？花二娘說，就改了一個字，把「望」改成了「忘」，像石頭一樣望了三千多年，該把他個龜孫給忘掉了。這人說，花二娘，此言差矣，口口聲聲說把誰忘掉的人，恰恰在心裡還記著這個人呀。花二娘說，那你說可笑不可笑？這人笑了。以後，花二娘會主動問人，你給我講了笑話，要不要我給你也講個笑話？大家知道她又要講「望」和「忘」的故事，便說，二娘，不勞您老人家費神。

也有不用長篇大論，就用一句話便把花二娘講笑的人，花二娘花容大悅：人才。接著會賞給他兩個紅柿子，及全家三年免說笑話的權利。當然，三千多年來，這樣的人才並不多見。

也有人說，花二娘，世界大得很，你別總待在延津，也到別處走走。花二娘說，說晚了，世界很大，我也想出去走走，沒變成山之前，我能離開延津，現在變成了一座山，不管是「望郎山」或是「忘郎山」，撼山難，移山也難，我也只能待在延津了；我不是賴在延津不走，是困於延津呀；目前的情形，只能立足延津，望延津之外的世界，或立足延津，忘延津之外的世界了。

因有生命之虞，延津大部分人，成年之後，個個懷揣幾個笑話，睡覺之前默念幾遍，以防不測。這是延津人幽默的來源。夜裡都幽默，遑論白天？也有粗心大意者，平日不備笑話，想著延津五十多萬人，何時才能輪到自己？人多，讓人大意；正是因為這樣，花二娘在夢中突然降臨，這人頃刻間便沒了性命。誰讓他大意呢？

也不是沒有喘息的時候，逢年過節，花二娘也讓所有延津人休假。端午節、中秋節、春節等，延津人可以不講笑話。延津人過節很嚴肅，大家走在街上，個個板著臉；相遇，冷峻地盯對方一眼，並不代表不友善，恰恰是親熱的表示；冷峻就是親熱，嚴肅就是輕鬆，源頭也在這裡。

也就是去年冬天，作者回故鄉探親，也曾與花二娘在夢中相遇，花二娘也逼作者講個笑話。作者毫無思想準備，有些手忙腳亂；急切之中，便說，離開延津，常有人把笑話當真，算不算個笑話？花二娘：譬如呢？作者：有人說水中有個月亮，便有人拚命去撈……花二娘打斷：老掉牙的笑話，不就是猴子撈月嗎？接著板起臉來，千萬別糊弄我，糊弄我，就是糊弄你自己……作者急忙辯解：笑話是老掉牙，可接著有人說，還會有人去撈，你說可笑不可笑？花二娘這回笑了，作者逃過一劫。感謝延津之外，愛把笑話當真，救了在下的命。接著花二娘又問要不要給我講個笑話，我聽人說過，花二娘一講笑話，就是「望」和「忘」，也是老掉牙的故事，便說，不勞二娘費神。唯一讓人不解的是，別人笑話講得好，花二娘會賞他一個紅柿子，我把笑話講完，花二娘卻沒有給我柿子吃；又想，也許我笑話講得剛及格，沒讓我背山，就算便宜我了；身上又起了一層冷汗。正是：

夢裡依稀花二娘
清晨猶喝胡辣湯
一日三秋苦日短
淚灑衣襟兩相忘

第二部分

櫻桃

一

陳長傑從武漢來信，說他又要結婚了，讓李延生去武漢參加婚禮，「七月八號前務必趕到」，「餘言面敘，切切」。

十年前，李延生和陳長傑都是延津縣風雷豫劇團的演員。劇團最拿手的戲是《白蛇傳》，李延生扮許仙，陳長傑扮法海，女演員櫻桃扮白蛇也就是白娘子。至今想起來，這齣戲能演好，全憑陳長傑一句話。他說，《白蛇傳》的戲眼，是下半身惹的禍。一句話又引出一番話，陳長傑說，你看，一條蛇修煉千年，終於成仙，人間所有人死了都想去仙界，葬禮的靈棚上都寫著，早登仙界，這條蛇已經成了仙，又來人間變女人，與男人纏綿；牠不但想那方面成仙，還想這方面成仙，這就叫得寸進尺；跟人間何人纏綿，牠事先也有考慮，一不能找窮人，在碼頭扛大包的人，不懂風月；二不能找富人，富人家裡妻妾成群，誰會在乎路邊一個野女人呢？於是看中了白面書生許仙；許仙一是讀過書，二是長相好；他白天去中藥鋪當學徒掙生活，夜裡一個人對著孤燈煎熬，如今天上掉下個美人，豈不似乾柴遇到烈火？讀過書的人，也懂風花雪月；這條蛇果然料得準；再說法海，法海是個和尚，與人間所有的女人都不能纏綿，或者說，是男人而不是男人，如今發現一條蛇也來人間作祟，能不心生嫉妒？便把這個女人打回原形，用一座塔壓在了牠身上，我不好，也不能讓你好；你們說，是不是這個心思？是不是這些心思？李延生覺得陳長傑說得在理，櫻桃也覺得他說得在理。三人有這句話和這番話墊底，在舞臺上，每場戲都演得真切動人，每句臺詞都說得發自肺腑；不但真切動人和發自肺腑，還顯得有弦外之音；本是一齣很色的戲，又演得悲悲切切和波瀾壯闊；唉，一個人和一條蛇竟然情深似海，此情只應戲中有，人間能得幾回聞？戲中法海對許仙唱道：

你愛她是因為她美貌如花
誰知道骨子裡牠是條毒蛇
……

許仙唱道：

愛她時不知牠是條毒蛇
到如今不想愛我心如刀割
……

白娘子對法海唱道：

我與你遠也無仇近也無冤
為何你害得我夫妻難圓

……

法海唱道：

我害你並不為個人私怨
為的是分三界人妖之間
……

三人攤著手共唱：

奈何，奈何
咋辦，咋辦
……

《白蛇傳》成了風雷豫劇團的拿手戲。由這齣戲，三人也成了延津的名角。但演戲也落下病根，三人在生活中遇到難題，也愛說「奈何，奈何？」「咋辦，咋辦？」

戲裡，櫻桃是李延生也就是許仙的老婆；現實中，櫻桃後來嫁給了法海陳長傑。櫻桃水蛇腰，瓜子臉，杏核眼，說話之前，愛先瞟你一眼；生活中天天在一起，舞臺上又耳鬢廝磨，李延生也對她動過心思，但看陳長傑在後臺老跟櫻桃說戲；說戲之餘，還跟櫻桃說笑話；說一個，櫻桃「滴滴」笑一陣；說一個，櫻桃「滴滴」又笑一陣；就知道櫻桃非嫁陳長傑不可了：他能用話說動一齣戲，還能用話說不動一個女人嗎？後來，李延生娶了在縣糖果廠包糖紙的胡小鳳。胡小鳳厚胸脯，大眼睛，包糖紙之餘，喜歡看戲，喜歡李延生扮演的許仙，一個俊朗的白面書生。一天晚上，演出結束，李延生在後臺卸過妝，走出劇院後門，胡小鳳在門口站著；見他出來，從口袋掏出一把糖：

「吃糖。」

又說：「不是一般的糖。」

「咋不一般了？」

「細看。」

李延生細看，一把糖，每個糖紙上，都用筆畫了一個紅心。

胡小鳳：「這就是在糖果廠包糖紙的好處。」

李延生：「心意領了，可我的槽牙被蟲蛀了，不能吃糖呀。」

「那你現在幹麼去？」

「唱了一晚上，睏了，想回家睡覺。」

「唱了一晚上，不餓呀？餓著睡覺，對胃不好。」胡小鳳又說，「十字街頭的老胡，還在賣胡辣湯，咱們去喝胡辣湯吧。」

「我的嗓子還是熱的，不敢吃辣的東西呀。」

「北關口吳大嘴家的羊湯館還開著，咱們去喝羊湯吧。湯不硌牙。」

斷斷續續，羊湯喝了個把月。每天，胡小鳳都換一身新衣服。這天晚上，兩人喝著羊湯，胡小鳳：

「延生，我說話直，你不會怪罪我吧？」

李延生用戲裡的臺詞：「赦你無罪。」

「你願意跟人談戀愛，還是跟蛇談戀愛？」

李延生從羊湯的熱氣中仰起臉：「那是唱戲。如果在生活中，誰去西關城牆根找蛇談戀愛，那不是瘋了嗎？戀愛，當然得跟人談呀。」

胡小鳳放下勺子：「跟人談戀愛，你就找我。」

「為啥呀？」

「我比白娘子好呀。」

「好在哪裡？」

「白娘子沒胸，我有胸。」

李延生一想，櫻桃妖嬈是妖嬈，但是平胸，胡小鳳粗壯一些，但是大胸；往對面望去，兩隻圓球，將襯衫的口子快撐破了。李延生「噗嗤」笑了。

結婚頭兩年，夜裡，胡小鳳愛讓李延生畫臉，畫成戲裡的許仙。李延生：

「你是喜歡我，還是喜歡戲裡的許仙？」

胡小鳳在上邊扭動著身子：「弄著現在的你，我就成了白娘子。」

原來她想變成一條扭動的蛇。

後來，家家戶戶買了電視，沒人看戲了，風雷豫劇團就解散了。劇團百十口人，樹倒猢猻散，大家各奔東西，五行八作，看各人能找著的營生。李延生、陳長傑和櫻桃，一塊兒進了延津縣國營機械廠。機械廠的廠長叫胡占奎，喜歡看戲，喜歡看《白蛇傳》，便收留了《白蛇傳》的三名主演。李延生當了翻砂工，陳長傑當了鈑金工，櫻桃在食堂蒸饅頭。趕上節假日，或廠裡來了客人，胡占奎便讓他們三人唱《白蛇傳》。沒人操弦打鼓，三人只能清唱；沒有群演，三人無法唱整本戲，只能唱折子戲；三人常唱的，便是「奈何，奈何？」「咋辦，咋辦？」一段。三人在臺上「奈何，奈何？」「咋辦，咋辦？」胡占奎在臺下摸著自己的光頭，哈哈大笑。後來，機械廠倒閉了，三人徹底告別了許仙、法海和白蛇，各人尋各人的活路。陳長傑和櫻桃去了縣棉紡廠，陳長傑當了機修工，櫻桃當了擋車工。李延生去了縣副食品公司，在東街門市部賣醬油醋和醬菜；賣醬油醋和醬菜的櫃檯左邊，是賣花椒大料醬豆腐的櫃檯；賣花椒大料醬豆腐的小白，後來隨軍，跟丈夫去了甘肅，花椒大料醬豆腐也歸李延生賣。

因在不同的地方上班，李延生和陳長傑不像往常一樣天天見面。有時在街上碰到，兩人站下聊兩句天；或相約，一起去西關「天蓬元帥」飯館吃個豬蹄。過去在縣劇團和機械廠，兩人常去「天蓬元帥」，就著豬蹄喝上二口。過去天天在一起，說去就去；如今在不同的地方上班，吃豬蹄就要約。一開始一個禮拜約一次，後來一個月約一次，後來家裡柴米油鹽，吃喝拉撒，事情越過越多，相約的心就慢了。想吃豬蹄，往往一個人去「天蓬元帥」，買個豬蹄拎回家吃。陳長傑的孩子過百天的時候，兩家大小倒聚到一起吃了個飯。陳長傑和櫻桃給兒子起了個名字叫翰林。李延生明白，當年在《白蛇傳》裡，白娘子生了個兒子就叫翰林，後來考上了狀元，現在讓孩子叫這個名字，是盼著孩子將來像戲裡的翰林一樣有出息。陳長傑指著櫻桃說，這名字是她起的。李延生和胡小鳳忙說，起得好，起得好，看翰林的額頭，天庭飽滿，長大錯不了。這次聚會之後，兩人見面又成了斷斷續續。長時間不見面，對方的消息，都是聽別人說。聽別人說，陳長傑和櫻桃的兒子翰林一歲了；聽別人說，翰林會說話的時候，老說眼前黑，他奶便給他改了個名字叫明亮；轉眼兩年過去，又聽別人說，陳長傑和櫻桃關係變糟了，兩人天天打架。偶爾，李延生和陳長傑也在街上碰到，長時間不在一起說心裡話，一下子又把話說不了那麼深，不好打探對方家裡的私事。有一天，李延生突然聽說，櫻桃上吊了。上吊為了啥？為了一把韭菜。為了韭菜，櫻桃和陳長傑在家裡起了爭執，陳長傑說，有本事你死去，說完出了門。沒想到櫻桃在家裡真上了吊。櫻桃喪事上，李延生前去弔唁，延津有喪家矮半頭的習俗，陳長傑見了李延生，跪下磕頭。李延生忙把他扶起來。陳長傑拉著李延生的手哭了：

「一言難盡。」

李延生只好安慰他：「人死不能復生，現在說什麼都晚了。」

「當初我不該找櫻桃，我們不是一路人，找她就是害她。」

「也不能這麼說。」

「怎麼不能這麼說？我們在戲裡就是對頭，她演白蛇，我演法海。」

「戲裡跟生活中，還是兩回事。」

這時李延生看到，櫻桃靈棚上，寫著「早登仙界」四個字。櫻桃遺像前，站著三歲的兒子明亮。明亮一身孝衣，一邊吸溜鼻涕，一邊張著眼睛看李延生。李延生對陳長傑說：

「以前的事就別提了，先把孩子養大吧。」

「如今全縣的人，都知道我把老婆害死了，我在延津沒法待了。」

「就你這麼想，別人沒這麼想。」

「咱從劇團到機械廠，天天在一起，我是什麼人，你心裡還不清楚嗎？」

「我當然清楚。」李延生又說，「以後心裡有想不開的時候，你就找我，我們還一塊兒去『天蓬元帥』吃豬蹄。」

陳長傑點點頭：「能在延津說心裡話的，也就剩你一個人了。」

讓李延生沒有想到，櫻桃喪事過去一個月，陳長傑就徹底離開了延津。他有一個舅舅在武漢機務段當扳道工，陳長傑帶著三歲的兒子明亮，去武漢投奔了他的舅舅。臨走時，也沒跟李延生打個招呼。

轉眼三年過去，陳長傑來信了，他在武漢又要結婚了，讓李延生去武漢參加婚禮。信寄到了延津縣副食品公司東街門市部。李延生在門市部讀罷陳長傑的信，想起當年和陳長傑在劇團的時候，在機械廠的時候，兩人一起吃豬蹄的時候，諸多往事，不看信全都忘了，一看信全都想起來了，武漢不能不去。晚上下班回到家，便與老婆胡小鳳商量如何去武漢的事。這時胡小鳳不但胸厚，整個身子也厚了一圈；夜裡，不再讓李延生畫臉扮許仙了，自己也不扭動身子了。沒想到她聽說李延生要去武漢參加陳長傑的婚禮，就吐出兩個字：

「不去。」
「老朋友了，不能不去，他在延津死老婆的時候，還跟我說，在延津能說心裡話的，也就剩我一個人了。」
「他死老婆娶老婆我不管，我只問你，你去武漢，路費誰出？」
「當然是我出了。」
「你去參加婚禮，給不給份子錢？」
「當然得給份子錢了。」
「武漢離延津可不近，你一個月才掙六十多塊錢，車票加上份子錢，不得你兩個月的工資？這兩個月我身子一直發虛，站著一身汗，坐下還是一身汗，我都沒捨得花錢去看病，啊，自己的老婆你不管，倒管別人娶不娶老婆了？」
沒想到一件事引出了另一件事；結婚幾年後，這種一件事引出另一件事的事越來越多；李延生怕胡小鳳越扯越多，趕緊打住話頭：
「去不去，這不是跟你商量嘛。」
又說：「邀不邀請在他，去不去在咱。」
第二天上班以後，李延生託右邊櫃檯賣菸酒的老孟替他照看賣醬油醋醬菜和花椒大料醬豆腐的櫃檯，他先去找了幾個過去在劇團一起唱戲的同伴，又去找了幾個過去在機械廠一起工作的同事，問他們知不知道陳長傑在武漢結婚的事，有沒有人去武漢參加陳長傑的婚禮。一圈問下來，沒有一個人知道陳長傑在武漢結婚的事；有的人已經把陳長傑給忘了，「陳長傑，誰呀？」經提醒，「哦，哦，他呀，逼死老婆的那個。」看來陳長傑在武漢結婚，全延津就通知了他一個人。既然是一個人，李延生不去，也沒有什麼特殊；但正因為是一個人，不去就顯出來了；顯不顯得出來不打緊，既然只通知他一個人，可見把他當成了在延津唯一的朋友，不去就顯得不仗義了；何況，信中還寫著「餘言面敘」四字，這「餘言」會是什麼呢？可去，明顯過不了胡小鳳這一關呀。他打聽了一下，去武漢來回的火車票一百多塊錢；參加陳長傑的婚禮，隨禮起碼得五十塊錢；加起來快二百塊錢；而李延生每月的工資才六十五塊錢；去一趟武漢，兩個月的工資都不夠，胡小鳳說的也是實情；奈何，奈何？咋辦，咋辦？李延生兀自歎了口氣。

為了不節外生枝，李延生給陳長傑寫了一封回信。先說了些對陳長傑結婚祝賀的話，又說：「本應前去為兄道喜，無奈上個禮拜崴了腳，無法下地。」最後寫道，「來日方長，餘言後敘。」一句瞎話，把事情打發過去了。

二

延津縣城北關口，有家「吳大嘴羊湯館」。李延生和胡小鳳談戀愛時，在吳大嘴羊湯館喝過一個多月的羊湯。延津縣城的羊湯館有五六十家，數吳大嘴家的生意好。吳大嘴羊湯館除了賣羊湯，也烤羊肉串，打羊肉火燒，也賣涮羊肉、羊肉燴麵等。別的飯館是白天開張，晚上關門，吳大嘴的羊湯館是白天關門，晚上開張，一直開到第二天凌晨。到了凌晨四五點，顧客仍絡繹不絕。大家來，圖他家的羊湯鮮，羊肉嫩；因為他每天殺的是活羊。

吳大嘴殺羊是在白天，每天下午三四點左右。吳大嘴矮胖，圓腦袋，大肚皮，臉上無鬍，從羊圈裡扯出一隻羊，這羊「咩咩」叫著，其他的羊在羊圈裡「咩咩」叫著。吳大嘴把這隻羊撩到案子上：

「別叫了，叫也白叫。我不殺你，落到別人手裡，也照樣殺你。」

又說：「我開飯館是為了賺錢，買你又花了錢，你總不能在我這裡養老吧？」

「不怪你，也不怪我，誰讓你託生成一隻羊呢？」

「晚上就要用到你了，早斷妄念，往極樂世界去吧。」

「落到我手裡，也是緣分呀。」

一刀下去，這隻羊不叫了，羊圈裡的羊也不叫了。羊脖子裡湧出的鮮血，「嘩啦啦」落到案板下的鐵盆裡。羊血，也是顧客常點的一道菜。

天天白刀子進紅刀子出的人，吳大嘴除了殺羊時對羊說一番話，平日嘴緊，不喜歡油嘴滑舌。陳長傑和櫻桃談戀愛時，也常到吳大嘴羊湯館喝羊湯。喝羊湯時，陳長傑嘴不停，不斷給櫻桃講笑話。講一個，櫻桃「滴滴」笑一陣；講一個，櫻桃「滴滴」又笑一陣。吳大嘴瞪他們一眼，轉身到後院去了。後來李延生和胡小鳳談戀愛，也來這裡喝羊湯，吳大嘴不大理李延生，以為唱戲的都是油嘴滑舌的人；豈不知靠嘴吃飯的人，也個個不同，愛說話的是陳長傑，不是李延生。

在十字街頭掃大街的叫郭寶臣。郭寶臣雖然是個掃大街的，但跟吳大嘴是好朋友。兩人能成為好朋友，是兩人都嘴緊，討厭饒舌。事情知道了就行了，何必說呢？事情幹就是了，何必囉唆呢？世上有什麼好笑的，整天嘻嘻哈哈的？別人來羊湯館吃飯，吳大嘴不理，就是收錢；郭寶臣來了，吳大嘴便陪郭寶臣喝酒。一般是四個菜，一個水煮花生米，一個涼拌荊芥，一個槐花炒雞蛋——延津槐樹多，一個手撕羊肉——羊肉是讓郭寶臣吃的，吳大嘴已經不吃羊肉了。旁邊吃飯喝酒的桌子人聲鼎沸，吳大嘴和郭寶臣兩瓶酒喝下去，說不了幾句話，都是舉杯示意對方，喝。別人以為他們喝的是悶酒，他們一場酒喝下來，卻通體暢快。此桌無聲勝有聲，李延生在吳大嘴羊湯館喝羊湯時，倒說過這話。

這天夜裡，郭寶臣又過來和吳大嘴喝酒。無聲之中，兩人又喝了兩瓶。第二天早起，吳大嘴家裡人發現，吳大嘴死在床上。拉到醫院，心肌梗死。

吳大嘴的二姊，在延津糖果廠切糖塊；她切糖塊，胡小鳳包糖紙，兩人雖不在同一個車間，但是同事。吳大嘴的喪事，二姊通知了胡小鳳。吳家辦喪事這天，胡小鳳讓李延生一塊兒去吳家吃喪宴。李延生問：

「去吃喪宴，隨不隨份子錢？」

胡小鳳：「當然得隨了。」

李延生想起前幾天陳長傑婚禮，胡小鳳不讓他參加的事，嘟囔：

「你的朋友有事可以去，我的朋友有事不能去。」

胡小鳳知道李延生說的是陳長傑在武漢結婚的事，立馬急了：

「那能一樣嗎？你的朋友娶老婆在武漢，吳大嘴坐地死在延津。」

又說：「再說，婚禮的份子錢，跟喪禮一樣嗎？」

當時延津的規矩，婚禮份子錢重些，五十；喪禮輕些，二十。李延生怕越說越多，便截住胡小鳳的話：

「我就是那麼一說，你倒認真了。」

又說：「你不就是怕送了二十塊錢，一個人吃不回來嗎？」

胡小鳳倒「噗啼」笑了。

吳家的喪宴，就擺在「吳大嘴羊湯館」。吳家邀請的客人不少，共有十七八桌，每個桌上十個人。與李延生胡小鳳同桌的，有認識的，有不認識的。但三杯酒下肚，就都認識了。大家邊吃，邊七嘴八舌議論吳大嘴猝死這事。一人指著：

「那天晚上，他跟郭寶臣喝酒，就坐在那張桌子前。」

「看不出來，身子多壯實啊，說心肌梗死，就心肌梗死了。」

「還是喝得太多，和一個掃大街的，喝了兩斤。」

「吃得太胖，也是個原因，一米六，二百多斤。」

一人悄聲說：「還是殺生太多，報應。」

這時吳大嘴的弟弟吳二嘴代表喪家過來敬酒，對大家說：「都別瞎嗆嗆了，你們說的話，都讓我聽見了。」又說，「明告訴大家，我哥不死在心肌梗死上，也不死在報應上。」

眾人：「死在哪裡？」

「死在笑話上。」

哥哥吳大嘴平日不苟言笑，弟弟吳二嘴愛滿嘴跑火車；大家說，哥哥的話，都讓給弟弟了；吳大嘴生前，常罵吳二嘴「二百五」；吳二嘴在飯館打雜，遠遠看吳大嘴過來，忙停下嘴，忙手裡的活計；現在吳大嘴死了，吳二嘴有些悲傷，也顯得有些興奮；哥哥死了悲傷，沒人管他說話了，有些興奮。

眾人一愣：「死在笑話上？你的意思是……」

吳二嘴打斷眾人：「這意思很明白呀，我哥遇到了花二娘啊。」又說：「那天晚上，我哥是和郭寶臣喝了兩斤，像往常一樣睡著了。過去兩人喝兩斤沒事，這天咋突然有事了？他沒想到夜裡花二娘會到他夢裡來，跟他要笑話；我哥那麼古板的人，哪裡會說笑話？花二娘惱了，讓我哥背她去喝胡辣湯，轉眼之間，我哥就被一座山給壓死了。」

花二娘已在延津待了三千多年；在人的夢中，花二娘用笑話壓死人的事，每年在延津都會發生幾起，大家倒見怪不怪；只是每年延津猝死上百人，這人是自個兒猝死的，還是被花二娘和笑話壓死的，一時不好分辨；眾人便問：

「何以見得？」

「你咋斷定是花二娘幹的？」

吳二嘴抖著手：「我哥是個圓腦袋對吧？把他往棺材裡移時，腦袋是扁的；我哥是個大肚子對吧？現在成了一片紙；可見是被山壓的。」

又說：「我把這事說給了司馬牛，他來這裡勘察一番，看了我哥的遺體，也認定是花二娘幹的。」

司馬牛家住縣城南關，是延津一中的化學老師，教化學之餘，喜歡魏晉南北朝的志怪小說；花二娘不遠千里來到延津，在延津待了三千多年，司馬牛教學之餘，便立志寫一部《花二娘傳》；據他說，他寫這書，不光為了寫花二娘在延津的行狀，還旨在研究因為一個笑話，花二娘與延津所起的化學反應；花二娘在延津的所作所為，點點滴滴，他已經蒐集了三十多年；或者說，他是研究花二娘的專家；如今他判定吳大嘴是花二娘壓死的，那就無可懷疑了。

吳二嘴又補充：「那天半夜，我聽到院裡起了一陣小旋風。」

又說：「平時老說我是二百五，自己咋不防著點呢？」當然說的是吳大嘴了。

又說：「天天對誰都板著臉，不知道笑話的重要性。」

說完，勸大家喝酒，又去了另一桌。

眾人紛紛點頭：「既然司馬牛說了，這事是花二娘幹的，肯定不是一般的猝死。」

又開始議論花二娘找笑話這事。

「二娘也是，明知大嘴是個古板的人，還偏偏找他。」

「這就叫公平，攤上誰是誰，天塌砸大家，否則成故意挑人了。」

「花二娘在延津待了三千多年，硬是像狗皮膏藥一樣，揭不下來了。」

「這就是延津的命，祖祖輩輩，只能跟她活在一起了。」

「話又說回來，有花二娘在，也有好處，被花二娘逼著趕著，延津人才這麼幽默。」

「不幽默，讓你去喝胡辣湯。」

「大嘴臨死時，也該對花二娘說，二娘，別去喝胡辣湯了，到我家喝羊湯吧。」

眾人笑了，胡小鳳笑了，李延生也笑了。

又有人說：「二嘴說得也對，還是怪大嘴大意，身為延津人，臨睡時，也不備個笑話。」

「誰讓他平日討厭笑話呢？這也叫報應。」

眾人笑了，胡小鳳笑了，李延生也笑了。

「以後，我們都得防著點。」眾人又說。

七嘴八舌間，李延生起身去後院廁所撒尿。廁所旁邊，是吳大嘴的羊圈。一群羊在羊圈裡低頭吃草，好像什麼事都沒有發生。看到這些羊，李延生感歎，吳大嘴平日殺生無數，沒想到自個兒死在了花二娘手裡；吳大嘴平日嚴肅，沒想到死在笑話手裡。李延生平日睡覺，花二娘倒沒到他的夢中來過。像吳大嘴一樣，李延生平日也不愛說話，如果花二娘來到他的夢中，他的下場，不會比吳大嘴好到哪裡去；為防萬一，他需要趕緊學幾則笑話，記在心中；又想，平日他不會嘻嘻哈哈，突然心裡裝滿笑話，也把人彆扭死了；沒被花二娘和笑話壓死，先自個兒把自個兒彆扭死了，倒成了笑話；又想，延津五十多萬人，花二娘是一個人，她出門找笑話，一時三刻，哪裡就輪到了自己？不可大意，也不可草木皆兵，如果整天提心吊膽，沒被花二娘和笑話壓死，先自個兒把自個兒嚇死了，也成了笑話。就像羊圈裡的羊，一隻羊被吳大嘴殺了，其他羊驚恐一會兒，「咩咩」叫幾聲，又會安靜地低頭吃草。或者，自個兒沒被抓之前，只能安靜地吃草，怕也沒用。這也是延津。又想，吳大嘴死了，不知吳二嘴能否把羊湯館接著開下去。就是開下去，一個不愛說話，一個嘴不停，羊湯的味道肯定不一樣了。如果開不下去，以後吃飯，只能去「天蓬元帥」了。

三

有七八天了，李延生心頭老一陣一陣煩悶。當時延津流傳一首歌，叫〈該吃吃，該喝喝〉，歌裡唱道：「該吃吃，該喝喝，有事別往心裡擱；人的命，天注定，胡思亂想沒有用；天不怕，地不怕，天塌下來砸大家；該吃吃，該喝喝，你還能把我咋著？……」大家愛唱，李延生也愛唱；有什麼煩心事，唱上一曲，煩心也就過去了，人也高興起來了；但這回連著唱了七八天，還是高興不起來，心裡越來越煩悶。想想有什麼原因，也沒什麼原因，每天去副食品門市部上班下班，一天在家吃三頓飯，和過去的日子沒任何區別。近日既無跟胡小鳳吵架，也沒跟同事鬧彆扭。用旁邊櫃檯賣菸酒的老孟的話說，是自尋煩惱。但這煩惱表現得十分具體，李延生過去話就少，現在更少了，一天說不了三句話，愛一個人在那裡愣神。上班的時候，顧客來買東西，他常把醬油打成醋，把花椒秤成大料；在家，飯吃著吃著，放下筷子，望著窗外愣神。胡小鳳：

「李延生，想什麼呢？」

李延生打一個冷顫，回過神來，忙說：「沒想什麼呀。」

夜裡，胡小鳳一覺醒來，常發現李延生在床邊坐著，耷拉著腿，望著窗外的黑暗愣神。還有一回，胡小鳳被「咿咿呀呀」的聲音驚醒，醒來，看到李延生望著窗外的黑暗，在小聲哼唱《白蛇傳》中的唱段：「奈何，奈何？」「咋辦，咋辦？」……唱著唱著，還一個人哭了。胡小鳳：

「李延生，你要嚇死我呀？」

胡小鳳帶李延生去縣醫院檢查身體，量了血壓，抽血做了化驗，測了心電圖，五臟六腑做了CT，一點毛病沒有。又帶他去縣精神病院做檢查，精神也很正常。胡小鳳：

「明明有毛病，實際沒毛病，可把人愁死了。」

李延生：「我也不想這樣，可我管不住自己。」又說，「小鳳，以後是死是活，你不用管我了。」

胡小鳳哭了：「你還這麼嚇我，你想在你死之前，先把我嚇死，對嗎？」突然想起什麼，問，「你是不是在夢裡，遇到了花二娘啊？」

李延生搖頭：「如果遇到她，我跟吳大嘴一樣，笨嘴拙舌的，早被她和笑話壓死了，現在還能跟你說話嗎？」

胡小鳳又突然想起什麼：「要麼這樣，你想著今天晚上，花二娘就會到你夢裡來，你不得趕緊準備笑話？心裡背著笑話，也許就不煩惱了。」

李延生又搖頭：「別說笑話，我連〈該吃吃，該喝喝〉的歌都唱了，沒用。」

「那到底因為什麼呀？」

「如果我知道了，也就沒病了。」

由於發愁，胡小鳳愛出虛汗的毛病倒讓李延生給治好了。

再後來，李延生的飯量明顯減少了。一個月過去，人瘦了一圈，眼眶突出，臉上的顴骨都露出來了。門市部賣菸酒的老孟說：

「延生，你不能這麼發展下去呀。」

李延生：「老孟，越來越煩悶，到了不想活的地步。」

老孟：「這種情況，你只能去找老董了。」

又說：「你去不去？你去，我可以跟你去。」

四

老董是延津一個天師。據老董說，他是睜眼瞎，從小生下來，眼就是瞎的，沒看到過這世界長啥模樣，也沒看到過人長啥模樣。人的模樣，是他給人算命時，摸骨摸出來的。但據人說，老董瞎是瞎，但不是全瞎，模模糊糊，能分辨出眼前走過的人是男是女；有人說，他見過，老董用竹竿探著路在街上走，突然下起雨來，只見他把竹竿夾到胳肢窩裡，一路小跑往家趕。當年李延生在機械廠當翻砂工時，一次和陳長傑去「天蓬元帥」吃豬蹄。正吃間，老董敲棍進來，坐在他倆旁邊，也要了一隻豬蹄啃起來。李延生和陳長傑把豬蹄啃完，老董只啃到豬蹄的一半。陳長傑和老董開玩笑，趁老董仰臉吮指頭的時候，把老董啃了一半的豬蹄拿走，把自己啃完的豬蹄架子，放到老董盤子裡，老董拿起陳長傑的豬蹄骨頭就啃，邊啃邊嘟囔，今天吃得有些快，記得沒啃完呀。耳聽為虛，眼見為實，李延生相信老董是全瞎。

不管老董是全瞎或是半瞎，眼睛不瞎的人，遇到在這個世界上解（ㄐㄧㄝˇ）不下的事，解（ㄒㄧㄝˋ）不下的事，都去找老董幫忙。家裡的豬狗丟了，拖拉機丟了，或是人丟了，找老董問它（他）們的去處，看能否找回來；家裡有人患了癌症，或孩子要考學，看這病能否治好，這學能否考上；做生意的，做官的，身陷泥淖，看生意能否起死回生，這官能否躲過牢獄之災……總而言之，凡是來找老董的人，都是身上有事的人，沒事無人找老董；就好像去醫院看醫生的人都有病，沒病無人找醫生一樣。來人見過老董，把他要問的事說過，老董便問這人的生辰八字，給他掐算；掐算不出來，便給他摸骨。所謂摸骨，即摸著人身上二百零六塊骨頭，組接出這人一輩子的命和運。據老董說，幾十年下來，他也摸過幾千人；骨頭摸來摸去，讓他摸傷了心。因為幾千人摸下來，沒幾個人身上是人骨頭，大部分是些豬啊羊啊，背對著天在街上爬。人問，這麼多人在街上爬來爬去，就沒有一個上輩子是有造化的人嗎？老董說，有，在十字街頭掃大街的郭寶臣，上輩子祖墳上冒煙，是民國初年的一個督軍，後來當到總理大臣；上輩子殺人如麻，這輩子給延津掃大街來了，同時把自己身上也打掃打掃。

除了掐指和摸骨，老董還會給人傳話，即現世的人，想給已經死去的人捎話；或想讓死去的人，給活著的人捎話；來人把生者死者的生辰八字和死者的離世時辰告訴老董，老董作法之後，便能在二者之間傳話。這時給人說的是鬼話，給鬼說的是人話。除了傳話，還可直播，即讓活著的人見到死去的人。老董供奉的是趙天師，到了直播階段，老董需祭拜趙天師；趙天師顯靈之後，會讓死去的人附到老董身上，活著的人，就能跟死者見面了。一些剛死了爹娘的人，想跟爹娘重新見上一面，說些生前沒說的話，或問存摺到底藏到哪裡了，便找老董直播；「沒想到我們還能見面」，這人拉著老董的手也就是他爹娘的手哽咽；或急赤白臉地喊：「爹，到底把存摺弄哪兒去了？」

也有人想算來世，老董搖頭拒絕，一次也沒算過。老董說，天機不可洩露；不能洩露不只是算命的規矩，也為了來算命的人好，這輩子讓你知道了，下輩子也讓你知道了，活著還有什麼意思呢？都說要活個明白，真讓你明白了，你也許就不想活了。

大家也知道老董是在胡說。老董，你看都看不見這個世界，咋能看到大家看不到的東西呢？老董：正因為我看不見這個世界，我便能看到你們看不見的東西。這話也是胡說。但人遇到正經解不開的事，只能找胡說了。沒有老董的胡說，延津會有許多人被憋死；延津的憂鬱症患者，也會增加三分之一。

老董給人算命，也不求人非信。愛信不信。給人算完命，老董總要補上幾句：虛妄之言，就是一說。老董給人算命的屋子叫「太虛幻境」，老董：虛，太虛，就是個幻境，不必認真。

他家大門的對聯也寫道：

人間能解之事莫入此門

瞽者虛妄之語不必認真

門頭上橫批：

解個煩悶

老董在延津，花二娘也在延津，也有人問：「老董，你啥也看不見，睜眼是夜裡，閉眼還是夜裡，花二娘到你夢裡找過笑話沒有？」

老董：「她找的笑話是胡說，我算命也是胡說，胡說也就不找胡說了。」

又說：「這就叫負負為正。」

又說：「這就叫井水不犯河水。」

這話也許也是胡說。如果不是胡說，靠著胡說，瞎子老董，便是延津唯一能躲過花二娘笑話之災的人了。

五

李延生決定去找老董，讓他算一算自個兒命裡運裡，事到如今，遭遇了什麼煩心事，使他到了不想活的地步。跟所有人一樣，正經解不下來的事，只能找胡說了。去找老董的時候，他沒有讓門市部賣菸酒的老孟跟著，也沒讓老婆胡小鳳跟著。按說，找人算事，有人跟著也沒什麼妨礙，去醫院和精神病院，胡小鳳就跟著他。但自有了去看老董的念頭，李延生就想一個人去找老董；如果老董能算出他的心事，他不想旁邊有人。

老董家住延津縣城東街蚱蜢胡同。老董是個盲人，按說不好找老婆，但他憑著算命、摸骨、傳話和直播，每月的進項，比李延生這樣的賣醬油醋和醬菜的職工的工資還多好幾倍，便不愁沒女人想嫁給他。當然，不瞎不瘸的人還是不願嫁給老董，嫁給老董的女人叫老蒯，一隻眼睛瞎，一隻眼睛不瞎，是個半瞎。半瞎比起全瞎，老蒯還算下嫁。後來，老蒯給老董生了一女一男，女兒和兒子都不瞎。李延生是第一次找老董算事，也是第一次到老董家來。進了老董家，先碰到老董的女兒，看上去七八歲了，拿根棍子，在院子裡攆雞玩；看到李延生，她停下腳步，愣著眼睛問：

「幹麼？」

「找你爹問個事。」

「事先掛號了嗎？」

原來到老董這裡問事，像在醫院看病一樣，得事先掛號，李延生：「事先不知道，沒有掛號。」

「那不行，今天先掛號，改天再來。」

「我的事情很急呀。」

「想加塞問事，得交加急費。」

李延生不禁笑了。突然想起，這是一個多月來，自個兒第一次笑。又覺得，自進了老董的家門，就覺得這個地方親切，便知道來找老董找對了，便對這孩子說：「你說交加急費，我交加急費就是了。」

接著看到，老董家堂屋屋簷下，已經排著十來個人，有蹲有站，還有一個坐在樹樁上，望著天發呆，便知道這孩子此言不虛，也知道等著聽老董「胡說」的人還真不少。又想，看來正經解不下的事情有很多呀，不止自己一個人有煩悶的心事。李延生走過去，自覺排在這些人的後邊。

太陽從東方移到正南，排在李延生前邊的人一個個進屋，一個個從屋裡出來離去，李延生身後又排了四五個人，終於輪到李延生進屋了。待進屋，看到屋子正中牆上，掛著一位天師的畫像。李延生聽說，老董供奉的天師姓趙，大概這就是趙天師了。趙天師身穿紅色法衣，手舉鋼鞭，騎在一頭麒麟上。畫像上方寫著四個字：「太虛幻境」。畫像前的八仙桌上，擺著香爐，裡面燃著三炷香。老董坐在八仙桌旁，一男人站在老董面前，抖著手說：「這事怨我，那件事也怨我嗎？」老董的老婆老蒯，看李延生掀簾子進來，忙上前把他攔住，指指那人，小聲說：

「再等會兒，他又加問了一件事。」

李延生會意，忙又退出屋子，在屋簷下等候。留心屋內，聽到屋裡那人的說話聲，老董的說話聲。突然那人哭了，老董說，別哭別哭，哭也沒用。一時三刻，那人從屋裡出來，紅著眼睛，聽到老蒯在屋裡喊「下一個」，李延生知道是喊自己，又掀開門簾進了屋。李延生坐到老董面前的凳子上。老董：

「請客人報上大名。」

李延生：「老董，我是延生，在東街副食品門市部賣醬油醋和醬菜的延生。」

老董：「延生，啊，想起來了，過去你唱過戲，演過《白蛇傳》裡的許仙，我去聽過。」

原來老董過去還聽過他的戲。又想老董瞎了，無法看戲，所以說「聽」。李延生：「那都是七八年前的事了。」

「找我什麼事？」

「心裡裝了些煩心事，快瘋了，不知鬧騰的是啥，想請你給算一算。找到病根，才能解開這疙瘩呀。」

這時老蒯止住李延生，把趙天師畫像前香爐裡的三炷殘香拔掉，又重新燃起三炷香，插到香爐裡。李延生明白，拔掉的三炷殘香屬於上一個算命的人，現在換了人，要重新開始。老蒯把香燃上，老董起身，走到香爐前，嘴裡念念有詞，對著牆上的趙天師拜了三拜；跪下，又拜了三拜；站起，又拜了三拜；然後坐下，對李延生說：

「報上你的生辰八字。」

李延生報上他的生辰八字，老董開始掐著指頭算。算過，愣著眼在那裡想。想過，又掐指算。如此又往復兩次，突然拍了一下桌子：

「好嘛。」

李延生愣了一下：「啥意思？」

「你心裡裝的不是煩心事，是裝了一個人。」

李延生嚇得從凳子上跳起來：「裝了一個人？什麼人？」

「當然是死了的人。」

李延生又嚇了一跳，原來身體裡裝了一個死人。他嘴有些結巴：「憑什麼？」

「不憑什麼，你被一個死了的人附了體。你心裡煩惱，不是你煩惱，是你身體裡那個人煩惱。」

李延生愣在那裡，半天問：「這個人誰？」

老董招呼李延生近前，開始給李延生摸骨。老董摸了李延生的胳膊、大腿、胸前胸後，又摸脖子和腦袋。李延生問：

「摸出來是誰了嗎？」

「這人藏得深，摸不出來。」

「男的女的能摸出來嗎？」

老董又重新把李延生上上下下摸了一遍，「女的。」
李延生又嚇了一跳：「女的，誰呀？不會是花二娘吧？」
老董：「這些天，她在你肚子裡，逼你講過笑話嗎？」
李延生搖搖頭：「那倒沒有。」
老董：「跟笑話無關，就不是花二娘，另有其人。」
「那是誰呢？」
「摸不出來。」
「能有辦法知道她是誰嗎？」
「有。」
「啥辦法？」
「傳話。」
「那就傳話。」
這時老蒯插話：「醜話說到頭裡，算命是算命的錢，傳話是傳話的錢。」
李延生：「這是自然。這道理我懂。」
老董起身，又走到香爐前，嘴裡念念有詞，對著牆上的趙天師拜了三拜；跪下，又拜了三拜；站起，又拜了三拜；然後坐下冥想。冥想半天，睜開眼睛，對李延生說：「傳話失敗了。」
「為啥？」

「這女的就低頭哭，不說自個兒是誰。」

「那咋辦呢？還有辦法嗎？」

「有，可以直播。一直播，她就沒處躲了，就看清她的面目了。」

「那就直播。」

這時老蒯又插話：「事先說好，傳話是傳話的錢，直播是直播的錢。」

李延生：「放心，我身上帶的錢夠。」

接著李延生發現，老董給人傳話，和給人直播，還有穿戴上的區別；傳話，老董只穿家常衣服，平日是什麼裝束，傳話還是什麼裝束；到了直播，老董還得換上跟牆上趙天師一樣的法衣，戴上跟趙天師一樣的帽子——老蒯從裡間把紅色的法衣和黑色的平頂道士帽端出，老董抖抖身子，穿上法衣，戴上帽子。老蒯又端來一盆清水，老董洗了洗手，又洗了洗臉，移步到趙天師像前，重新跪拜了三通；咳嗽兩聲，清清嗓子，開始念李延生聽不懂的咒語；念過咒語，開始原地轉圈，正轉三圈，倒轉三圈，又拉開架勢在屋子裡走碎步，走著走著，突然老董就不是老董了，成了一個女人。看著這女人轉圈的步態和扭動的身子，老董還沒說話，李延生脫口而出：

「我知道這人是誰了。」

老董倒問：「我是誰呀？」

「你是櫻桃。」

櫻桃，是李延生在風雷豫劇團時的同事，當年他在《白蛇傳》中演許仙，櫻桃在劇中演白蛇，兩人在戲中是夫妻；戲中，櫻桃走的，就是這樣的步態，邊唱，邊扭動身體；因為扮的是蛇，腰肢扭動起來便要像蛇；在一起唱了八年戲，這步態和扭動太熟悉了；後來，櫻桃嫁給了演法海的陳長傑；後來，因為一把韭菜，櫻桃跟陳長傑吵架，賭氣上吊死了。算起來，櫻桃也死了三年了。讓李延生想不通的是，當初櫻桃上吊與他毫不相干，三年過去，陰陽相隔，櫻桃與他更是毫不相干，為啥一個月前，她突然跳到他的身子裡了？於是問：

「櫻桃，你找我有啥事呀？」

老董也就是櫻桃：「讓你給一個人捎句話。」

說完這話，等於事情問清楚了，老董收住直播，停在原地，老蒯幫他脫下法衣，摘下道士帽，李延生發現老董出了一頭汗，渾身像蒸籠一樣。老董邊用毛巾擦臉邊說：「直播也是很累人的。」又說，「一般我不願意直播。」

李延生忙把話切入正題：「櫻桃說要捎句話，給什麼人捎話？」

這時老董又成了老董，老董把擦溼的毛巾遞給老蒯，坐回太師椅上，開始掐指在那裡算。算了半天，說：「算出來了，南方一個人。」

「南方，南方哪裡？」

老董又掐指算，算了半天：「不近，千里之外。」

李延生愣在那裡：「千里之外？千里之外，我不認識人呀。」

「那我就不知道了，卦上是這麼說的。」

這時李延生突然想起，千里之外的南方，有個武漢，武漢有一個人，與櫻桃有關係，與李延生也有關係，那就是櫻桃生前的丈夫陳長傑。一個多月之前，陳長傑曾邀請李延生去武漢參加他的第二次婚禮。李延生把這段緣由告訴老董。老董點頭：

「這就是了。」

李延生：「可我近期不去武漢，無法給櫻桃捎話呀。」

「但你過去肯定說過去武漢的話，讓她聽見了，她便纏上了你。」

李延生又想起，一個多月前，他是說過去武漢的話，想去武漢參加陳長傑的婚禮，因為路費和份子錢的事，被胡小鳳阻住了。李延生：「一個多月前我是說過去武漢不假，可我說這話的時候，櫻桃咋能聽見？」

「無風不起浪，你細想去，這裡頭肯定也有緣由。」

李延生又突然想起，他天天賣醬油醋和醬菜的門市部，牆上貼著一張當年風雷豫劇團演出《白蛇傳》的海報。海報上的劇照，拍的是「奈何，奈何？」「咋辦，咋辦？」一段。這海報，還是李延生、櫻桃和陳長傑在風雷豫劇團唱戲的時候，賣花椒大料醬豆腐的小白買來貼上去的。當年小白也愛看戲。李延生去副食品門市部賣醬油醋和醬菜的頭一天，看到這張海報，還搖頭感歎一番：戲唱得好好的，沒想到落到賣醬油醋和醬菜的地步。後來小白隨軍，跟丈夫去了甘肅，這張海報，就一直留在副食品門市部牆上，漸漸海報褪了顏色，落滿灰塵，一角已經耷拉下來，也沒人管。接著又想起，一個多月前，陳長傑邀請李延生去武漢參加他婚禮的來信，寄到了副食品門市部；李延生當時在門市部拆開信封，拿出信紙，讀起這信；讀罷信，還隨口與賣菸酒的老孟聊了幾句；怕是李延生讀的這信，說的這些話，被牆上的櫻桃聽見了。沒想到小白早年遺下的一張劇照，成了櫻桃的藏身處和顯靈處。李延生：

「老董，不說去武漢的事，你能現在幫我把櫻桃從我身上驅出去嗎？」

「過來，我再摸摸。」

李延生近前，老董又在李延生身上摸了一遍。摸完搖搖頭：「不能。」

「為啥？」

「驅出去不難，但過一個時辰，她還會附到你身上，她這回的執念很重啊，你不捎話，她就一而再再而三地纏你。」老董又說，「如果你找別人作法，他一定幫你把櫻桃驅出去；驅出去，等櫻桃再附到你身上，他再幫你驅；驅一回，你不得交一回錢？但我不是這樣的為人，我不能騙你。」又說，「不騙你不只為了你，我算出了我的下輩子，我下輩子不瞎，我得為來世積德。」

李延生點點頭，表示聽明白了。老蒯在旁邊插話：

「看來，武漢你是死活得去了。」

李延生：「說去武漢，是一個月前的事了，當時沒去；事過一個月，再去武漢，我也沒有由頭了呀。」

老董：「這事不歸我管。」

「可我不明白，我跟櫻桃左不沾親，右不帶故，她捎話，咋死活纏上我了？」

「怎麼左不沾親，右不帶故？當年你在《白蛇傳》裡演許仙，她演白蛇，你們是夫妻呀。」

「那是在戲裡，戲裡，我不是我呀；戲裡，都是假的呀。」

「不管是真是假，總有一段姻緣，藏在那裡。」

李延生突然又想起什麼，問老董：「老董，櫻桃要捎的，到底是一句什麼話呀？」

「這我不敢瞎說，剩下是你和櫻桃的事了。」

老蒯這時阻住李延生和老董的對話：「問事到此結束。」示意李延生起身。李延生只好起身，與老蒯結帳。老蒯收過錢，對著院子裡喊：「下一個。」

李延生剛走到門口，突然想起什麼，停住腳步，對進門的那人說：「大哥，你再等等，我還沒問完。」等那人退出屋，李延生又回來對老董說：

「老董，再問一句閒話。」

老董還沒說話，老蒯皺眉：「你額外加的項目可不少哇。」

老董倒是止住老蒯：「當年，這是延津的角兒，和一般人不一樣。」

李延生：「櫻桃讓我給陳長傑捎話，是不是跟她的死有關係呀？當年，是陳長傑把她逼死的。」

老董又招呼李延生近前，給李延生摸骨。摸了半天，搖搖頭：「這個也摸不出來，她藏得太深了。」

既然摸不出來，李延生只好出門。一場話問下來，加急費加上直播費，共二十五塊八，相當於李延生在門市部賣十幾天醬油醋和醬菜的工資。貴是貴了點，但總算弄明白他為什麼鬧心。走出老董家門，又突然明白，找老董，是藏在他身體裡的櫻桃的主意；只有找到老董，才能找到櫻桃；又明白，李延生來老董家，不想讓老孟和胡小鳳跟著，也是櫻桃的主意。這時他又自言自語：

「櫻桃，事到如今，你到底要我捎什麼話呀？」

沒想到經過老董的直播，李延生體內的櫻桃附了魂，活了；在老董家沒活，離開老董家倒活了；大概這是老董沒想到的；櫻桃在李延生體內說：

「等上路你就知道了。」

「不就是一句話嗎？不用上路，我寫信告訴陳長傑不就行了？」

「不行，這話必須當面說。」

「當面說，和信裡說，有啥區別哩？」

「區別大了，事情說到當面，當時他就得有個態度，寫信告訴他，等回音，就得等回信，得多長時間呀。」櫻桃又說，「好多事，當面說無法推辭，寫信說能找理由推託。一個多月前，陳長傑讓你去武漢參加他的婚禮，如果是當面說，你無法說你崴了腳，寫信，你就可以說瞎話呀。」

想想，櫻桃說的也有道理，李延生：「如果我答應去武漢，你啥時候從我身體裡出來呀？」

「你一上路，我就出來。」

李延生歎了口氣。看來，這趟武漢是非去不可了。

六

既然武漢非去不可，只有上了路，櫻桃才能從他身體裡出來，李延生便不再作其他妄想。但怎麼去武漢，也讓李延生發愁。要去武漢，他首先須過胡小鳳這一關。一個多月前陳長傑在武漢舉辦婚禮，李延生說過不去武漢；一個多月過去，怎麼突然又要去武漢？去武漢幹麼？總不能給她實話實說，說他體內藏著一個女人吧？而且，這個女人不是別人，還是櫻桃，以前在戲裡是他老婆；胡小鳳聽到這話，會立馬瘋了，不送他進精神病院，她自己先去了精神病院。武漢曾有陳長傑婚禮的事，這地名比較敏感。

前些天，因為吳大嘴喪宴的事，李延生又跟胡小鳳拌過幾句嘴，涉及陳長傑在武漢的婚禮；不拌那個嘴，事情就過去了；拌了嘴，等於舊事重提，把事情又強調一番；如果想要出門，最好避開武漢，把去武漢說成去另外一個地方；而這個地方，又必須有現成的站得住腳的理由。這時李延生突然想起，副食品門市部每個月要去洛陽醬菜廠訂購一批醬菜；根據季節和門市部上個月賣醬菜的狀況，調整進貨的品種，是辣蘿蔔，是辣白菜，是醃生薑，是醃雪菜，是醃韭菜花，是醃雪裡蕻，是醃酸豆角，是醃糖蒜，還是醃花生米，是醬黃瓜，是醬黑菜，還是稀黃醬……訂購過，洛陽醬菜廠用專門的貨車把訂購的醬菜送到延津。而經常去洛陽醬菜廠訂購醬菜的，是副食品門市部賣菸酒的老孟。按說老孟在門市部賣菸酒，不賣醬菜，訂購醬菜不歸他管，但老孟一個表哥在洛陽醬菜廠當車間主任，老孟到了洛陽，可以訂購些次品的醬菜，即車間在加工醬菜時，工人不小心把醬菜疙瘩切歪了，切碎了等等，經過醬缸的醃製，除了品相差些，味道和正品沒大的區別；而次品的價格，比正品便宜一半；次品在洛陽只能賣次品，但來到延津，副食品門市部仍可以當正品賣。李延生可以跟老孟商量，讓他替老孟去一趟洛陽；讓老孟說自己家有事，脫不開身，只好請李延生代勞；李延生本來就在門市部賣醬菜，代替老孟去洛陽訂醬菜也名正言順；等到上路，李延生並不去洛陽，直接從延津去了武漢；而下個月的醬菜，由老孟給洛陽醬菜廠的表哥寫一封信，根據往年季節和延津這個月賣醬菜的情況，在信裡把下個月的醬菜給訂下來就是了；櫻桃不讓把一句話寫信告訴武漢的陳長傑，老孟卻可以把訂醬菜的話寫信告訴洛陽的表哥；大家同在一個門市部共事四年多，他跟老孟從來沒有吵過嘴，估計他求老孟幫忙，老孟不會不答應。把這理由說給胡小鳳，胡小鳳也不會懷疑。除了去洛陽名正言順，如去別的地方，李延生就找不出適當的理由了。但是，去洛陽雖然成立，把去武漢說成去洛陽，二者路程可差好遠。延津距洛陽三百多里，坐汽車來回也就兩天；延津離武漢兩千多里，去武漢得坐火車，那時候的火車時速也就五六十公里，沿途站頭又多，停靠的時間又長，來回坐火車，就得四天；到了武漢，人生地不熟，從火車站找到陳長傑的家，跟他說話，話說完，再趕回火車站，在武漢停留和盤桓的時間，又得一天；來回坐火車，到了火車站，不一定有合適的車次，讓你馬上上車，兩頭等車，再打出去半天；去一趟武漢，來回需五天半；兩天的洛陽，變成五天半的武漢，這中間的三天半如何發落？李延生又想，兩天之後，李延生可以從武漢給胡小鳳的糖果廠打一個長途電話，說他在洛陽發燒了，走不得路，怕是得在洛陽養幾天病，再回延津；天有不測風雲，誰還不隨時隨地有個頭疼腦熱，估計胡小鳳也說不出什麼來。只是在電話裡要交代明確，是發燒，而不是前些天的煩心病犯了，否則胡小鳳會馬上趕到洛陽，反倒弄巧成拙。出門的由頭找到了，李延生又開始發愁盤纏的事。李延生查出，從延津到洛陽坐汽車來回車票是二十塊錢，從延津到武漢來回的火車票是一百二十塊錢，這一百塊錢的饑荒打哪裡找補？再說，出門在外，你光拿車票錢就行了？在路上你就不吃不喝了？你敢保證就沒有別的用錢的地方了？俗話說得好，在家千日好，出門一時難，看來這饑荒還不止一百塊錢。說成去洛陽是出公差，路費可以由副食品公司報銷，私下去了武漢，這錢可都得花自己的體己；而李延生背著胡小鳳藏在副食品門市部的體己，算命花去二十五塊八，目前只剩十塊兩毛錢了。十塊兩毛錢之外的一百多塊錢的饑荒如何打發？看來只能跟人借了。這錢跟誰借呢？李延生在副食品門市部邊賣醬油醋和醬菜，邊賣花椒大料醬豆腐，邊想在延津能借給他錢的人。能借給他錢的人，必須有兩個條件：一、手邊有閒錢；啥叫閒錢？刨去養家糊口，買過這個月的柴米油鹽，手頭還有富餘的錢。二、這人須是李延生的好朋友，肯把錢借給他。李延生先從他家的親戚想起，叔叔、大爺、姑姑、舅舅、大姨、小姨、表哥、表弟、堂哥、堂弟等，這些人，跟李延生的關係都不算遠，這樣的人家，在延津也有十餘家，但扳著指頭數過去，沒有一家是有閒錢的人；換句話，這些親戚也都是窮人，想也白想，於是就不想了；接著想好朋友；說起好朋友，李延生在縣城也有十幾個，但一個賣醬油醋和醬菜的人，平日來往的朋友，也多不是有閒錢的人。悶著頭想了一上午，沒有想出一個人來。想這些人的時候，李延生還必須顧忌一點，因去武漢須瞞著胡小鳳，借給他錢這人還必須嘴嚴。萬般無奈之下，他想跟在門市部賣菸酒的老孟張口，但又考慮到，老孟每月的工資，跟李延生差不多，家裡上有老下有小，手頭不會有閒錢，又想到接著去武漢，還要讓老孟用洛陽醬菜廠來打掩護，同時再借錢就不好意思了，於是把老孟也排除在外。除了這些親戚朋友和老孟，李延生一時就想不起別的人了。悶悶不樂了一上午，中午回家吃飯，從東街走到北街，路過北街的洗澡堂子；看到洗澡堂子，李延生靈光一閃，想到在澡堂裡搓澡的老布，他可以找老布借錢。

老布是個光棍，今年五十多歲了。早年，老布也成過家，但沒生下一男半女。三十歲那年，他的老婆跟他的表哥跑了，至今不知去向。老婆跑了以後，也有人給老布介紹過對象，一是老布的表哥給老布留下了婚姻的陰影，表哥，從小一塊兒光屁股長大的人，怎麼能幹這種事呢？他老婆跟他表哥跑的頭兩年，老布經常抖著手對人說；加上新介紹的對象，也多是高不成低不就的人，讓人猶豫，這事也就拖了下來；過了五十歲，據老布說，張羅這事的心，他自個兒首先慢了。老布說：一個人有一個人的好處，一個人吃飽全家不飢，鎖上門，不怕餓死家裡的小板凳。既然一個人吃飽全家不飢，按說老布應該花錢不計較，處處不虧待自己，但老布節儉，錢到他手裡，能不花就不花，能攢起來就攢起來。老布說：別人有錢可以不攢，我這錢得攢，我這錢是兩毛錢兩毛錢搓泥搓出來的，不容易。意指老布在澡堂裡搓澡，搓一個澡兩毛錢。他又說，有兒有女的人，有錢可以不攢，我一個老光棍，就要攢了；別人養兒養女為了防老，我攢錢同樣為了防老，你們說對不對？大家覺得老布說得有道理，李延生也覺得老布說得有道理，同時知道他有錢。

李延生與老布成為朋友，是因為李延生去北街澡堂洗澡，每次都找老布搓澡。在澡堂搓澡的師傅有五個，李延生愛找老布，除了老布搓澡下工夫，還因為他喜歡聽老布說話。老布說話，話裡有筋骨，即說事的同時，能把事背後的道理說出來。譬如，老布邊搓澡邊說，世上最可怕的事，是兩人交往，你拿別人當朋友，別人沒拿你當朋友；這時候就容易交淺言深；不遇上事好點，遇上事，就會自取其辱。李延生覺得他說得有道理。譬如，老布邊搓澡邊說：世上最可怕的事，是餓著肚子逛街，容易多買東西。李延生覺得他說得也有道理，因為他在門市部賣醬油醋和醬菜、花椒大料醬豆腐，吃午飯和晚飯之前，來買醬油醋和醬菜、花椒大料醬豆腐的人多；除了該買的東西，還愛買些別的；飯後，櫃檯就清靜了；偶爾進來一個人，買鹽單說買鹽，買醋單說買醋。唯一讓李延生不解的是，老布這麼會說理，老婆咋讓人拐跑了呢？還是表哥。搓澡的次數多了，兩人就成了朋友；現在李延生遇到難處，就想到了老布。

吃過午飯，李延生到門市部給老孟打了個招呼，讓他替自己照看賣醬油醋醬菜、花椒大料醬豆腐的櫃檯，信步走向北街，去澡堂洗澡。借錢之前先洗澡，也是想趁著搓澡的工夫說事；這比直截了當上去說借錢，顯得自然一些。到了澡堂門口，李延生突然想起什麼，對身體裡的櫻桃說：

「櫻桃，下邊你不能跟了，裡邊是男澡堂。」

櫻桃：「既然這樣，我在外邊等你就是了。」

便從李延生身體裡跳了出來。櫻桃一出來，李延生身體感到一陣輕鬆。但想到從澡堂出來，櫻桃又會跳進他的身體，他想逃也逃不掉，心裡又一陣煩悶。

進到澡堂，像往常一樣，李延生脫去衣服，用繩子捆起來，拉到房梁上吊著，接著跳到大池子裡泡澡；待身子泡透了，泡得通身大汗，滿身通紅，便從大池裡爬出來，來到老布的搓澡床前，讓老布搓澡。

搓澡間，兩人先聊了幾句閒話。李延生問，老布，最近生意咋樣？老布說，馬馬虎虎，澡堂子，就是冬天的生意，說話快立夏了，大家在家都能洗洗涮涮，誰還來澡堂子亂花錢呢？老布問，延生，你有一個多月沒來了吧？看身上這泥卷子，跟剛從泥窩裡爬出來一樣。李延生想想，這一個多月只顧憂愁和煩悶了，竟忘了洗澡這事，便說，可不，這一個多月事多，直到今天，身上刺癢得耐不住了，才想起該洗澡了。聊過這些，李延生切入主題：

「老布，就縣城而論，咱倆關係咋樣呀？」

老布邊搓邊說：「不錯呀，你每回來洗澡，都找我搓澡。」
「想給你說點事。」
「說。」
「你能借我點錢嗎？」
老布停住搓澡：「借多少？」
「一百多塊吧。」
「幹啥用？」
李延生不好說去武漢給櫻桃捎話，編道：「二舅媽家翻拆房子，想讓我添補點；二舅媽從小對我不錯，我結婚的時候，還借給過我一百多塊錢，事到如今，我不好推託呀。」
老布又開始搓澡：「你昨天說就好了。」
「啥意思？」
「昨天俺姑父住院，錢被俺姑借走了。」
又說：「你是蓋房子，人家是救命，俗話說，救急不救窮，相比較，我只能把錢借給他，無法借給你了。」
李延生聽出這話的漏洞，知道他姑父得病是現編的瞎話；就算他姑父得病是真的，也是昨天的事，無法跟李延生今天借錢「相比較」；同時發生的事，才可以掂量輕重，決定把錢借給誰；老布本是個遇事說理的人，現在說話顛三倒四，明白他無非找個託詞，不想把錢借給李延生罷了。或者，不想借錢，還不是錢的事，是兩人還沒到那樣的交情，中了老布說過的「世上最可怕的事」之一，你拿別人當朋友，別人沒拿你當朋友，交淺言深，遇到事，就會自取其辱。

老布似乎也意識到剛才話的漏洞，又找補：「如是十塊八塊，好說，百十多塊，不是小數。」又說，「我也跟我姑說了，我這錢，掙得不容易，兩毛兩毛，搓泥搓出來的，錢你可以先用，得趕緊還我。」

李延生：「不方便就算了，我就是隨口一說。」

「既然你張口了，借不了你錢，今天搓澡，我給你免費吧。」

這就沒意思了，李延生心想。搓過澡，他仍拿著老布的竹牌，去櫃上交了兩毛錢。

走出澡堂，櫻桃又跳進他的身體；李延生身體裡突然沉了一下，心頭又像塞了茅草一樣。但李延生顧不上在意這些，又絞盡腦汁去想能借給他錢的人。只有借了錢，才能去武漢；只有早日去武漢，才能早一點打發櫻桃。但能借給他錢的人，哪裡是硬想能想出來的？這時見屠宰場的老白，推著獨輪車，車上綁著一個柳條筐，筐裡堆滿了從豬身上剁下來的豬蹄，從街上走過。李延生知道，這豬蹄，是送往「天蓬元帥」飯店的。延津有三個屠宰場，大部分的豬蹄，都送到了「天蓬元帥」。看到這豬蹄，李延生突然想起，開「天蓬元帥」的老朱，說不定能把錢借給他。這些天只顧心裡煩悶和憂愁，就像好長時間沒去澡堂洗澡一樣，也好長時間沒去「天蓬元帥」吃豬蹄了，就把這茬口給忘了。老朱開著飯店，燉豬蹄賣得又好，在延津算個有錢人。老朱不但有錢，還愛聽戲；正因為愛聽戲，像算命的老董一樣，李延生不唱戲了，還拿李延生當個角兒；也有點像延津國營機械廠當年的廠長胡占奎，因為喜歡聽戲，當年收留過李延生、櫻桃和陳長傑一樣。老朱不但愛聽戲，還愛自個兒吼上幾嗓子。「天蓬元帥」飯店後身，有一條河，每天清晨，老朱來到河邊，一個人對著莊稼地吼上一段戲，才算一天的開始。但老朱燉豬蹄行，唱戲不行，沒有一句唱腔能落到點上。自個兒踏不到點上，有時趁李延生來飯店吃豬蹄的時候，向李延生打問唱戲的訣竅。李延生雖然知道老朱不是唱戲的材料，但也邊啃豬蹄，邊耐心地一句一句給他指點。老朱頻頻點頭，有時會給李延生免單。過去有這種交往，現在李延生遇到難處，去找老朱幫忙，說起來也順理成章。

去「天蓬元帥」飯館，李延生沒踩著飯點去。飯點上，飯店裡坐滿客人，張口向人借錢，李延生會不好意思；老朱正在張羅生意，心情上，也不是關照朋友的時候。於是趕在半下午，信步來到「天蓬元帥」。一個多月沒來，看到飯店門前一側，新搭起一個棚子；棚外擱著幾個大鐵盆，盆裡堆滿豬蹄，五六個雜工，每人拿一把刮刀，在刮豬蹄上的雜毛；刮乾淨一個，扔到另一個鐵盆裡。棚子裡支著一口大鍋，大鍋一丈見圓，鍋下燒著劈柴，「劈裡啪啦」，火苗舔到了鍋沿；鍋裡，滿滿一鍋豬蹄，隨著沸騰的湯水在上下翻滾。

李延生掀開門簾，進到飯店，看到迎門櫃檯後，坐著老朱的老婆，正趴在櫃檯上，打著算盤算帳。李延生：

「把燉豬蹄的大鍋，咋搬到了大門口？」

老朱老婆抬頭看了李延生一眼：「翻蓋廚房，只能先這麼湊合。」

「翻蓋廚房，證明生意紅火呀。」

老朱老婆邊打算盤邊說：「馬馬虎虎。」
「老朱呢？」
「找他幹麼？」
「問句閒話。」
「這閒話，一時三刻問不得了。」
李延生吃了一驚：「咋了？」
「他去大慶了。」
「去大慶幹麼？」
「當年他姨隨他姨父去了大慶油田，全家落在了大慶，前幾天他老姨死了，他奔喪去了。」
李延生愣了一下，接著問：「啥時候回來？」
「說不好，短則七八天，長則半個月，人都死了，總得等到過七，把人埋了吧。延津離大慶四千多里，中間得倒兩回火車，路途上，更說不得了。」
李延生知道事不湊巧，這錢借不得了。那時沒有手機，也沒法與老朱聯繫；李延生與老朱有交往，與老朱老婆卻不熟，只是打過照面；老朱老婆不唱戲，沒有問過李延生唱戲的訣竅，李延生就不好張口向她借錢，免得再犯跟老布借錢同樣的錯誤，交淺言深。邊搖頭走出「天蓬元帥」，邊怪老朱的老姨死得不是時候。
一天下來，橫豎沒找到能借給他錢的人，而且，在延津，再也想不出能借給他錢的人，李延生夜裡睡得很不踏實。半夜醒來，再睡不著，起身坐在床邊，看著窗外的黑暗發愁。發愁一陣，嘴裡自言自語：

「櫻桃，為你去趟武漢，難為死我了。」

櫻桃：「人情這麼薄，我也沒想到哇。」

胡小鳳猛然醒來，看李延生又對著窗外說話，嚇了一跳：「你的病又犯了？」

李延生忙掩飾：「沒有。」

「你跟誰說話哩？」

李延生又掩飾：「沒跟誰，想起門市部的事，順嘴說了一句。」

第二天，李延生又在門市部想了一整天，想得腦仁疼，還是沒有想出能借他錢的人。待副食品門市部打烊，李延生一個人往家走。走著走著，來到十字路口，看到在縣城掃大街的郭寶臣，正在路燈下用竹扡紮髒紙。這時櫻桃突然說：

「延生，找他，他能借給你錢。」

李延生聽後，覺得櫻桃是在胡說，郭寶臣是個掃大街的，每月的工資，只有李延生的一半，家裡有五個孩子，月月入不敷出；掃大街之餘，在街上紮髒紙，也是為了去廢品站賣了補貼家用，他怎麼會有錢呢？但櫻桃既然這麼說了，也是萬般無奈，李延生也想上去試一試。試成更好，試不成，也不損失啥，回頭跟櫻桃急起來，也多一個藉口；又想，跟郭寶臣借錢，起碼有一點放心，他平日不愛說話，嘴嚴。

郭寶臣雖然是個掃大街的，但據算命的老董算出，他上輩子當過督軍和總理大臣。直到今世，郭寶臣仍是厚身板，紅臉膛，說話聲如洪鐘，像個在佇列前講話的督軍和總理大臣。但他跟在北關口開羊湯館的吳大嘴一樣，雖然聲如洪鐘，一天說不了十句話。貴人語遲，算命的老董又說。延津縣城的人，常拿郭寶臣打鑔：從街上路過，看到郭寶臣在那裡掃地，便問：

「總理大臣忙著呢？」

或者：「把總理衙門，搬到十字街頭了？」

郭寶臣知道大家拿他尋開心，一開始不理；誰知越不理，打鑔的人越多；久而久之，郭寶臣只好停下掃地，拄著掃帚，嚴肅回應：

「既然知道是總理衙門，辦公重地，不可造次，快快散去吧。」

眾人笑著離開了。

還有人問郭寶臣當總理大臣時都遇到過什麼人、什麼事，郭寶臣一開始不理；誰知越不理，問的人越多；後來郭寶臣說：

「我想起來了，我當總理大臣時，有一件事最鬧心。」

「什麼事？」

「納你妹當小老婆，夜裡太不好使。回家跟你妹說，今晚上別來了。」

問的人「呸」了一聲：「你妹才不好使呢。」

剩郭寶臣一個人的時候，郭寶臣常常自言自語：

「我要是總理大臣，早殺了你們這些王八蛋，還輪得著你們跟我花馬吊嘴？」有時還拿小學課本上的一句詩感歎：「國破山河在呀。」

上個月在北關口開羊湯館的吳大嘴死了，他死的前一天晚上，跟郭寶臣喝過酒。吳大嘴死後，有人說：

「老郭，吳大嘴的死，跟你可有關係。」

郭寶臣聽到這話，放下掃帚，蹲在十字街頭，埋頭大哭起來。

「你把朋友害死了，哭也沒用。」

「我一是哭朋友，二是哭自己，從今往後，在延津再沒有朋友了。」

「嗚嗚」哭罷，抬頭，逗他的人早走了。郭寶臣擦擦眼淚，擤擤鼻涕，拾起掃帚，接著掃地。

櫻桃讓李延生找郭寶臣，李延生便上前說：「寶臣，給你說件事。」

郭寶臣停住紮髒紙的竹扡：「啥事？」

「你能借我點錢嗎？」

「借多少？」

「百把塊吧。」

「成啊。」

李延生一陣驚喜：「你真有錢呀？」

「但有個條件。」

「啥條件？」

「想借我的錢，你先借給我錢。」

李延生吃了一驚：「啥意思？」

「我身上沒錢，但我可以幫你賭去。」

郭寶臣雖然家裡窮得叮噹響，但酷愛賭博。可能是從上輩子總理大臣身上，遺傳下來的毛病。掃大街的工資，紮髒紙的錢，起初他也想著補貼家用，幾天之後，一大半被他送給了地下賭場，家裡老婆孩子常餓肚子。延津縣城他認識的人，被他借錢借遍了。奇怪的是，他從來不找吳大嘴借錢；大概是想留著喝酒的後路吧。郭寶臣給人借錢時愛說：

「放心，把錢借給我，兩個小時就還你。」

漸漸人家熟悉了他的套路，便說：「既然兩個小時你就有錢了，你等兩個小時不就得了。」

李延生愣在那裡：「我向你借錢，你倒給我借錢，接著賭去，說反了吧？」

「不反。我查了黃曆，我屬豬，這個月有財運，三十年不遇。正發愁沒錢呢，你找我來了，這就叫緣分。你借錢給我，我賭贏了，除了還你本錢，再送你一百塊如何，也不算借了。」

「那你要萬一輸了呢？」

「輸了算我的，贏了算你的，你要沒這氣魄，我只能說，沒錢。我沒錢，你也借不了錢。」

李延生不知如何是好，但想起老董給郭寶臣算命，說他上輩子是個總理大臣，總理大臣自有總理大臣的福分，如果他財運到了，今天賭錢賭贏了呢？不借給郭寶臣錢，他也想不起其他能借給他錢的門路，便想跟郭寶臣賭上一把。於是從十字街頭返回副食品門市部，打開門，從貨架後邊的牆縫裡，掏出僅剩的十塊兩毛體己錢，把兩毛放回去，拿著十塊錢，又回到十字街頭，把錢交給了郭寶臣。郭寶臣拿到錢，一臉嚴肅地說：

「明天早上八點，還在這十字街見面。」

扔下紮髒紙的竹扡，一溜煙跑了。

第二天八點，李延生到了十字街頭，看郭寶臣在那裡掃地；邊掃地，邊打著哈欠。李延生上去問：

「寶臣，昨天贏了輸了？」

「輸了。」

看李延生要急，郭寶臣忙跟著說：「雖然輸了，但我找到能借給你錢的人了。」

「誰呀？」

「贏錢的老尚，昨天一人捲了八個人。」郭寶臣又說，「輸了，還不忘幫朋友找錢，你說我夠不夠朋友？」

事到如今，李延生只好問：「老尚能借我多少？」

「他說，能借你一百。」郭寶臣又說，「可醜話說前頭，三分利啊。」

事到如今，說別的也沒用，李延生說：「那你跟他說一說，索性借我二百吧。」

離開郭寶臣，李延生對身體裡的櫻桃說：「櫻桃，你果真害我不淺。」

七

晚上吃飯的時候，李延生跟胡小鳳說，他明天要去洛陽醬菜廠訂醬菜。胡小鳳：

「明天去洛陽，咋今天才說？」

「今天上午我還不知道呢，本來明天是老孟去洛陽，就是在我們門市部賣菸酒的老孟，月月都是他去，他不是在洛陽醬菜廠有親戚嘛，但他今天中午開始拉稀，那邊又跟洛陽醬菜廠說好了，非讓我替他走一趟。」

又說：「在一個門市部四五年了，我不好推託。」

又說：「我在門市部賣醬菜，訂什麼，我心裡也清楚。」

胡小鳳：「你要去洛陽，我跟你去。」

李延生嚇了一跳，本來他要去武漢，假說去洛陽，如果胡小鳳跟著去洛陽，不弄假成真了？但他知道，胡小鳳是個倔脾氣，她腦子裡產生一個想法，會馬上固定下來，你跟她對著幹，十頭牛也拉不回來；只能找個理由，讓她自己否定自己的想法，事情才有可能掉轉回來；於是做出高興的樣子說：

「好哇，路上我們也能有個伴。」

晚上睡覺的時候，兩人上床，李延生說：

「臨睡之前，我們規劃規劃去洛陽的事，我們明天一早上路，下午到了洛陽，我就直接去醬菜廠了，因為要跟他們對醬菜的訂單，根據這個季節，他們都醃了些啥醬菜，我們門市部這個月啥醬菜沒賣光，啥醬菜賣光了，啥醬菜好賣，啥醬菜不好賣，得一一核對清楚，再算算哪些貨價格合適，哪些貨價格不合適，哪些貨能打折，哪些貨不能打折，接著才能下訂單，晚上在洛陽住一夜，後天一早就趕回來了；到了洛陽，你是跟我去醬菜廠，還是在洛陽市裡逛一逛？」

「我去洛陽，不為去醬菜廠，我在洛陽市裡逛一逛；跟延津比，洛陽是大城市。」

「那好，到時候我們各忙各的。」李延生接著又問，「你逛洛陽，是閒逛呢，還是有啥想法？」

「有想法，想去洛陽商場買些東西。」

「都想買些啥東西？」

胡小鳳扳著指頭：「雪花膏、頭油、桂花香的胰子，給孩子買雙踏雨的塑膠涼鞋，給我買件的確良褲子，再買二斤駝絨毛線，回來給你織件高領的毛衣。」

「我醜話說到頭裡，這些東西，我們百貨和衣帽門市部都有，同樣的東西，洛陽比延津貴出三成，就像你說的，洛陽是大城市，大城市的東西都比縣城貴。」

胡小鳳愣在那裡，接著問：「啥意思，不想讓我去呀？」

「不是這意思，只是事先給你說一下，別到時候你再埋怨我，說去洛陽得不償失。上回在新鄉買搪瓷盆，不就是這樣，明明自己上了當，非怪我事先沒提醒你，還說我在門市部賣東西，懂行也不說到頭裡，我是乾吃啞巴虧。」

胡小鳳愣在那裡不說話。

「我掐指算了算，你要買的這些東西，在延津，不會超過二十塊錢，到了洛陽，至少得三十多。」

胡小鳳想了想，又說：「要不，這些東西我不買了，我到洛陽就是白逛逛。」

「那我事先還提醒你，你去洛陽可不是白逛。我去洛陽訂醬菜是出公差，路費由副食品門市部出，你去洛陽是閒逛，路費可得咱家出，去洛陽坐長途車，來回的車費是二十，光路費，夠你想買的東西。」

胡小鳳又愣在那裡，半天說：「我在糖果廠包糖紙，一個月才五十多塊錢，去一趟洛陽要二十，算了，洛陽你一個人去吧。」

又說：「這些東西，我在延津買吧。」

又說：「既然在延津買，那就不著急了，以後再說吧。」

說過這話，脫光衣服，鑽到被窩裡睡去了。李延生鬆了一口氣。胡小鳳突然又坐起來：

「我不跟著，你在路上犯了煩心病咋辦？」

李延生忙說：「我的煩心病已經好了。」又問，「這三天，你見我犯過病沒有？」

自在老董家見到櫻桃，已經有三天了。

胡小鳳想了想：「那倒沒有。」

李延生：「這不就結了。」又說，「趁著出差，出去散散心，對煩心病也有好處。」

胡小鳳叮囑：「那你路上小心些。」

李延生：「放心，我不會大意。」

胡小鳳又鑽到被窩裡睡去了。

八

第二天一早，李延生離開延津，去了武漢。去看朋友，不能空著手，李延生想起當年陳長傑在延津時，兩人常一塊兒去吃豬蹄，上路之前，先去「天蓬元帥」，花了五塊錢，買了十隻豬蹄。

李延生以為他離開延津，櫻桃把她要捎給陳長傑的話告訴他，他帶著話上路，櫻桃就離開他的身體，留在了延津，待他上了從延津去新鄉的長途汽車，櫻桃並沒有告訴他那句話，還待在他的身體裡。

李延生：

「櫻桃，車快開了，趕緊告訴我那句話，你下去吧。」

櫻桃：「我送你到新鄉，到新鄉再告訴你。」

「你以為這是唱〈斷橋〉呢，因為一把傘，兩人送來送去。」

像「奈何，奈何？」「咋辦，咋辦？」一樣，〈斷橋〉也是《白蛇傳》中的一個片段，白娘子剛從仙界下凡，來到西湖邊，趕上下雨，許仙讓她趁傘；因為這把傘，兩人送來送去，產生了纏綿和繾綣。

櫻桃：「因為一把傘送，因為一句話更得送了。」

「到了新鄉，你咋回來呢？百十里呢。」

「你別管，我自有辦法。」

說話間，車就開了。李延生也只得由她。待到了新鄉火車站，李延生買了去武漢的火車票，離開車還有兩鐘頭，李延生坐在火車站廣場的臺階上：

「櫻桃，說那句話吧，一會兒我就上火車了。」

櫻桃：「那句話不用說了，我跟你去武漢。」

李延生愣在那裡：「櫻桃，你不能說話不算話呀，說是往武漢捎句話，咋變成捎個人了？」

「光捎話不管用，我得見到陳長傑。」

「你想見陳長傑，你自個兒去武漢不就得了，為啥非拉上我？」

「不附到你身上，我到不了武漢呀。」

李延生這才明白了櫻桃的用意。原來她捎話是假，捎人是真，從根上起，一直在騙他。他想跟櫻桃翻臉，又想，反正要去武漢，捎句話，和捎個人，對他倒沒大的差別，只是身體裡多裝兩天人而已；她在身體裡不吃不喝，倒也多不出任何花費；如果兩人翻臉，櫻桃撒起潑來，長期賴在他身體裡不出來，反倒因小失大；於是不再跟櫻桃爭執；只是一張火車票，要坐兩個人；看著是一個人，其實是兩個人；跟人說，人不會信，會說他瘋了；事情有些荒唐，但實際情況就是這樣；如是別人遇到這事說給他，他不會信；現在他把同樣的事說給別人，別人也不會信；茫茫人海中，誰能猜透身邊這人，懷揣的是啥呢？他歎了口氣：

「櫻桃，你心眼比我多。」

櫻桃倒不好意思：「我這也是無奈呀。」

又說：「不是走投無路，誰願意賴在別人身上呀。」

李延生：「我不明白，你見了陳長傑，到底想說啥呀？」

「你別管。」

「你要不說，我就不去了，你不能把我一直蒙在鼓裡；稀裡糊塗地跟你去武漢，那我不成傻×了？我不去，你也去不成。」

櫻桃這時哭了：「一言難盡。」

李延生：「別哭別哭，有話慢慢說。」

櫻桃：「三年前我是上吊死的，不算好死，吊死鬼不能入祖墳，陳長傑把我葬在了縣城南關的亂墳崗上。三年來倒也無事，但半年前，有個被槍斃的強姦殺人犯，也葬在了亂墳崗上，他知道我以前唱過戲，一到晚上，就讓我扮成白娘子，他扮成許仙，唱過戲，就逼我跟他做那事，我不從，他就打我，說我們是夫妻，我說戲裡的事，哪能當真，他非要假戲真做；後來我也想通了，我死都死了，生前戲裡被壓到塔下，生活中又上吊了，還有什麼豁不出去的？但他上了我之後，得寸進尺，又讓別人上，他來收錢；我不同意，他就打我；我是活不下去了，或者，我是死不下去了，我得找到陳長傑，讓他給我遷墳。」

李延生愣在那裡，這才明白了櫻桃的處境，也明白櫻桃讓他捎話的原因。先歎了口氣：「原來如此，原來你這麼不容易。」但又說，「就是遷墳，你在延津找個親戚不就行了，何必捨近求遠，非要找陳長傑？」

櫻桃：「當初是他把我埋在那兒的，最後一鍬土，留下了印記；解鈴還須繫鈴人，非把最後一鍬土掀開，我才能遷墳；你們陽間講因果，陰間更講因果，因果不符，起不了作用，最後壓到我身上那鍬土是陳長傑撒的，遷我還得是陳長傑呀；就像戲裡法海把我壓到了塔下，揭開塔上的封條，也得是法海一樣；如果換人把我遷走，等於身體遷走了，魂兒還留在那兒，身魂分離，還不如天天從了強姦犯呢。所以，遷墳必須陳長傑來做，別人無法幫忙。」又說，「再說，那個強姦殺人犯在假戲真做，在戲裡，陳長傑不是法海嗎？法海會降妖，能鎮住那個厲鬼，把他扣在鎮妖塔下邊，還有一層意思是在這裡。」

李延生又明白了櫻桃的意思，不由得在心裡感歎，原來事情這麼複雜。李延生又不解：

「就算是讓陳長傑遷墳和鎮鬼，我把話捎到不就行了，你為啥還非要跟著去呢？」

「怕陳長傑不聽你的話呀。我去了，他要不管這事，我就跟他鬧，他非跟我回延津一趟不可。」

李延生又明白了櫻桃的意思，說是讓李延生把她帶到武漢，誰知還有她把陳長傑帶回延津的事。李延生接著說：

「既然這樣，到了武漢，見到陳長傑，有什麼你跟他說，剩下的事情我就不管了。」

「那是自然，這回我說話算話。」

李延生突然想起櫻桃的死因，又問櫻桃：

「咱是閒聊啊櫻桃，我想問句閒話。」

「啥閒話？」

「三年前，你到底是咋死的？」

「這話不閒呀，一個人咋死的，能說成是閒話嗎？」

李延生忙說：「是我用詞不當，是我用詞不當，我就是想問問，是像人們說的，因為一把韭菜嗎？」

櫻桃歎息一聲：「說是因為韭菜，也是因為韭菜，說不是因為韭菜，也不是因為韭菜。那天與陳長傑因為韭菜吵架是真，陳長傑摔門走了，我越想越氣，倒在床上哭，哭著哭著，一不小心睡著了，正好碰到路過的花二娘，讓我給她講笑話。也是活該我倒楣，花二娘找笑話，一般是在晚上，誰讓我大白天睡著了呢？我睡前剛剛哭過，哪裡能把笑話說好？於是我說，花二娘，我嘴不會說，你讓我唱吧。花二娘說，知道你過去唱過戲，你想唱就唱。我便從《白蛇傳》裡〈斷橋〉開始，一直唱到『奈何，奈何？』『咋辦，咋辦？』唱著唱著，唱出了這條蛇的委屈和傷心，沒想到這條蛇的委屈和傷心，勾起了花二娘的委屈和傷心，我哭了，花二娘也哭了。唱腔一落，花二娘翻了臉，我是來找笑話的，你卻讓我哭，是何居心？背我去喝胡辣湯吧。我這才想起花二娘來夢裡的目的，自己也覺得不好意思，便說，二娘，不消您動身，我先走一步吧，拿根繩子上了吊。」

李延生愣在那裡，原來櫻桃的死因，除了因為韭菜，還因為笑話；李延生犯病時，胡小鳳問過他，是不是因為花二娘到他夢裡找笑話，李延生說沒有；誰知，花二娘沒來李延生夢裡，當年去了櫻桃夢裡；自己犯病是因為櫻桃，櫻桃的死又因為花二娘和笑話；事情如此牽扯顛倒，李延生不禁搖頭感慨。但又說：

「既然你的死跟花二娘有關，現在有厲鬼欺負你，你把這事告訴花二娘，讓她老人家替你除了惡鬼不就成了。」

櫻桃歎息：「花二娘只到人間的夢裡去，哪裡會到鬼的夢中來呢？」

又說：「花二娘到夢裡是去尋笑話的，哪個鬼不是一肚子苦水呢？」

又說：「厲鬼欺負我的事，說給花二娘，能把花二娘逗笑嗎？」

李延生點點頭，不再說話。這時櫻桃說：

「說過這些糟心事，我也告訴你一個好消息。」

李延生一愣：「啥意思？」

「一個多月前，延津北關口賣羊湯的吳大嘴，也被笑話壓死了，知道不？」

「知道呀，他的喪宴，我還參加了。」李延生又說，「人死，算什麼好消息？」

「我說的不是生前的事，是死後的事。」櫻桃又說，「因為生前都是被笑話壓死的，他來到這邊，我們便有些同病相憐，上個月趕鬼節的時候，我在集上碰到他，這個好消息，就是他告訴我的。」

「什麼好消息？」

「本來，被笑話壓死的人，跟其他死的人不同，因其無趣，難以超生。但吳大嘴說，他一個多月前來到陰間，在閻羅殿過堂的時候，閻羅說，趕得早不如趕得巧，最近，一個陰間的資深族長給他打招呼，替無趣的鬼們說了一些好話，閻羅他老人家也是與鬼為善，便出臺一項新政，被笑話壓死的人，如能改過自新，刻苦上進，一口氣給他老人家說出五十個笑話，這人就可以轉生。」

李延生一激靈：「這是好事呀。這個族長是誰呀？」

櫻桃：「吳大嘴沒顧上問。」又說，「但是，這五十個笑話，不是一般的笑話，必須是一句話能把人逗笑的笑話。」

李延生愣在那裡：「這倒難了。」

櫻桃：「如今在陰間，那些被笑話壓死的鬼都瘋了，都在苦練笑話呢。連在陽間那麼古板的吳大嘴，短短一個多月，已經和生前是兩個人，變得油嘴滑舌了。」又說，「我這次到武漢去，除了讓陳長傑回延津幫我遷墳和鎮住厲鬼，還想讓他教我說笑話。當初他跟我談戀愛時，往往一句話就把我逗笑了。我不會說笑話，可他會呀；等他教夠我五十個一句話的笑話，我記在心裡，回頭說給閻羅，如果閻羅笑了，我也就能轉生了，我們又能陽間相見了。」

李延生又愣在那裡，原來櫻桃去武漢，還裹著這一件事情，為了五十個一句話的笑話。這一層層的事情，都是事先無法預料的，李延生不禁又搖頭感歎。櫻桃：

「延生，看在我們過去在舞臺上那麼多年，你能幫我想幾個一句話能把人逗笑的笑話嗎？」

一是李延生在生活中是個不會說笑話的人，也從來沒有說過笑話，二是怕答應櫻桃，從此櫻桃因為笑話的事又纏上他，忙說：

「櫻桃，當年咱們在劇團的時候，你也知道，我笨嘴拙舌，正經話還說不俐落，哪裡會說笑話？」

又說：「而且要求又這麼高，一句話得把人說笑。」

又說：「我想幫你，可沒這個實力呀。」

櫻桃倒也沒強求，只是歎息一聲。這時汽笛一聲長鳴，火車進站了。李延生帶著櫻桃進站，邊上火車邊想，這次去武漢，不管是因為韭菜，還是因為花二娘，還是因為遷墳和鎮住厲鬼，還是因為閻羅和笑話，說起來是櫻桃的事，因櫻桃在他身體裡，等於到頭來壓到了他身上；這本身倒是個笑話；不禁搖頭感歎一聲。

九

為了能及早趕到武漢，李延生帶櫻桃坐的這趟車，終點站是武昌。本來想坐去漢口的火車，陳長傑家在漢口，但在漢口停靠的火車，都是五六個小時之後，才從新鄉路過，李延生只好買了這趟火車的車票。因是過路車，李延生帶櫻桃上了火車，火車上已是人山人海，過道裡都是人，哪裡還有座位？李延生擠過五六節車廂，看找座位無望，見兩節車廂連接處，還能擠下一個人，便靠著車壁坐下，把提包抱到懷裡；也是一天累了，在火車輪子「哢嚓」「哢嚓」軋著鐵軌的聲音中，轉眼就睡著了。櫻桃在他身體裡也睡著了。

一路無話。從武昌火車站出來，已是第二天早上八點半。一出火車站，李延生拎著提包，急忙跑到廣場對面的電報大樓，給延津糖果廠打了一個長途。當時延津糖果廠就一部電話，由傳達室的老張看著；上班時間，職工不准接電話，電話裡說的事，由老張回頭轉告。李延生在電話裡跟老張說，他來洛陽訂醬菜，今天一大早，在旅館發燒了，下不來床，需要在洛陽養兩天病，待病好了，馬上回延津，讓他轉告胡小鳳；電話那頭的老張也沒當回事，說，「知道了。」就把電話掛了。放下電話，李延生覺出延津糖果廠對電話規定的好處，胡小鳳不能接電話，就省去她問東問西，問他是不是犯了煩心病等麻煩。

一個多月前陳長傑來信，邀請李延生來武漢參加他的婚禮，信封上寫著他家在武漢的地址，漢口京漢路大智門信義巷七號樓三單元四樓四三三室。出了電報大樓，李延生從身上掏出這信封，帶櫻桃去找陳長傑的家。由武昌到漢口，要過長江；武昌火車站旁邊，有一輪渡口。李延生帶櫻桃來到輪渡口，便去買船票。這天風和日麗，但長江的浪還很大，波浪「嘩嘩」地拍著岸堤。李延生買過船票，拎著提包上船，踏板和船，在浪的湧動下左右搖晃，他突然聽到櫻桃說：

「延生，且慢。」

「咋了？」

「這船坐不得。」

李延生一愣：「為啥？」

「我命裡犯水，一見這水，心裡慌得如萬馬奔騰。」用的還是戲裡的文詞。

李延生有些氣惱：「你咋不早說？」

「我也沒想到，長江上風浪會這麼大呀。」

「可不過長江，我們就找不到陳長傑呀。」

「我們可以走旱路，從長江大橋過去。」

李延生抖著手：「我剛才已經打聽了，坐公車走長江大橋，得多繞出幾十里路，你就在船上忍忍吧。」

又說：「把你交給陳長傑，我還急著趕回延津呢，晚了，在胡小鳳那裡，怕就露出馬腳了。」

櫻桃：「可因為坐船，我慌死在船上咋辦？」

又說：「魂魄本來就弱，禁不起風浪啊。」

又說：「我死過一回了，再死一回也無所謂了，但我這回要是死在你身體裡，怕就永遠出不來了。」

李延生倒慌了：「櫻桃，你說走旱路，我們就走旱路，用不著這麼嚇人。」

又歎口氣，「我算犯到你手裡了。」

李延生帶著櫻桃，重新上岸，退了船票，去找公車站。兩人坐上公車，公車逢站必停，路上自行車又多，不時有人橫穿馬路，公車不時煞車，這車兜兜轉轉，兩個鐘頭之後，才上了長江大橋。李延生懷抱提包，拉著吊環，在心裡又歎了口氣。櫻桃覺出李延生有些不高興，便說：

「延生，別生氣了，我知道這回來武漢，你白花了不少工夫，也白花了不少錢。」

又說：「我知道你想早回延津，可我也想早回延津呀，等找到陳長傑，咱們也就前後腳回去了。」

李延生：「櫻桃，咱醜話說前頭，以後你在延津再遇到啥事，就不要再找我了，畢竟陰陽相隔。」

櫻桃：「放心，麻煩你就這一回。」

到了漢口，李延生帶櫻桃下車，拿著信封，見人就問，待找到信義巷，已是中午時分。一個多月前，李延生沒來參加陳長傑的婚禮，在回信中假說他的腳崴了，待一進信義巷，李延生走起路來，裝出一瘸一拐的樣子，擔心在巷子裡碰到陳長傑。

在一群高矮不一的樓房中，李延生查對著樓房一側標出的樓號，左拐右拐，找到了七號樓；又查對門洞上標出的單元號，找到了三單元；李延生進門洞，爬樓，到了四樓，查對住家門牌號，看到樓層右側門上，標著四三三的字碼，便上去敲門。敲了半天，屋裡沒人回應。李延生又看信封，屋門上的號碼也沒錯；便去敲對面的門打問。敲了半天，門開了，一中年人滿頭亂髮，睡眼惺忪，待看到是不認識的人，急了：

「亂敲什麼，夜班，正睡覺呢。」

李延生忙說：「對不住大哥，麻煩問一下，對面是陳長傑家嗎？」

那人點點頭。

「他家的人呢？」

「這還用問，沒人，就是上班去了。」

「啥時候回來呢？」

「他們走時，不跟我商量呀。」

便嘭的一聲，把門關上了；邊關門邊加了一句：「討厭。」

李延生沒敢回應那人，待他把門關上，對櫻桃說：

「櫻桃，我把你也送到陳長傑家門口了，接著你一個人在這兒等，我就回去了。」

誰知櫻桃不從他身體裡出來：「延生，我也想讓你走，可你走了，讓我的魂附到哪裡呢？」

又說：「再說，不見到真人，我也不放心呀。」

事已至此，李延生只好跟櫻桃一起在樓道裡等著。李延生一會兒看看錶，一會兒看看錶。到了十二點半，突然聽到樓底下傳來腳步聲。李延生急忙看樓梯，一時三刻，爬上來一個人，呼哧帶喘，肩上扛著一煤氣罐，這人不是別人，正是陳長傑。陳長傑見到李延生，有些吃驚：

「延生，你咋來了？」

李延生當然不能說他把櫻桃帶來了，便說：「我替副食品公司到武漢出差，過來看看你。」又說，「一個多月前，你的婚禮沒來參加，心裡一直過意不去。」

陳長傑放下煤氣罐：「正要做飯，煤氣沒了。」打開屋門，「快進來，咋也沒想到是你。」

進屋，李延生發現是個小兩居，門廳很小。兩人相互打量，「嘿嘿」笑了：

「三年沒見了。」

「可說呢。」

李延生打開提包：「來時沒給你帶啥好東西，帶了幾隻『天蓬元帥』的豬蹄。」

陳長傑忙接過這包豬蹄：「太好了，我在武漢也吃過豬蹄，都沒有『天蓬元帥』燉得有滋味。」又問，「你在信上說腳崴了，現在好了沒有？」

李延生坐到沙發上，伸腳讓陳長傑看：「你看，不腫了，還沒好透，走起路來，還一瘸一拐的；路走近了不疼，走遠了，還是不行。」

接著感到，進了陳長傑的家，李延生身上馬上輕鬆了，李延生又成了一個多月前的李延生，便知道櫻桃離開了他。但他不敢跟陳長傑說這些，開始問別的事：

「嫂子呢？」指的是陳長傑新婚的妻子。

「上班去了。」

迎頭牆上，掛著一個鏡框，鏡框裡有一張四人的合影，兩個大人，兩個孩子，陳長傑看李延生端詳照片，便指著照片上的人說，這個就是你嫂子，荊州人，在漢口搪瓷廠上班；這是明亮；這個女孩是你嫂子帶過來的，比明亮小一個月。李延生這才知道陳長傑新娶的老婆是二婚，還帶一個孩子。陳長傑看李延生臉上有些錯愕，忙解釋：

「人家是二婚，我不也是二婚嗎？人家帶一孩子，我不也帶一個孩子嗎？咱得明白自個兒的條件，不能太挑剔。」

李延生：「就是，啥事都是講個合適。」細看照片上的明亮，三年前，李延生在櫻桃的喪事上見過他，明亮胳膊上還戴著黑箍；現在的明亮，比過去長高了一頭；便問：「明亮呢？」

「上學去了。」

「我記得他才六歲呀，上學這麼早？」

「我老出車，沒人照看他，放到學校，叫人放心。」

「你今天咋沒去上班？」

「我在貨車上當司爐，今天倒班，所以在家裡。」

「幸虧你今天倒班，你要出車了，我就白來了。」

「可不。」

接著陳長傑要帶李延生去街上飯館吃午飯，李延生惦著早回延津，便說：

「家裡有啥吃啥吧，我買好了下午三點多的火車票，急著趕回去。」

「既然來了，就不能著急走，在武漢多住幾天，我帶你去黃鶴樓看一看。」陳長傑又說，「我這兩天倒休，正好沒事。」

李延生心想，你怎麼能沒事呢，我把櫻桃帶過來了，她馬上就會讓你回延津幫她遷墳，還要讓你教她說笑話。但他不能把這話說給陳長傑，只好又撒了一個謊：「本來我也想趁著出差，在武漢多玩幾天，可我剛才給老家打長途，胡小鳳在家裡發燒了，快四十度了，下不了床。」

見李延生這麼說，陳長傑不再堅持：「既然小鳳病了，我就不攔你了。」又說，「可家裡啥吃的都沒有，就剩熱乾麵了。」

李延生：「熱乾麵好，湖北特產，早想嘗嘗了。」

陳長傑把煤氣罐接到灶上，開始做熱乾麵。這時有人敲門，李延生替陳長傑打開門，撞進來一個頭上冒著熱氣的男孩，背著書包，衣服前襟上都是飯點子，見家裡有客人，也沒打招呼，李延生主動說：「是明亮吧，中午放學了？」

陳長傑從廚房探出頭：「是明亮。明亮，叫延生叔，老家來的。」

明亮又看了李延生一眼，嘴裡喊了一聲：「叔。」把書包放到櫥櫃上，拉開抽屜，掏出一塊速食麵，倚在沙發上啃起來。

陳長傑把熱乾麵做好，盛了三碗端上桌；又把李延生帶來的豬蹄掏出三隻，每隻用刀劈成四瓣，裝到一個盤子裡：

「主要是時間來不及，就著你的豬蹄，湊合吃點吧。」

又對明亮說：「明亮，別吃速食麵了，吃飯。」
李延生：「吃飯，不等嫂子嗎？」
「她中午不回來，在搪瓷廠吃，廠裡有食堂。」
李延生指指鏡框：「那女兒呢？」
「她學校離搪瓷廠近，中午也去她媽那兒吃。」
三人吃過飯，李延生看看手腕上的表：
「快兩點了，我得趕緊趕火車。」
「這回太趕了，不是小鳳發燒，說啥也不讓你走。」
李延生：「日子還長著呢，我以後再來。」
接著從口袋裡掏出二十塊錢，遞給明亮：
「叔來時沒給你買啥東西，你自個兒買個學習用具吧。」
陳長傑阻住李延生：「家裡有錢，不用給他。」
「這就是你的不對了，這是給孩子，又不是給你。」
見李延生這麼說，陳長傑不再推攔，對明亮說：「叔給你，你就拿著吧。」
明亮接過錢，跑到櫥櫃前，把錢放到了自己書包裡。
李延生一瘸一拐，陳長傑把李延生送到巷子口。李延生：
「長傑，回去吧，孩子還在家呢。」

「你輕易不來，我再送送你。」

李延生用當年戲裡的文詞：「送君千里，終有一別。」

陳長傑：「延生，謝謝你瘸著腿還來看我。」接著也用戲裡的文詞，「此次一別，不知何時還能相見？」

說過，還有些傷感。李延生卻知道，也許他們前後腳，陳長傑就隨櫻桃回延津了，兩人又能見面了。但他不能把這話說給陳長傑，便說：「有機會，一定有機會。」便讓陳長傑止步，他一瘸一拐往前走；走出半里路往回看，陳長傑還站在巷子口看著他。他向陳長傑揮揮手，陳長傑也向他揮揮手；李延生轉彎向右，到了另一條街上，也就不再裝作一瘸一拐，拽開大步，去江邊趕輪渡。

到了火車站，回新鄉的火車票只剩半夜十二點的。買過火車票，李延生看看手腕上的錶，下午三點十五，離上火車還有八個多鐘頭。李延生想起陳長傑要帶他去看黃鶴樓的話，便打問著，坐公車去了黃鶴樓。當時黃鶴樓的門票是一毛五，李延生買了門票，進了大門，順著山坡往上爬，到了黃鶴樓前，看到黃鶴樓兩側柱子上，寫著兩行字：昔人已乘黃鶴去，此地空餘黃鶴樓。李延生不懂其中的典故，也沒在意；倒是揣測幾天之後，陳長傑能否隨櫻桃回延津。但想起櫻桃在新鄉火車站說過的話，如果陳長傑不隨她回去，她就跟陳長傑鬧，這也是她非來武漢的目的；人怎麼能鬧得過一個鬼呢？李延生一個外人，從延津到武漢，都鬧不過她，陳長傑是她前夫，就更拗不過櫻桃了。如此說來，幾天之後，陳長傑必回延津無疑。突然又想起，一個月前，陳長傑給李延生寫信，邀請他來武漢參加婚禮，信的末尾有「餘言面敘」幾個字，中午吃熱乾麵的時候，忘了問這個「餘言」是什麼了；這「餘言」，也只能等幾天後，陳長傑回到延津，李延生再當面問他了。

十

李延生回到延津，一進家，胡小鳳就問他在洛陽發燒的事。李延生說，多虧老孟的表哥，聽說他發燒，讓他老婆熬了幾碗薑湯，給李延生送到旅館，讓李延生喝下，捂著被子發汗；連喝了兩天薑湯，發了兩天汗，燒也就退了。李延生：

「下回他到延津來，我一定請他吃個飯。」

胡小鳳摸摸李延生的頭，頭已經不熱了，也就沒當回事。李延生每天照常去副食品門市部賣醬油醋和醬菜，捎帶賣花椒大料和醬豆腐。只是奇怪，一天天過去，也沒見武漢的陳長傑隨櫻桃回延津。

半個月後的一天晚上，李延生夢見了櫻桃。櫻桃：

「延生，你還得到武漢來一趟。」

李延生吃了一驚：「為啥？」

櫻桃：「把我接回去。」又說，「武漢我是待不下去了。」又說，「當初是你把我領到武漢的，現在你就得把我接回延津。」

好像當初兩人去武漢，是李延生非要讓她去，現在得負起這個責任。李延生要與櫻桃爭辯，櫻桃不管不顧，就往李延生身上撲；李延生急忙躲閃，頭撞到了床邊床頭櫃上，也就醒了過來；身邊，胡小鳳響著鼾聲；看看窗外，月光灑到對面牆上，有樹影在牆上晃動。當初帶櫻桃到了武漢，兩人已經說好了，待見到陳長傑，他們就互不相干，接著就是櫻桃和陳長傑的事了；一天天過去，沒見陳長傑隨櫻桃回延津，幫櫻桃遷墳，他心裡就有些疑惑，也不知櫻桃和陳長傑在武漢發生了什麼。從夢裡看，櫻桃似乎在武漢又遇到難題。接著以為是心頭亂想，才做這樣的夢，起床去了趟廁所，撒了泡尿，回到床上接著睡了。沒想到第二天晚上，櫻桃又來到他的夢裡。不同的是，櫻桃嘴裡喊著：「疼死我了，疼死我了。」似在荊棘叢中打滾。

第二天上午，李延生來到副食品門市部，左右心神不定，便想去郵電局給陳長傑打個長途，問櫻桃在武漢到底發生了什麼；但又想，櫻桃本不是人，是個魂魄，這魂魄又是他帶到武漢去的；如果櫻桃和陳長傑發生爭執，病根還是李延生種下的；又怕陳長傑跟他急了。這電話打不得。到了下午，李延生仍心神不定，便託老孟照看他的櫃檯，信步走到東街蚱蜢胡同，來到老董家，想問一問老董，他應該怎麼辦。像上次來老董家一樣，他自覺去堂屋屋簷下，排隊等候。待輪到李延生，老蒯在屋裡喊「下一個」，李延生進屋，坐到老董對面，將他如何把櫻桃帶到武漢，如何與櫻桃分別，說好從此兩不相干，一個人回到延津，現在櫻桃如何接連給他託夢，讓他再去武漢把她接回來，一五一十，給老董說了。這回老董沒有給他摸骨，也沒有傳話，也沒有直播，只是說：

「既然你們在武漢說好兩不相干，現在她又來夢裡纏你，就是她的不是了。」

李延生：「可不。」

老董：「託夢不怕，現在她魂在武漢，遠隔千里，無法附到你身上，所以只能託夢；附到人身上就是病，託夢是空的，你不用理她就是了。」

聽老董說託夢對他並無妨礙，李延生放下心來。李延生讓老蒯結帳，老董揮揮手：

「就是問句話，沒驚動天師，算了。」

李延生知道，老董這麼做，是因為他還拿李延生當個角兒；同時，老董這麼做，也不全是為了李延生，也為了給自個兒積德，下輩子不再當瞎子；也就沒再勉強。

但李延生回到副食品門市部，想起櫻桃在夢裡痛苦的樣子，料想她一定在武漢遇到了過不去的坎；起碼是陳長傑不願意跟她回延津；陳長傑不願意回來，她怎麼鬧不過陳長傑呢？她能鬧過李延生，咋就鬧不過陳長傑呢？左右想不明白；陳長傑不回來給她遷墳，櫻桃讓李延生去武漢把她接回來，回來就是重回延津的亂墳崗上，亂墳崗上厲鬼還在，可見她哭著喊著要回延津，連厲鬼都不怕了；也可見，她在武漢的處境，連延津的亂墳崗也不如了；可她附不到人身上，就回不到延津，這是她的難題所在。又想，當初他和櫻桃在一起唱戲，戲裡還是夫妻，念起這些，似乎應該去武漢把她接回來；可再去武漢，又對胡小鳳編出一個什麼理由呢？上路又得花錢，上一回去武漢借老尚二百塊錢的高利貸還沒還上，這回還去借高利貸嗎？自個兒一個月六十多塊工資，這些錢全是明的，胡小鳳都知道，無法當體己錢攢起來，一次次拉下的饑荒，拿什麼去填補呢？左思右想，去武漢的心就慢了。櫻桃在夢裡鬧騰了兩天，突然不再來李延生夢裡了，李延生還感到奇怪，她咋就不來了呢？接下來幾天也不來了。時間長了，李延生也就把櫻桃這事給忘記了，每天照常去副食品門市部賣醬油醋和醬菜，兼賣花椒大料和醬豆腐。偶爾倒想，他把櫻桃一個人落在了武漢，櫻桃想離開武漢，回延津不得，那她去哪兒了呢？

第三部分

明亮

第一章 當年

一

陳長傑的舅舅叫姜大山，在武漢機務段當扳道工。陳長傑能來武漢機務段當司爐，便是舅舅介紹的。姜大山矮胖，紅臉膛，愛喝酒，一喝酒愛說，知道我來武漢機務段多長時間了嗎？三十多年了，不憑別的，憑老資格，我在武漢機務段還是有些面子哩。還愛說，段上有兩個副段長，三十多年前，跟我一塊兒扳過道岔。至於三十多年過去，為啥別人成了副段長，他還在扳道岔，陳長傑沒敢當面問。只是看到，舅舅上班下班，路上碰到熟人，有人喊他「姜師傅」，有人就喊一聲「老薑頭」；他主動與人打招呼多，別人主動與他打招呼少；便知道舅舅的自我感覺，和大家對他的態度，存在落差。不能說舅舅在機務段沒面子，沒面子怎麼能介紹陳長傑到火車上當司爐呢？同時面子也不大，不然怎麼只能介紹陳長傑當司爐呢？陳長傑當司爐的時候，火車還是蒸汽機，火車往前跑，全憑司爐往火車頭爐膛裡一鍬一鍬填煤，燃起爐火，鍋爐中產生蒸汽，把火車往前推動的；司爐，是機務段體力最重的活兒。不過，剛到一個地方，兩眼一抹黑，馬上能有一個工作就不錯了。

陳長傑來武漢之後，住在機務段的單身宿舍。陳長傑剛參加工作，只能住大宿舍；一個宿舍，住二十八個人。二十八個人中，各種工種都有，有扳道工，有巡道工，有機修工，有副司機，有司爐，等等。這些工種，上班都行走在鐵路線上，一出工就是三五天，一出車也是三五天，二十八人的宿舍，平日在宿舍睡覺的，有十來個人就不錯了；有時只有三五個人；特殊情況，宿舍一個人都沒有。陳長傑來武漢時帶著兒子明亮，當時明亮才三歲；明亮不是機務段的職工，機務段不給分配床位，明亮便跟陳長傑擠在一個鋪頭上。好在宿舍流動性強，平日睡覺的人不多，多出一個孩子，倒也沒人計較。陳長傑出車，就把明亮一個人留在宿舍。明亮從三歲起，就會端著飯盒到食堂打飯。陳長傑一出車就是三五天，白天還好些，晚上天一黑，明亮便有些害怕。明亮常問的一句話是：「爸，你這回出車，啥時候回來呀？」陳長傑：「別老問了，我不出車，咱倆吃什麼呀？」

武漢機務段的職工有五千多人，陳長傑剛來時，除了舅舅，誰都不認識；對同事，慢慢才熟悉起來；剛當司爐，如何往爐膛裡填煤，火車啟動時填多少，跑起來填多少，多快的速度填多少，平原上填多少，山路填多少，填煤又如何省煤，都有訣竅，一切都要從頭學起；父子倆睡單身宿舍，等於在武漢上無片瓦，下無立錐之地；陳長傑來武漢之後，沒想過再成家這件事。陳長傑早年愛說話，現在不愛說話了；早年愛說笑話，現在不愛說笑話了。不知不覺，三年就過去了。

這年四月三十號晚上，機務段舉辦職工聯歡晚會，慶祝五一國際勞動節。所謂聯歡，就是機務段各個單位，如車務處、地勤處、保障處、車站處、後勤處等等，組織職工自己編排一些節目，在機務段的大禮堂演出。四月三十號下午，陳長傑剛剛出車回來；陳長傑當司爐不在客車上，在貨車上；貨車拉的是貨物，比客車要重；五天煤扔下來，身體便有些乏；知道這天晚上大禮堂有聯歡，他不想去看，想在單身宿舍睡個安穩覺；無奈明亮是個六歲的孩子，喜歡熱鬧，吵著嚷著，非要去看演出，陳長傑只好換件衣服，拉著明亮去禮堂看節目。

當時機務段的段長姓閔，像這種逢年過節的職工聯歡，他有時參加，有時不參加，全看他的忙閒。今年五一節的晚會，他本來不參加，因為鐵道部一位副部長，昨天從長沙過來，在武漢稍作停留，他需要陪同；到了傍晚，副部長突然接到北京一個電話，讓他馬上趕回北京開會，他連晚飯也顧不得吃，匆匆忙忙上了去北京的火車；閔段長把副部長送到車站，回到段裡，扒了兩口飯，看到窗外大禮堂張燈結綵，想起大禮堂今晚有節目，便信步來到大禮堂。段長一來，臺上臺下全知道了；節目開始，臺上的表演更加認真，臺下觀眾鼓掌更加熱烈。節目從機務段辦公室表演的湖北花燈開場，接著是保障處的龍船調，客運處的相聲，電務處的雙簧，但到了車務處，節目出了故障；本來他們要演漢劇〈貴妃醉酒〉片段，報幕員報過演出單位和節目，演員卻沒登場，接著就冷場了。大禮堂裡「嗡嗡」地起了議論。閔段長站起來問：

「車務處怎麼回事？怎麼斷章了？」

機務段俱樂部主任從舞臺一側跑過來，對閔段長說：「段長，臨時出了故障。」

「啥意思？」

「車務處演貴妃的演員，突然拉肚子，登不了臺了。」俱樂部主任又對臺側的車務處處長喊：「老吳，要不你們換一個節目吧？」

但車務處事先沒有排練別的節目，急手現抓，哪裡換得出來？車務處處長老吳面紅耳赤：

「沒想到會拉肚子呀，沒準備別的節目呀。」

俱樂部主任對閔段長說：「段長，你看，情況有些突然；接下來是後勤處的歌舞〈慶豐收〉，要不節目往下走吧。」

誰知閔段長急了：「那不行，這不是一個節目的事。」指著車務處處長老吳，「吳大頭，你怎麼回事，做事總是這麼顧頭不顧腚的，為什麼事先不準備預案？如果一個司機拉肚子，這列火車就停開了不成？這是武漢機務段的工作作風嗎？一個節目都出故障，怎麼能開好火車呢？」

車務處處長老吳尷在那裡，俱樂部主任也尷在那裡，機務段禮堂能盛一千多人，一千多人又「嗡嗡」起了議論。陳長傑是司爐，也屬於車務處；他過去在延津當過演員，不怵場；看到大家一塊兒尷在那裡，便站了起來：

「我是車務處的，我給大家表演個節目行嗎？」

俱樂部主任：「你會演什麼？」

陳長傑：「我是河南人，我給大家唱段豫劇吧。」

沒想到閔段長來武漢機務段當段長之前，在鄭州機務段當過副段長，在河南待過十多年，一聽陳長傑要唱豫劇，轉怒為喜：

「你會唱豫劇？你會唱哪一齣呀？」

陳長傑：「我會唱《白蛇傳》。」

閔段長：「《白蛇傳》好，《白蛇傳》我聽過。」對俱樂部主任：「讓他上臺試試。」又指著車務處處長老吳：「幸虧有人單騎救主，不然看你怎麼下臺。下不為例啊。」

老吳擦著頭上的汗：「段長，下不為例，下不為例。」

陳長傑交代身邊的明亮在座位上坐好，不要亂跑，便登上舞臺。因他過去是職業演員，一上臺，像變了一個人，不再是司爐陳長傑，而成了劇中的人物；揚腿在舞臺上走了一圈，回頭亮相，馬上贏得滿堂彩。因沒有伴奏，他只好清唱，便選了在延津縣國營機械廠常常清唱的「奈何，奈何？」「咋辦，咋辦？」一節；這一節有法海的唱段，有許仙的唱段，有白蛇的唱段，在延津與他同臺的是李延生和櫻桃，現在李延生和櫻桃不在，他靈機一動，唱過法海，又換起表情和架勢唱起了許仙；唱過許仙，又換起表情和身段，用假腔換成女聲，唱起了白蛇；白蛇哭泣的時候，也假裝用水袖拭自己的眼睛。

戲中法海對許仙唱道：

你愛她是因為她美貌如花
誰知道骨子裡牠是條毒蛇
……

許仙唱道：

愛她時不知牠是條毒蛇
到如今不想愛我心如刀割

……

白蛇對法海唱道：

我與你遠也無仇近也無冤
為何你害得我夫妻難圓
……

法海唱道：

我害你並不為個人私怨
為的是分三界人妖之間
……

陳長傑一人扮作三人在臺上共同攤手：

奈何，奈何

咋辦，咋辦……

整個禮堂屏息靜氣，整個禮堂的人在聽陳長傑的一字一句，一板一眼，看他的一招一式。陳長傑唱著唱著，似也回到當年的延津，還在和李延生和櫻桃同臺演出的時候；那時他們都風華正茂，那時櫻桃還沒死，在跟他談戀愛。唱著唱著，觸景生情，真落下了眼淚。陳長傑收住「奈何，奈何」「咋辦，咋辦」，整個禮堂鴉雀無聲。一分鐘之後，大家突然醒過悶兒來，歡聲雷動。陳長傑給大家鞠了一躬，走下臺來。這時閔段長向他招手，拍拍旁邊的椅子，讓他坐到身邊。閔段長：

「小夥子，你很有才呀，你叫什麼？」

「陳長傑。」

「怎麼從河南到這兒來的？」

陳長傑如實說：「我舅舅介紹過來的。」

「你舅舅是誰呀？」

「扳道岔的老薑頭。」

「老薑頭啊，機務段的老人兒了，記得記得，大高個兒，臉上有些麻點。」

陳長傑的舅舅老姜頭個頭低矮，身高才一米六左右，臉上也沒麻點。看來閔段長把人記錯了。但陳長傑沒敢糾正他。

閔段長：「在河南好好的，為啥跑到武漢來了？」

陳長傑編了一個假話：「本來在河南挺好的，三年前，老婆得病死了，我們感情挺好的，她一死，大街小巷，看到哪兒都傷心，便到湖北來了。」

閔段長點點頭：「有情有義。在這裡又成家了嗎？」

陳長傑搖搖頭。

閔段長突然想起什麼：「你要這麼說，我倒想起一個茬口。我有一個外甥女，剛剛離婚，你們兩個，可以在一起處一處嘛；處好了，算我成人之美；處不好，也不妨交個朋友。」又低聲說，「自她離婚，我老姊頭髮白了一大半。」

陳長傑愣在那裡，嘴有些結巴：「段長，這事有些突然呀。」

閔段長笑了：「我也是隨口一說，沒強迫你的意思啊。」

第二天陳長傑工休，去看舅舅，順便把閔段長提親的事給老薑頭說了；雖然閔段長把老薑頭的模樣記錯了，但老薑頭聽到這消息很激動：

「那還等什麼呀？你一個司爐，能跟閔段長家攀上親戚，是你家祖墳上冒青煙了呀。」又說，「你能跟閔段長家攀上親戚，還會在火車上填煤嗎？」又說，「看看，當初我把你弄到武漢弄對了吧？」

陳長傑：「也許人家是說著玩的。」

「他要說著玩，咱也沒辦法；他不說著玩，你就見機行事。」

沒想到閔段長沒說著玩，第二天上午，機務段的俱樂部主任找到陳長傑的單身宿舍，交給陳長傑一張電影票，讓他晚上七點，去長虹電影院跟閔段長的外甥女看電影。這時知道，閔段長的外甥女叫秦家英，今年三月離的婚，帶一個六歲的女兒。當晚的電影是《天仙配》。看完電影，兩人順著街道往前走。

「電影好看嗎？」秦家英問。

「好看。」

「好看你還睡著了。」

陳長傑如實說：「一個仙女，從天上下凡，和一個放牛娃結婚了，這事只在電影和戲裡有，生活中不會發生；類似的故事，過去我在縣劇團的時候，演過好幾齣，來龍去脈大體相同，就睡著了。」

秦家英「噗啼」笑了。這時路過一家鹵鴨脖的大排檔。排檔裡，許多人就著鴨脖在喝酒。秦家英：「你愛喝酒不？」

「在老家的時候，跟朋友喝一點，到武漢之後，天天忙的，就忘了。」

秦家英：「你愛跟人吵架不？」

陳長傑如實說：「前幾年有脾氣，」又編假話，「原來那口子病了三年，四處求人，把脾氣磨沒了。」

秦家英：「你過去是演員，我聽說，唱戲的無義，你不會把過日子也當成戲唱吧？」又說，「我性子直，說話不好聽，你別在意。」接著歎口氣，「我上回結婚，吃虧太大了。」

陳長傑：「也許別的唱戲的是那樣，但我不是。」又說，「再說，我現在不是唱戲的了，是火車上的司爐。

「到底唱過戲，會說。」

「我說的不是實話嗎？」

秦家英低頭笑了。又說：「我問了你好幾個問題，你咋不問我問題呢？」

陳長傑想了想，如實說：「不知道該問個啥呀。」

秦家英：「我舅說得對，你是個老實人。」

陳長傑下次倒班，兩人去了黃鶴樓。看著黃鶴樓柱子上的兩句話：昔人已乘黃鶴去，此地空餘黃鶴樓。秦家英：

「知道這是啥意思嗎？」

「人去樓空的意思吧？」

「說的就是你和我。」

「此話怎講？」

「過去的人都走了，就剩下孤男寡女，咱們的情況不是這樣嗎？」

陳長傑點頭：「你會品味話裡頭的意思，我就沒想到。」

陳長傑下次工休，兩人去了東湖。兩人順著湖邊往前走。秦家英：

「平日裡，你都喜歡交什麼樣的朋友？」

「我只是一個司爐，交什麼朋友，由不得我呀。」陳長傑又想了想，「就愛來往的人說，都是些不愛說話的人。」
「不愛說話，總比油嘴滑舌好吧？」
陳長傑想了想：「我覺得也是。」
「你家孩子是個啥性格？」
「跟我一樣，不愛說話。」陳長傑又說，「男孩子，有時免不了淘氣。」
「我家女孩才六歲，有時愛一個人歎氣，你說是啥意思？」
「心疼你唄，這就叫懂事。」
中午兩人吃的是糍粑和熱乾麵。吃飯間，秦家英問：
「咱們見過幾面了？」
陳長傑想了想：「三面吧。」
「見也見了，逛也逛了，咱也老大不小，都是拖家帶口的人了，無法像少男少女那樣談戀愛，我問句實話，你想不想娶我？」
「不想。」
「為啥？」
「沒地方娶你。」
秦家英夾起的糍粑停在空中：「我舅說得對，你是個老實人。」
一個月後，陳長傑和秦家英結婚了。因秦家英是閔段長的外甥女，陳長傑和秦家英結婚的時候，機務段借給他們一個小兩居。兩人各帶一個孩子，四個人住小兩居，顯得並不寬敞，陳長傑和秦家英住一屋，陳長傑的兒子明亮和秦家英的女兒薇薇住一屋，薇薇睡下鋪，明亮睡上鋪。到了陳長傑出車，薇薇便去那屋跟媽睡，這屋就剩明亮一個人了。明亮跟陳長傑住集體宿舍的時候，害怕陳長傑出車；跟陳長傑從集體宿舍搬進小兩居，盼著陳長傑出車；陳長傑一出車，他就可以一個人住一個房間了。家裡就剩明亮和秦家英兩個人時，秦家英從來不主動與明亮說話，她該做什麼做什麼，好像明亮不存在；這恰恰中了明亮的心思，明亮也可以當她不存在。

二

從六歲起，明亮在漢口芝麻胡同小學上學。這天中午放學，明亮從學校背著書包回家吃飯，家裡來了一個客人，他爸讓他喊「叔」：

「這是你延生叔，從老家來的。」

明亮來武漢已經三年了，從延津出來的時候，他才三歲，三年過去，對延津老家的大人小孩都記不牢靠了。明亮記不得這人是誰，但見到這客人，身體突然像觸了電一樣，他感到他媽來了。

明亮打記事起，爸媽都在延津棉紡廠上班。每天下班，兩人都頂著一頭棉屑。回到家，兩人老吵架。那時明亮年齡小，不明白他們為什麼吵架，吵的是什麼，只記得他們吵架的時候，兩個字用得最多，「沒勁」。後來因為一把韭菜，媽上吊了。明亮小時候不知道「沒勁」是什麼，幾十年後就知道了，「沒勁」是可以讓人上吊的，「沒勁」也是可以讓人跳樓的。幾十年後，明亮看到手機新聞裡，動不動有人上吊了，動不動有人跳樓了，身邊總有人說：「至於嗎？」「有什麼過不去的事？」「因為什麼呀？」明亮會說：「至於，因為『沒勁』。」人問：「你咋知道？」明亮嘴上不說，會在心裡說：「因為我媽。」

媽上吊那天是禮拜天，本來家裡準備中午包餃子。早飯後，爸上街買回來一把韭菜，因為這把韭菜是否老了，爸媽兩人又吵了起來。吵了一陣，媽哭著說：「沒勁。」爸把床前的痰盂踢翻了——那時家家戶戶還用痰盂，也嚷道：「沒勁。」摔門出去了，家裡就剩媽和明亮兩個人。媽哭著哭著，倒在床上睡著了。明亮將翻在地上的痰盂扶起來，將痰盂傾在地上的水用拖布拖乾淨，坐在床邊踢腿。一時三刻，媽醒來了，看到明亮坐在床邊，從身上掏出兩毛錢，對明亮說：

「明亮，你不是愛喝汽水嗎？你去街上買汽水喝吧。」

明亮接過兩毛錢，並沒有出去買汽水，仍在床邊踢腿。看媽又睡著了，才從床邊跳下來，攥著兩毛錢，來到街上，走到賣汽水的小攤前，買了一瓶汽水；一瓶汽水一毛五，賣汽水的找了明亮五分錢；明亮把五分錢裝到口袋裡，坐在街邊的臺階上，邊喝汽水，邊看街上來來往往的人。待汽水喝完，把汽水瓶還給攤主，又走到旁邊賣糖果的門市部，掏出五分錢，買了兩塊大白兔奶糖。從門市部出來，把一塊糖放到口袋裡，坐到街邊的臺階上，剝開另一塊糖的糖紙，把糖放到嘴裡，邊吸溜著吃，邊看街上來來往往的人。吃完第一塊，又從口袋裡掏出第二塊，剝開糖紙吃。待大白兔奶糖吃完，又去十字街頭找奶奶。奶奶家在十字街頭賣棗糕。因媽和爺爺奶奶吵過架，兩家平日不來往，明亮找爺爺奶奶，還得背著媽。明亮喜歡奶奶，不喜歡爺爺；奶奶愛拉著明亮的手，跟他「噴空」，家裡有什麼好吃的，都給明亮吃；爺爺留一撮山羊鬍子，天天陰沉著臉，對誰都摳門，如果是他一個人在十字街頭賣棗糕，見到明亮，也不切棗糕給明亮吃；「棗糕是賣的，不是給自家人吃的」，爺爺常說。明亮來到十字街頭，發現奶奶不在，爺爺一個人在賣棗糕。爺爺看到明亮，像往常一樣，沒怎麼搭理。明亮坐在街邊的臺階上等奶奶。啥時候奶奶來了，就會切棗糕給他吃。等到中午時分，奶奶也沒來，明亮感到肚子餓了，從臺階起身，離開十字街頭往家走。待到了家裡，他媽已經上吊了。從這天起，明亮老想一件事，那天，他如果不去喝汽水、吃大白兔奶糖、去十字街頭等棗糕吃就好了；如果那天他不出門，或者早點回家，他媽就不會上吊；他媽上吊，他也能攔住她。從那天起，明亮老想著他媽的死跟他有關係；或者，他媽是他害死的。那天，他媽從房梁上被卸下來，拉到醫院，又從醫院拉回家，被放到了棺材裡，明亮坐在他媽棺材前不說話。牆角，陳長傑清早買回家的那把韭菜，已經被人踩得稀爛。那天晚上，明亮從他媽棺材旁的廢紙中，撿到一張照片，是他媽當年演白蛇的劇照。明亮把這照片裝到了自己身上。後來他媽被葬到了亂墳崗上。後來他隨著他爸從延津來到武漢。三年過去，明亮身上的照片，已經褪色許多，他感到他媽離他越來越遠，沒想到隨著一個延津人的到來，他突然感到他媽又來到了他身邊。

三

櫻桃來武漢的目的，是讓陳長傑跟她一起回延津給她遷墳，離開亂墳崗，離開那個被槍斃的強姦殺人犯，但來到武漢之後，她發現陳長傑已經不是過去的陳長傑，已經不是她要找的那個人。進陳長傑的新家，看到屋裡的東西和擺設，角角落落，不見她的任何痕跡，不見陳長傑和她生活在一起時的任何痕跡，便知道陳長傑把她忘了；把她忘了她也不怪罪，哪怕是恩愛夫妻，妻生日日說恩情，妻死馬上娶人了；何況櫻桃和陳長傑婚姻後兩年，變得並不恩愛，只剩下「沒勁」；她對陳長傑又和秦家英結婚並不嫉妒，而是當她見到兒子明亮之後，忽然覺得這裡很親。她來武漢是找陳長傑，到了武漢之後，才知道自己是來找兒子。來武漢時她想讓陳長傑跟她回延津，到了武漢之後，她改變了主意，她不想回延津了，她要跟明亮生活在一起。小兩居裡本來有四口人，她可以作為第五口人，跟他們生活下去。她不占地方，不吃東西，不會給他們添一絲一毫的麻煩；她可以對陳長傑、秦家英和薇薇視而不見，白天跟明亮去上學，晚上跟明亮睡在一起。

她既然不回延津了，延津亂墳崗上那個厲鬼，不附到人身上，也來不了武漢；她來到武漢，等於擺脫了他，遷不遷墳也不重要了。還有，她感到這裡親，不僅因為見到了明亮，還因為明亮身上，藏著一張她早年的照片。如果沒有這張照片，她在這裡無所依附；要依附，只能依附到親人身上，不管是依附到明亮身上或是陳長傑身上，他們都會犯病，都不是長久之計，現在有了這張劇照，她可以依附到這張劇照上；而這張劇照，一直藏在明亮的身上，她就可以日夜跟兒子在一起了。

櫻桃來武漢的目的，還想讓陳長傑教她說笑話，跟陳長傑學會五十個笑話，學夠五十個一句話能把人逗笑的笑話，她回到延津，把這些笑話學給閻羅，她就能轉生了；但她到了武漢之後，發現陳長傑已經變得不會說笑話了；不但不會說笑話了，連話也很少說了。在延津北關口賣羊湯的吳大嘴死後變得油嘴滑舌，陳長傑由油嘴滑舌變成了生前的吳大嘴。既然陳長傑不會說笑話了，櫻桃無法跟他學到五十個一句話能把人逗笑的笑話，也就無法在閻羅那裡轉生；既然不能轉生，加入六道輪迴，回延津還是一個鬼，不如留在武漢，整天跟兒子在一起。跟明亮上了兩天學，櫻桃走在武漢的大街小巷，發現武漢是個嚴肅的城市，人人不愛說笑話；既然是個嚴肅的城市，就不像在延津，有個花二娘在等著你，夢裡讓你講笑話；等於也擺脫了花二娘。嚴肅好，她適合嚴肅，櫻桃想。這也是她留在武漢的另一個原因。夜裡一個人又歎息，如果故鄉好，或者自己在故鄉能變好，誰願意背井離鄉和流落他鄉啊。又歎息，正是因為背井離鄉，由延津到武漢，她不靠閻羅，靠自個兒，竟從六道輪迴中擺脫出來了。只是，接著活什麼呢？活一張照片？櫻桃又歎息。

四

明亮發現，自從感到媽來到他身邊之後，他身上那張媽的照片，突然又鮮亮了。除了照片鮮亮，他還能聽到媽跟他說話。

「明亮。」

「媽。」

「我從老家，過來看你了。」

「我覺出來了。」

「你想讓我離開你嗎？」

「不想。」

「我也不想離開你，可我藏在你身邊，你害怕嗎？」

「不害怕。」

「明亮，這事兒，你可別告訴別人；別人一知道，我在你身邊就待不下去了。」

「我不告訴。」

但櫻桃和明亮說話，櫻桃的話明亮能聽見，別人聽不見。有時家裡四人正在吃飯，明亮會停下吃飯，自言自語兩句；有時在路上走著，也會自言自語兩句。

陳長傑：「明亮，你嘮嘮叨叨說啥呢？」

明亮忙掩飾：「沒說啥呀。」或者，「怕老師今天提問，背題呢。」

但半個月之後，藏在明亮身上的櫻桃，還是被秦家英發現了。被人發現不怪別人，怪櫻桃自己。櫻桃原準備不聲不響在五口之家過下去，在家裡只管明亮，不管別人；一開始她是這麼做的，白天跟明亮上學，晚上跟明亮睡在一起；待明亮睡著之後，她會從照片上走下來，幫明亮歸置書包，歸置衣服，將明亮衣服上的飯點子給擦拭下來；陳長傑和秦家英看到明亮比以前乾淨了，以為他懂事了，也沒在意；但一個禮拜之後，櫻桃做了另一件事情，馬腳就露出來了。這天晚上，明亮睡著之後，櫻桃幫明亮擦完衣服上的飯點子，又去客廳門口幫明亮撣鞋上的灰塵；撣著撣著，聽到陳長傑和秦家英屋裡傳出哼哼唧唧的聲音，兩人明顯在辦那事，不禁愣在那裡。櫻桃記得，她和陳長傑結婚兩年之後，兩人就不辦那事了，因為陳長傑那方面不行了，這也是他們之間「沒勁」的事情之一；如果這事一直行，也許他們的關係不會越來越糟；陳長傑跟櫻桃在一起不行，現在跟秦家英在一起，那方面怎麼就行了？跟別人行，跟她不行，不行的由頭不在她身上嗎？她聽著聽著，氣不打一處來，她阻止不了他們辦事，便跑到廁所，將秦家英晾在晾衣架上的內褲，丟到了馬桶裡。第二天一早，秦家英上廁所，發現自己的內褲漂在馬桶裡，以為是內褲沒在晾衣架上掛牢，掉落到馬桶裡，也沒在意；後來發現每回她與陳長傑辦事之後，第二天內褲就漂在馬桶裡，便覺出這事有些蹊蹺。一開始她以為是明亮幹的，發洩他對後母的嫉妒和不滿，接著聯想到明亮這些天衣服變乾淨了，又時常自言自語，似乎在跟人說話，又懷疑另有原因。但懷疑明亮這事，秦家英不想讓陳長傑知道，防止懷疑錯了，變成她不懷好意；陳長傑出車，薇薇過來跟她睡一個屋，她悄悄問薇薇：

「薇薇，你跟明亮住一個屋時，發現他跟以前有啥不一樣沒有？」

「他愛一個人說話。」

「這我知道，還有呢？」

「睡覺的時候，過去他脫了衣服就睡，現在，他脫衣服之前，愛偷看一張照片。」

半夜，秦家英悄悄來到明亮屋裡，看明亮睡熟在床上，便拿起明亮脫在床頭的衣服，從上衣口袋裡，搜出一張照片。秦家英剛拿起照片，照片發出一道紅光，秦家英似被電了一下，照片落在地上。她彎腰去撿照片，又被照片發出的紅光電得渾身發麻。秦家英知道這照片有蹊蹺，便回到廚房，拿起洗碗用的橡膠手套，戴在手上，重回明亮屋裡，從地上撿起這張照片；隔著橡膠，照片無法放電了；秦家英湊近照片看，看出這人是櫻桃；因為在她和陳長傑結婚前一天，她從陳長傑那裡，見過櫻桃的照片。當時兩人正在收拾新房，秦家英突然說：

「讓我看一看你過去老婆的照片。」

「幹麼？」

「好奇。」

陳長傑只好從錢包裡拿出一張照片，遞給秦家英。這張照片，還是明亮滿月那天，陳長傑和櫻桃抱著明亮，去延津照相館照的。櫻桃抱著明亮坐在凳子上，陳長傑站在旁邊，後面的幕布上畫了一張桌子，桌子上擺著一個花瓶，花瓶裡插著一束迎春花。秦家英看後說：

「長得挺好看的。」

「去照相之前，她化了妝，演員都會化妝，顯得好看。」

「她得啥病死的？」

陳長傑撒謊：「肺氣腫。」

秦家英問陳長傑：「我看過了你過去老婆的照片，你要不要也看看我過去那口子的照片呀？」

陳長傑搖搖頭。

「為啥不看？」

「不產生任何價值。」

秦家英倒點頭同意：「是不產生任何價值。」

現在秦家英看到明亮身上藏的櫻桃的照片，終於明白內褲漂到馬桶裡的原因了；這時照片倒產生了價值。

「原來是你。」她說。

「原來你到武漢來了。」她又說。

「幸虧原來看過你的照片。」她又說。

「你想敗壞我們對嗎？」她說。

「你報仇來了。」她又說。

拿著照片，來到外屋，先用一張塑膠薄膜將照片包上，照片就不會放電了；接著把照片裝到身上；回到自己屋子，悄悄對薇薇說：

「今天晚上的事，別讓明亮他爸知道。」

薇薇點點頭。

第二天早起，明亮發現身上媽的照片沒了。明亮與薇薇平日住一個屋，平日薇薇既不給他叫「哥」，他也不給薇薇叫「妹」，二人就是哼哈說話，表面不吵架，心裡不親，媽的照片丟了，他先懷疑是薇薇拿了；雖然陳長傑出車，薇薇去另一個屋裡跟秦家英睡，但她的東西全在這屋放著，睡覺之前，會來這屋拿睡衣，清早也來這屋拿書包。待薇薇清早來拿書包，他問薇薇：

「我身上有一張照片，可能昨天晚上掉地上了，你撿著了嗎？」

薇薇搖頭：「沒有。」

吃早飯的時候，明亮問秦家英：「我身上有一張照片，昨天夜裡，可能掉地上了，你清早掃地時看到了嗎？」

秦家英：「誰的照片？不知道。」

上午，明亮和薇薇上學去了，秦家英拿著櫻桃的照片，去漢口西郊找馬道婆。馬道婆早年是個道姑，出家白雀庵，後來還俗開了個道館，給人算命；除了算命，也施展法術降妖除魔；可除人魔，也可除鬼魔；別人遇到妖魔的事找馬道婆，秦家英遇到妖魔的事也找馬道婆。秦家英來到西郊，找到馬道婆的家，見到馬道婆，把前因後果跟她說了。馬道婆：

「知道是誰搗亂就好辦了，把照片給我。」

秦家英把櫻桃的照片遞給馬道婆，照片用塑膠薄膜包著。馬道婆：

「去前屋結帳吧，別的你就不用管了。」

又說：「放心，讓她寸步難行。」

當天夜裡，明亮夢見了媽。媽似躺在荊棘叢裡打滾，邊打滾邊喊：

「明亮，快來救我，疼死我了。」

又喊：「我不要在武漢待了，我要回延津。」

明亮醒來，出了一身汗。明亮以為媽的照片丟了，是自己胡思亂想，也沒在意，接著又睡了。誰知第二天夜裡，媽又來到明亮夢裡，仍躺在荊棘叢裡打滾，讓明亮救她。明亮這才知道媽遭了難，便問：

「媽，你讓我救你，可你在哪兒呢？」

「我在武漢不熟，不知道這是哪兒呀。」

「不知道你在哪兒，我咋找到你呢？」

這時櫻桃哭了：「看來我像白蛇一樣，要永遠被鎮到塔下了。」

這時另外一個聲音在明亮耳邊說：「我知道你媽在哪兒。」

明亮：「你能帶我去找她嗎？」

聲音：「能。」又說，「不過，今天我幫了你的忙，幾十年後，你還會來武漢，那時你得幫我一個忙。」

明亮：「你是誰呀？」

聲音：「到時候你就知道了。」

明亮悄悄穿起衣服，隨著這聲音，悄悄出門，來到大街上。夜半時分，街上一個人也沒有，他不知道往哪裡走，四處尋那聲音。這時聽到聲音說：

「跟我來。」

明亮發現，說這話的，原來是前邊飛著的一隻螢火蟲。螢火蟲在前邊飛，明亮在後邊跟；轉過一個街道，又是一個街道；轉過一個巷口，又是一個巷口；無數街道和巷口轉過，來到漢口的西郊；螢火蟲帶明亮來到一座小院前；螢火蟲飛過小院的籬笆，明亮也翻過籬笆；螢火蟲來到一柴草屋前，明亮推開柴草屋的門，看到屋裡燈火如豆，正中牆上，掛著一個人的畫像——明亮長大之後，才知道這是閻羅；閻羅旁邊，站著一個青面獠牙的人，嘴裡在吃小鬼，明亮長大之後才知道他叫鍾馗；畫像前的桌子上，豎著一塊木板，許多人的照片或畫像，被鋼針釘在上邊。明亮的媽的照片，也在其中。照片上，渾身上下也釘滿了鋼針。明亮二話不說，忙將媽照片上的鋼針拔掉，把照片取下來。這時聽到媽的哭：

「明亮，你可來了。」

又說：「渾身上下都是傷，火燒火燎的。」

「那咋辦呀？」

「找水，把我放到水裡，一見水就好了。」

「我在郊區不熟，不知道哪兒有水呀。」

螢火蟲這時說：「跟我來。」

明亮懷揣媽的照片，跟著螢火蟲，出了這座小院；螢火蟲在前邊飛，明亮在後邊跟；轉過一個街道，又是一個街道；轉過一個巷口，又是一個巷口；無數街道和巷口轉過，前邊豁然開朗，到了長江邊。長江水波濤洶湧，無邊無際。月光照到江水上，江上亮如白晝。明亮：

「媽，把你扔到長江裡行嗎？」

媽：「扔吧。」又說，「我本來怕水，現在也顧不得了。」

明亮把媽的照片，也就是媽早年的劇照，扔到了江水裡。誰知媽一見水，竟從劇照上站了起來，身上穿的，竟是《白蛇傳》中白娘子的戲裝；接著媽就不是現實中的媽了，成了戲中的白娘子，她舞著水袖，在長江上唱起當年控訴法海和許仙的唱段。聲音悲憤高亢，穿透雲霄。這時螢火蟲飛到空中，突然爆炸，炸成了禮花，映得天空五彩繽紛。這情形別人看不見，明亮看得見；這唱腔和聲音別人聽不見，明亮聽得見。明亮又明白，媽說她怕水，只因被鋼針扎成遍體鱗傷，倒是不怕水了。他突然想起在夢中，媽說過要回延津的話，便說：

「媽，別光顧唱戲了，你說要回延津，趕緊回延津吧，別讓人再把你釘到板子上。」

這時一個大浪打過來，媽喊了一聲「四十五……」，接著就被浪打翻了。明亮不知道媽喊「四十五」是什麼意思，眼看著媽隨著浪濤順流而下，轉眼就看不見了。當時明亮以為媽回了延津，到三年級學了地理才知道，延津在北方，而長江向東流；如果媽順江而下，永遠也回不了延津。

那她去哪兒了呢？

附錄　柴屋對話

櫻桃被鋼針釘在木板上，求生不能，求死不得。櫻桃求閻羅：

「爺，我知道我錯了，原說回延津，不該說話不算話，私自留在武漢。」

閻羅還沒說話，旁邊的鍾馗舞著鋼鞭：「普天之下，莫非王土，你以為你跑到武漢，就能逃出爺的手心了？就能逃出六道輪迴了？」

櫻桃忙撒謊：「爺，我沒想逃出六道輪迴。」又說，「爺，您不是說過，被笑話壓死的人，只要說出五十個一句話能把人逗笑的笑話，就可以超生嗎？我來武漢這些天，除了照看兒子，沒敢歇著，已經自個兒想出了五個這樣的笑話，您先把我卸下來，我把這五個笑話說給您聽好嗎？」

閻羅還沒說話，鍾馗又喝：「爺說的是五十個，不是五個；這是陰曹地府，不是你們陽間，爺講的是鐵面無私，否則就處處是冤魂了。你想出五個，還差四十五個，留著慢慢想去吧。」

這天半夜，明亮來摘櫻桃的照片，鍾馗舞起鋼鞭要打明亮：

「還差四十五個呢。」

當然這話明亮聽不見。閻羅倒止住鍾馗：「你不是說過，普天之下，莫非王土，隨她去吧，看這四十五個笑話，又會給她帶來什麼遭遇。」

又說：「這些遭遇之中，不定又出什麼稀奇古怪的事，等於我們多看了一個笑話。」

鍾馗會意，也就止住了鋼鞭。

五

明亮的奶奶到武漢來了。明亮的奶奶七十多歲了。明亮剛生下時，櫻桃給明亮起的名字叫「翰林」，後來明亮會說話了，老說眼前黑，奶奶給明亮改了個名字叫「明亮」。

奶奶家住在延津縣城北街。奶奶家院子裡，有一棵大棗樹，樹身兩個人才能摟抱過來；奶奶說，這棵棗樹，有兩百多歲了，是明亮爺爺的爺爺種下的；明亮爺爺的爺爺，年輕時是個販驢的，棗樹的樹苗，是從新疆若羌馱來的。兩百多歲的棗樹，如今還枝繁葉茂，每到秋天，能打下來三麻袋大紅棗。明亮的爺爺和奶奶，把紅棗和黍麵摻在一起，打成棗糕，用小車推到十字街頭去賣。到了晚上，攤子上會點一盞礦石燈。當時，明亮的爸媽都在縣棉紡廠上班，棉紡廠上工三班倒，兩人沒時間照看明亮，明亮三歲之前，跟奶奶長大。每天睡覺之前，明亮愛聽奶奶講故事，延津叫「噴空」。兩人躺到床上，明亮：

「奶，給我噴個空吧。」

「噴一個就噴一個，你聽好了。」

幾十年之後，明亮還記得，奶奶愛噴的「空」有三個。一個是黃皮子的故事。黃皮子就是黃鼠狼。奶奶說，她小的時候，娘家後院裡鬧黃鼠狼。一到晚上，老黃皮帶著一群小黃皮，在後院嬉鬧。奶奶她爹喊，黃皮子，別鬧了，還讓不讓人睡覺了？老黃皮答，偏不。一群小黃皮站立起來，一隻小黃皮把手搭在另一隻肩膀上，排成行，老黃皮在前邊領著，扭動著屁股，從後窗前通過。一天晚上，電閃雷鳴，有人敲門。爹打開門，是老黃皮，雙手向爹作揖：雷公要來抓我們，求您老人家，讓我們母子十人躲一躲吧。爹說，你不裝孬孫了？老黃皮說，不裝了。爹說，你不鬧騰了？老黃皮說，不鬧騰了。爹到後院，打開柴草屋的門，讓黃皮子母子十人躲了進去。第二天早上，雨過天晴，爹去柴草屋看，黃皮們不見了；也不是全不見了，一隻瘸腿的小黃皮，在柴草上縮著。是老黃皮把殘疾的小黃皮，留在了他們家。爹歎息，老黃皮，你比我有心眼。就把這瘸腿的小黃皮，放到豬圈裡，當豬養了。奶奶說，她小的時候，常跟小黃皮玩。但十幾年過去，也不見小黃皮長大。奶奶問，小黃皮，你咋不長大呢？小黃皮說，我是豬，不是人，一長大，就被人殺了。奶奶說，「我出嫁那天，小黃皮還哭了。」

另一個「空」是一頭牛的故事。奶奶說，這頭牛，跟她同歲。奶奶說，牛分懶牛和強牛，懶牛一上套，拉屎撒尿磨洋工，強牛愛幹活；這頭牛比強牛還強，到地裡耕田，只要一扎下犁，從早到晚不停歇，往往把扶犁的人給累趴下了。這天，奶奶的三叔去地裡跟牛耕地，三叔是個懶人，邊扶犁邊說，你能不能慢點，去前邊搶孝帽子呢？幹上半個時辰，三叔又蹲在地頭吸菸，反倒是這頭牛催三叔，你能不能快點，不然啥時候能把這塊地耕完呀？三叔說，你要把人累死呀？這是你們家的地，還是我們家的地？又罵，再催，把你送到殺鍋上。殺鍋，就是殺牛的地方。沒想到這話把牛惹惱了，牛掙脫犁軛和繩套，一頭將三叔頂翻，向山上跑去。三叔喊眾人去追，山上樹茂林密，哪裡找得著？在山路拐角處，見一個老婆婆，背個包袱，坐在路邊歇息，眾人便問，老人家，看到一頭牛跑過去沒有？老婆婆答，牛沒看到，我腳下臥了個貓，看像你們家的牛嗎？這時見一隻黃貓，枕著老婆婆的腳，打著呼嚕在睡。奶奶問：

「知道這老婆婆是誰嗎？」

「誰呀？」明亮問。

「山神奶奶呀，這頭牛是她一隻貓，偷吃了家裡的槽子糕，山神奶奶生氣了，罰牠變成一頭牛，下界耕地，啥時候耕夠五百頃地，啥時候回來；所以牠耕起地來，比強牛還強啊。」

還有一個「空」是奶奶她爹的故事。奶奶說，她娘死得早，她小的時候，家裡裡裡外外，全靠爹一個人張羅。她出嫁那天，爹說，妮，我會當爹，不會當娘，十七年你受委屈了。又說，你要出嫁了，爹也不知道該給你張羅個啥，爹不會做衣裳，不會做被褥，鋸了棵榆樹，給你打了個櫃子，算是個嫁妝吧。她說，爹，這些年，家裡裡外外，你張羅得挺周全的。又說，爹，你做這個櫃子，比啥都金貴，啥時候看到這櫃子，我就想起你了。又說，爹，我出嫁以後，家裡就剩你一個人了，我對你不放心呀。爹說，放心，爹會照看自個兒。她出嫁第二年，她爹就死了。這年開春，一天夜裡，她去堂屋裡間，想打開榆木櫃子，拿去年冬天紡的線，準備第二天安到織布機上織布，看到這櫃子，她突然想起了她爹，不由自主說了一句，爹，我想你了。這時聽到一個聲音在窗外說，放心，你還能見你爹一面。她急忙跑到院子裡，哪裡有人？突然覺出，這是小黃皮的聲音。可小黃皮也死了五六年呀。她院裡院外找，哪裡還有小黃皮的影子？接著就把這事給忘了。

「誰知你爸（指明亮的爸陳長傑）九歲那年，我領他去趕集，集上人山人海，我看到前邊有個人，邊捧著肉盒吃，邊往前走，像爹的背影，急忙趕上去，那人擠在人群中不見了。」奶奶說。

「我也就看到爹一個背影。」奶奶歎息。

奶奶講著，明亮聽著。聽著聽著就睡著了。

明亮三歲那年，延津下大雨，一直下了兩天兩夜，河裡坑裡都是水。明亮跟一幫孩子，到北關水坑前，用土塊投蛤蟆玩，一不小心，掉到了坑裡。一幫孩子大呼小叫在街上跑，奶奶聞訊趕到坑邊，明亮已經在水裡漂了起來。人漂起來，證明這人已經被淹死了。奶奶和幾個大人手拉手，把明亮撈了出來。奶奶把明亮搭在碌碡上，明亮「哇」的一聲，把肚子裡的水吐出來，又活了回來。奶奶哭了，明亮也哭了。奶奶說：

「明亮，今天這事，別讓你爸媽知道。」

明亮點點頭。但明亮差點淹死這事，還是讓櫻桃知道了。櫻桃能知道，還是明亮告訴她的。那時明亮還小，櫻桃問什麼，他就答什麼；答的時候，就把奶奶的囑咐給忘了。除了說出差點淹死這事，平日奶奶給他噴的「空」，他也一五一十學給了櫻桃。櫻桃跟陳長傑急了：

「孩子差點淹死不說，看你媽整天給孩子胡說些什麼。」

陳長傑：「我回頭說我媽，不讓她跟明亮噴空了。」

「不用說了，從明天起，明亮不讓她看了。」

第二天，櫻桃便把明亮送進了棉織廠的幼稚園，「讓明亮學些正經東西吧。」還讓陳長傑交代奶奶，沒事不要來看明亮。但奶奶趁櫻桃上班的時候，常偷著來幼稚園看明亮。明亮愛吃棗糕，奶奶來時，便給明亮帶棗糕；明亮愛喝汽水，奶奶也給明亮帶汽水。明亮就著汽水吃棗糕時，奶奶叮囑：

「這回別讓你媽知道了。」

上回因為給媽說實話，明亮來到幼稚園；明亮不喜歡幼稚園，也不喜歡幼稚園老師說的話，他還想回到奶奶身邊，聽奶奶噴空；但他已經回不去了；於是接受教訓，不再把奶奶來看他的事告訴櫻桃；如果告訴櫻桃，奶奶不來看他，他就吃不成棗糕，喝不成汽水了。但三個月後，明亮不用再擔心這些事了，因為他媽上吊了，奶奶來看明亮不用背著誰了；這時陳長傑又把明亮帶到了武漢。轉眼三年過去，明亮沒見著奶奶了。奶奶見到明亮第一句話是：

「謔，躥了兩頭。」

又問：「明亮，你小時候眼前發黑，現在眼前還發黑不發黑了？」

明亮見到奶奶，有些陌生，奶奶問他眼前發不發黑，他只是搖搖頭。直到奶奶從提包裡掏出棗糕讓大家吃，明亮吃著棗糕，漸漸跟奶奶熟了，突然想起什麼，說：

「我好長時間沒喝汽水了。」

奶奶說：「明天帶你去街上喝汽水。」

奶奶來了，小兩居住不下這麼多人，秦家英陪奶奶吃了一頓晚飯，便帶著薇薇去娘家住了。晚上，明亮跟奶奶睡在他的房間，陳長傑睡在另一個房間。躺到床上，明亮說：

「奶，還想讓你噴空，好長時間沒聽你噴空了。」

奶奶：「好長時間沒想過噴空這件事了，一時想不來該噴啥呀。」

「把過去的『空』再噴一遍也行。」

奶奶便將黃皮子、牛和她爹的「空」重新噴了一遍。過去在延津的時候，明亮聽奶奶噴空，聽著聽著就睡著了；現在在武漢重新聽這些「空」，反倒越聽越睡不著了。奶奶見他沒睡著，問：

「明亮，三年沒見奶奶了，你有沒有『空』給奶奶也噴一噴呀？」

明亮想把他媽櫻桃前不久來武漢找他的「空」給奶奶噴一噴，但櫻桃被鋼針釘在木板上，遍體鱗傷，後來又被扔到長江裡，被大浪打翻，不知漂到哪裡去了，他一想起來就害怕，就沒敢說給奶奶；只是說：

「奶，我沒『空』。」

幾十年之後明亮才知道，這個「空」當時沒對奶奶噴，一輩子就沒人噴了，也沒機會噴了；「空」不噴出去，壓到心底，就成了一輩子無法告人的心事。那時明亮歎了一口氣。

第二天是禮拜天，陳長傑帶著奶奶和明亮，去街上閒逛。路邊碰到雜貨鋪，奶奶買汽水給明亮喝。祖孫三人，中午吃的熱乾麵，接著去逛黃鶴樓，晚上吃的武昌魚。週一陳長傑出車，家裡就剩奶奶和明亮兩個人。清早，奶奶把明亮送到學校；中午去學校接明亮，回家吃午飯；吃過午飯，再把明亮送到學校；下午放學的時候，再去學校接明亮。晚上躺在床上，除了噴空，兩人也閒聊天。

「奶，你為啥到武漢來呀？」
「來看明亮啊。」
「你為啥來看我呀？」
「我做了一個夢。」
「啥夢呀？」
「一個人說：『你該去看看明亮了。』」
「這個人是誰呀？」
「看不清面目，聽聲兒，好像是你爺爺。」
「我爺爺不是死了嗎？」
「都死了兩年了。」
「奶，咱家院子裡的大棗樹今年結棗了嗎？」
「比往年結得還多。我估摸，今年打棗，能打四麻袋。」奶奶問：「明亮，武漢好不好哇？」
明亮搖搖頭。
「為啥不好？是後媽對你不好嗎？」
說後媽對他不好也對，因為後媽不愛搭理他；比後媽更讓明亮害怕的，還是親媽櫻桃在武漢的遭遇，有人給媽渾身上下釘滿了鋼針；但他不敢把這些說給奶奶，只是說：
「奶，我想跟你回延津。」

「那可不成啊，你在這兒還要上學呢，武漢是大城市。」

「奶，要不你別回延津了，你就一直住在這兒吧。」

奶奶：「我不走，薇薇和她媽就沒地方住呀。」

又說：「再說，秋天到了，我還得回去打棗呢。」

奶奶在武漢住了半個月，要回延津了。陳長傑、秦家英帶著明亮和薇薇，把奶奶送到車站。奶奶臨上車之前，明亮拉著奶奶的手：

「奶，你啥時候還來呀？」

「等收了大棗就來。」

「奶，你可別騙我呀。」

「我不騙你。」

接著，火車就把奶奶拉走了。

一個月之後，陳長傑收到電報，奶奶死了。明亮長大之後想，奶奶臨死之前一個月，來武漢一趟，是為了看明亮最後一眼；又想到，奶奶在武漢時說，她來看明亮，是爺爺在夢裡讓她來的，也許，爺爺知道奶奶很快要走了，提醒了她；爺爺生前摳門，不切棗糕給明亮吃，死後，卻知道惦記明亮了。陳長傑：

「你看，一個月之前還好好的。」

又說：「一個月之前，她還來武漢了。」

又說：「多虧她來武漢了，大家見了最後一面。」

陳長傑要回延津奔喪。明亮也要跟陳長傑回去。陳長傑：

「你正在上學，回去落下功課，回來就跟不上了。」

又說：「你回去也沒用，幫不上什麼忙。」

陳長傑走的當天，明亮去學校上學。課堂上，老師在講數學課，明亮心裡火燒火燎，老師說的什麼，一句沒聽進去。上過第一節課，趁著課間休息，明亮背上書包，跑出了學校。他連家也沒回，直接去了火車站。他書包裡還有三十多塊錢，二十塊是上回來武漢的李延生給他的，另有十塊多是他平日攢的壓歲錢。他掏出這錢，買了一張回河南新鄉的兒童票。進站，兩列火車停靠在月臺左右，一列是從廣州開往北京，一列是從北京開往廣州；明亮回河南，河南在武漢的北邊，應該上廣州開往北京的列車，但明亮把火車上錯了，上了北京開往廣州的列車。火車上人山人海，明亮擠坐在車廂連接處。火車搖搖晃晃，明亮很快就睡著了。等他醒來，已經是第二天上午，火車到了株洲。這時列車員查票，告訴明亮把火車坐反了。下車，身上就剩三塊多錢了。明亮沒錢買火車票，就打問著，一個人往北走。路上，向人討些飯吃。等他走到延津，已經是兩個月之後。明亮去了延津北街奶奶家，奶奶家落葉遍地，一個人也沒有，院子裡那棵兩百多歲的大棗樹也不見了。鄰居家姓裴，中午做飯，老裴去後院抱柴火，見這邊院子裡有一個不認識的孩子，拉著門搭在哭，過來問：

「你誰呀？」

這孩子只顧哭，也不說話。老裴看他一隻腳上有鞋，一隻腳上沒鞋；快入冬了，身上穿的還是單衣，絲絲縷縷的，突然想起什麼：
「你是明亮吧？兩個月了，都以為你丟了呢。」
孩子還是只哭不說話。聽到孩子的哭聲，漸漸院子裡聚攏一圈人。在副食品門市部上班的李延生，也聞訊趕來：「明亮，你還認識我嗎？我是你延生叔，半年前，我們在武漢見過面。」
明亮仍是只哭不說話。李延生用手去掰門搭上明亮的手指，誰知掰不下來；李延生：
「我帶你去找你奶奶呀。」
明亮才把手放了下來。老裴忙去家裡拿了他家孩子一身冬衣，一雙棉鞋，讓明亮換上；李延生領著明亮，來到城外陳家的墳地，指出哪座墳埋的是明亮的爺爺奶奶；明亮撲到墳頭上，邊哭邊喊：
「奶，你不是說收了大棗，還去武漢看我嗎？你咋說話不算話呀？」
「奶，你死了，誰還給我『噴空』啊？」
「奶，我還有『空』沒給你噴呢。」
整整哭了三個時辰，方才作罷。
李延生拉著明亮的手往回走。明亮：
「叔，我奶家院子裡那棵棗樹呢？」
李延生：「你奶死了，半個月後，這棵樹也死了，今年的棗也沒收成，你說怪不怪？」
李延生把明亮領到了家，接著給武漢的陳長傑打長途，告知明亮到延津的消息。第三天上午，陳長傑趕到了延津，見到明亮說：

「把我嚇死了，以為你沒了呢。」

又說：「把你後媽也嚇死了，也以為你沒了。她說，她沒打你呀。」

又說：「跟我回去吧，你奶沒了。」

明亮搖搖頭。

陳長傑：「回去還上學呢。」

明亮：「打死也不回武漢了。」

陳長傑：「為啥呢？因為你後媽嗎？」

說後媽也對，因為後媽不愛搭理他；比後媽更讓明亮害怕武漢的，還是因為親媽櫻桃，有人給媽渾身上下釘滿了鋼針；但他不敢把這些說給陳長傑，說出來陳長傑也不信。說起來，奶奶的死，倒給明亮找到一個離開武漢，回到延津的理由。便說：

「不是因為後媽，她對我挺好的。」

又說：「在武漢不親，到延津感到親。」

又說：「你要讓我回去，我回去就跳長江。」

六

李延生和陳長傑重新見面，李延生見陳長傑隻字未提櫻桃的事，也沒敢打問櫻桃在武漢發生了什麼；因為半年前，是他把櫻桃帶到武漢去的；半年來，陳長傑那裡又發生了許多事，陳長傑他媽死了，明亮又從武漢跑到延津；李延生再問櫻桃的事，也顯得不合時宜；眼前的事，已經把過去的事遮過去了。這天晚上，李延生請陳長傑在「天蓬元帥」吃豬蹄。陳長傑說：

「一到這裡，我就想起我們在劇團和機械廠的時候。」

李延生：「可不。」又說，「飯館沒變，我們變了。」

陳長傑：「關於明亮的事，我有一個想法，也不知合適不合適。」

「你說。」

「看明亮這樣子，是難叫他回武漢了，他跟後媽，也過不到一塊兒。表面看不出啥，心裡較著勁呢。硬把他弄回去，他再跑了，還得找他。這次他回延津了，咱們找著了，如果他去了別的地方，哪裡找去？」

「這孩子有些倔，上回去武漢，我就看出來了。」

「要不，就讓他留在延津，把他放到你這兒？我看他這幾天待在你家，挺踏實的。」陳長傑又說，「明亮他奶一死，我在延津也是舉目無親呀。」

「長傑，你把孩子託付給我，是信得過我，如果咱還沒結婚，弟兄之間，再大的事，都是一句話的事；就是結婚了，如果孩子在我家待個兩月三月的，也沒話說；可孩子一下不走了，成了家裡一口人，我得回去跟你弟妹商量商量。」

「你給弟妹說清楚，不讓你們白養活，我每月給你們三十塊錢。」陳長傑又說，「這樣，你也好給弟妹說。」

李延生：「你說得輕巧，你把錢給了我們，你們家在武漢不生活了？嫂子知道了咋辦？」

「鐵路上工資高，每回出車，還有補助，我再多加幾個班，掙些加班費，這都是工資之外的錢，你嫂子覺不出來。」

李延生回到家，睡覺的時候，邊脫衣服，邊把陳長傑的想法跟胡小鳳說了。胡小鳳聽說收留明亮，陳長傑每月給他們三十塊錢，馬上答應了。因為李延生在副食品門市部賣醬油醋和醬菜，捎帶賣花椒大料醬豆腐，每月才六十多塊錢工資；胡小鳳在糖果廠包糖果，每個月才五十多塊錢工資；收留一個孩子，等於家裡多了半個人上班。

第二天一早，李延生領陳長傑去十字街頭喝胡辣湯，把與胡小鳳商量的結果，告訴了陳長傑。當天上午，陳長傑領明亮去街上喝汽水，與明亮商量，如果他不回武漢，跟李延生家過如何。明亮：

「只要不回武漢，跟誰過都成。」

下個禮拜一，明亮進了延津西街小學，當了一年級的插班生，與老董的兒子董廣勝、郭寶臣的兒子郭子凱同班。從一年級到四年級，明亮和董廣勝是同桌。

第二章　二十年後

一

明亮娶親這天，他中學時幾個要好的同學，幾乎都到場了。婚禮上，老董的兒子董廣勝當司儀；郭寶臣的兒子郭子凱在北京上研究生，不是假期，專門請假回到延津，另一個要好的同學馮明朝，在鄭州百貨大樓當採購，也專門請假回來，兩人當了明亮的伴郎。

這年明亮二十六歲，在「天蓬元帥」當廚子。十年前，明亮上到高中一年級，主動退學了。明亮退學不是他不願意上學，而是他爸陳長傑從武漢給他來了一封信。陳長傑在信中說，十年前，陳長傑把明亮留到延津，把他寄養在李延生家，這寄養不是白寄養，事先說的有條件，他每月給李延生家三十塊錢；後來隨著物價上漲，每月寄給李延生家的錢也隨著增加；到明亮十六歲，已變成每月一千五百塊錢。這些錢，都是他背著明亮的後媽秦家英，加班加點，掙出的加班費。車務處別的工友都不願意加班，他加班加點需求著別人；加班加點時，還要瞞著秦家英。但上個月，這事被秦家英發現了。陳長傑去郵局給李延生匯錢，匯過錢，急著出車，把匯款的單據落到了口袋裡，秦家英在家洗衣服時發現了。等陳長傑出車回來，秦家英追問這事，他只好辯稱，這錢是借給李延生的。秦家英便到機務段財務科，查出陳長傑每月都額外領出一些加班費，而這些加班費，陳長傑卻沒有拿回家。回家追問陳長傑，陳長傑見瞞不住了，只好如實說，這是每月寄給明亮的生活費。秦家英哭了，說你給你兒子生活費我不反對，為什麼一直瞞著我？你咋知道我就不通情達理呢？兩口子在一起過了十年，原來你一直懷有二心；這不是錢的事，是讓你兒子每個月接到錢，都恨我一次；陳長傑在信中說，其實事情不是這樣的，十年前這事沒告訴秦家英，是多一事不如少一事，便說把明亮放到延津，是過繼給了李延生，明亮成了李延生家的孩子，沒提每個月還要給錢的事；十年後暴露了，話也說不回來了；等於十年前的自己，給十年後的自己別住了馬腿。事情尷尬還在於，十年間，陳長傑每個月給李延生寄錢，明亮也不知道。陳長傑在信中說，秦家英哭過，又去機務段財務科，讓財務科把陳長傑今後的工資、獎金和所有的加班費，統統打到秦家英的銀行卡上；回來又對陳長傑說，從今往後，你沒錢寄給你兒子了，你兒子就無法恨我了；如果你兒子需要生活費，讓他來武漢一趟，先向我承認跟你共同瞞我和恨我十年的錯誤，接著我們再說生活費的事。陳長傑在信中說，你後媽說的，明顯是氣話；她的目的，就是拿我十年前的錯，來懲罰現在的我，讓我從今往後，真和你斷絕來往，就像十年前，真把你給了李延生一樣，以報十年之仇。事到如今，我也是進退兩難，因為這馬腿是自己給自己別住的。麻煩在於，我今後手裡沒體己錢了，就是想供你生活費，也沒這個能力了。如果我不給你生活費，你今後怎麼辦，我也想不出新的轍。盼就盼著，李延生兩口子，真把你當兒子養了。陳長傑在信中又寫道，一個父親，連兒子都供養不了，想起來我心如刀割；歸根結柢，你就怪你爸沒本事吧。信的末尾，陳長傑又寫道，說起來，我也五十的人了，近些年，身上也開始添病了，如果秦家英不讓我供你生活費，今後我也不加班了。又及。

明亮看了這信，沒有回信。他不知道怎麼回。過去陳長傑供應他生活費他不知道，現在無法供應了，他無法強迫他繼續供應；也許，從根上起，這事就怪陳長傑，給兒子生活費，是天經地義的事，當初不該瞞著秦家英，還編了瞎話；當然，遇事編瞎話瞞著對方，不敢理直氣壯提出來，還是怕人家不同意這事；既然是怕人家，就不是怕人家一件事，而是什麼事都怕；給人家提這事之前，自己先怵了，多一事不如少一事，只好瞞著；為了生活費，明亮可以去武漢向後媽承認錯誤，但想著她積著過去十年的氣，即使明亮和陳長傑共同向她認了錯，她也會找出別的理由繼續刁難下去，以報十年之仇；君子報仇，十年不晚，也許說的就是這個；何況，明亮事先對陳長傑寄錢的事並不知道，如何認錯？武漢無法去，去也是白去；李延生這邊，過去陳長傑給李延生寄錢明亮不知道，現在他只能還裝作不知道；陳長傑今後不再給他供應生活費，他也無法改變這個事實；說起跟陳長傑的來往，十年間，除了陳長傑背後給明亮生活費，兩人之間本來就沒什麼來往；就來往本身，今後來不來往，和以前也沒什麼區別。看完這封信，明亮一個人跑到延津縣城北郊的河邊，悄悄把這封信燒了。

但是，兩人來往不來往，對於明亮一樣，對於李延生家卻不一樣，因為從第二個月起，陳長傑不再給李延生家寄錢，明亮的吃喝拉撒和上學的費用，就得李延生夫婦出了。頭一個月李延生和胡小鳳沒說什麼。第二個月李延生沒說什麼，胡小鳳臉色開始不好看。第三個月，往往因為一件小事，當著明亮的面，胡小鳳開始指桑罵槐，李延生開始唉聲歎氣。第四個月，明亮主動退學了，離開李延生家，去「天蓬元帥」飯館當了學徒。這差事，還是在中學教地理課的焦老師給他找的。「天蓬元帥」飯館的老闆姓朱，喜歡唱戲，沒事愛吼上兩嗓子；在明亮班上教地理的焦老師，也喜歡唱戲；開飯店和教學之餘，兩人常在一起唱《打漁殺家》、《樓臺會》等；在戲裡，老朱扮生角，焦老師反串青衣。焦老師看明亮走投無路，便在下次唱戲的時候，把明亮的狀況跟老朱說了，並用戲裡的臺詞對老朱說：

「夫君，你看這小孩，舉目無親，有國難投，你就發發善心，把他收留了吧。有道是，勿以善小而不為呀。」

老朱倒「噗嗤」笑了，用生活裡的話說：「老焦，豬蹄也不是好燉的，我只問你，這孩子懶不懶呀？」

焦老師也還原生活：「不懶，不懶，懶人，我就不跟你說了。」

「懶人，在我這兒也待不住。」

第二天，明亮便到「天蓬元帥」當了學徒。當學徒沒有工資，飯館管吃管住。明亮當學徒的頭一份差事，是剔豬毛，即把從延津屠宰場運過來的一盆一盆的豬蹄，一個個從盆裡撿出來，把豬蹄上的毛剔乾淨；過去剔豬蹄是用刮刀刮，但表面的毛刮乾淨了，肉裡的毛，顧客能吃出來；現在改用滾燙的瀝青，糊在豬蹄上，將豬蹄裡外的毛黏掉；黏不掉的碎毛，再用鑷子拔乾淨；接著將蹄甲用清水沖淨；又將沖淨的豬蹄，放到浸著花椒鹽的鹵水裡醃製。一天算下來，明亮能剔近三百隻豬蹄。

「天蓬元帥」每天上午十一點開門，到下午三點，吃中飯的顧客就走得差不多了；晚上六點再開門，每天打烊，一般到夜裡十一點多了。從下午三點到晚上六點，中間有三個小時的工休時間。但飯館其他人能工休，學徒不能工休，仍得在後院剔豬蹄。也有到下午五點左右，提前把豬蹄剔完的時候，剩下一個鐘頭，明亮也能歇會兒。在延津有家的人，一到工休時間都回家了；明亮在延津沒家，也不想去李延生家，只能在「天蓬元帥」飯館待著。當然他也可以到大街上去，或到延津渡口去，街上和渡口，都是熱鬧的地方；但他當學徒沒有工資，身無分文，到了集市，連瓶汽水都買不起，去也白去，便不去了；也怕在街上遇到過去的同學，學上得好好的，咋突然不上了？不上的原因，解釋起來，一句兩句說不清楚，不如不解釋；於是有了空閒，他便來到「天蓬元帥」飯館後身，一個人待著。飯館後身，有一條河。每年夏天，到了晚上，老朱也在河邊扯上電燈，擺些桌子，河邊也坐滿客人，就著豬蹄喝酒；一陣涼風吹來，讓人精神一振；但夏天蚊子多，需要在桌下點上蚊香。過橋往前走，便是一大片田野，春天長的是麥子，秋天長的是玉米。老朱喜歡唱戲，每天清晨，會來到河邊，對著莊稼地吼上幾嗓子。下午五點來鐘，正是河邊和莊稼地沒人的時候。明亮走過小橋，來到莊稼地邊，往往從身上掏出一支笛子吹起來。明亮會吹笛子，是跟中學同學馮明朝學的。馮明朝他舅，在縣城一家響器班吹笛子；這響器班，專門給紅白喜事吹打；馮明朝從小在姥姥家長大，跟舅舅耳濡目染，便也學會了吹笛子。馮明朝說，他舅說過，吹笛子關鍵得會換氣，會換氣才能把音吹高吹長；只有把音吹長，這音才能抑揚頓挫地變出花樣；換氣只會明著換叫傻換氣，真正會換氣的人，都是偷著換；除了換氣，還得會揉音和抹音。明亮跟馮明朝學會吹〈牧笛〉、〈小放牛〉、〈鷓鴣飛〉、〈黃鶯亮翅〉、〈五梆子〉等。後來馮明朝開始喜歡玩黏鳥，把笛子丟開了，明亮卻吹了下來。明亮一開始照著現成的曲子吹，後來笛子玩熟了，開始拿著笛子隨意吹開去。說是隨意，也不隨意，還是照著自己的心思吹，照著自己想起的事情吹，照著自己一而再再而三想起的事情吹。譬如，他常想起他六歲在漢口時，把他媽的劇照從一間柴屋的針板上救下來，把媽的照片扔到了長江裡，他媽突然從劇照上站立起來，在長江上邊唱邊舞的情形；譬如，當年他坐反了火車，花了兩個月，從湖南跑到延津，奶奶家人去院空，一地落葉，院子裡那棵兩百多歲的棗樹，也隨奶奶死去了；事到如今，那棵棗樹也不知哪裡去了……便把這些事情吹成曲子。吹著吹著，往往能吹到事情之外，吹出無可名狀的他對世界的感受和心緒；吹的是這些事情，又不是這些事情；這些曲子裡藏的心情，只可意會，無可言傳。明亮又想，如果能夠言傳，能用白話說出來，還吹笛子幹什麼？馮明朝教會了明亮吹笛子，但笛子都能吹些什麼，還是明亮自己悟出來的。這天，明亮正對著莊稼地吹笛子，看到飯館的老闆老朱，在河對岸站著，朝這邊打量，忙停下笛子。老朱在對岸揮揮手：

「小子，吹得不錯，接著吹吧。」

明亮又接著吹下去。誰知剛剛吹起，老朱又揮手讓他停下來，問：

「小子，我會唱戲，我要唱起來，你能給我伴奏嗎？」

明亮搖搖頭：「大爺，我只會吹曲子，沒學過給戲伴奏呀。」

老朱又揮揮手：「那就算了，你接著吹你的吧。」

明亮又接著吹下去。

這天，明亮正在飯館後院用瀝青黏豬毛，一人站在他面前，抬頭，是李延生。李延生把一個大包袱，放到了旁邊案子上：

「明亮，說話立冬了，該換厚衣裳了，我把你的棉襖棉褲和棉鞋給送過來了。」

「謝謝叔。」

「你爸把你託付給我，我也沒有把你照顧好。」

「叔，你已經照顧我十年了。」

「以後有什麼事，該找我，還來找我。」

「知道了，叔。」

「只是記住一點，別去家裡找我，去副食品門市部找我。」

「知道了，叔。」

「說起來，我跟這裡的老朱也認識，剛才我跟他說了，讓他遇事照看你，他也答應了。」

「謝謝叔。」

說話間落下一場大雪。大雪過後，天氣驟冷，滴水成冰。這天明亮正在後院洗豬蹄，老朱披著狐皮大衣踱過來，見到明亮問：

「小子，這幾天咋沒聽你吹笛子？」

「大爺，天冷，沒法吹了。」

「死腦筋，你不去河邊吹，在屋裡吹不就得了。」

明亮不說話了。老朱：

「小子，問你呢。」

明亮從水盆裡伸出手：「手老在水裡泡著，凍腫了，拿得起笛子，捂不住眼了。」

老朱拍了一下自己的腦門：「小子，是大爺大意了。」

第二天，明亮被調到後廚，開始跟著一個姓黃的師傅學燉豬蹄。燉豬蹄是在伙房。伙房裡暖和不說，還能跟著師父學手藝；除了能學手藝，幹起活兒來，也不像洗豬蹄那麼苦和那麼累了；躲開苦累不說，燉上豬蹄，每個月也有二百塊錢的工資。由剔豬蹄到燉豬蹄，等於一步登天，明亮不知道是他吹笛子的功勞，還是李延生給老朱打過招呼，老朱對明亮的關照；或者是兩個因素兼而有之；弄不清楚原因，也無法去問老朱，只好讓它糊塗著。轉眼一個月過去，發工資了；明亮拿到工資，趁著工休時間，跑到大街上，大冷的天，一口氣喝了三瓶汽水。

說話三年過去了，明亮跟著黃師父燉豬蹄，像當初跟馮明朝學吹笛子一樣，時間長了，熟能生巧，豬蹄也能燉出個模樣。頭兩年燉不出模樣，豬蹄不是讓他燉生了，就是讓他燉過頭了，稀爛，沒有嚼勁；或者，一大鍋豬蹄，這半邊燉稀爛了，那半邊還沒熟透，得黃師父重新收拾。當然，稀爛的已經無法收拾了，只能收拾那些燉生的，把稀爛的賣給牙口不好的老年人。但功夫不負有心人，三年過後，一大鍋豬蹄，明亮既能燉熟，也沒燉成稀爛；說熟一起熟，並不生熟不均；但味道和口感上，還是跟黃師父上手燉的差些。黃師父說，這就對了，我燉了三十年，你燉了三年，如果味道一樣，我不該回家了？明亮覺得黃師父說的也有道理。

這年六月，當年在中學的同學，到了考大學的日子。八月，高考有了結果，郭子凱考上了北京一所大學，馮明朝考上了焦作一所中專，董廣勝沒考上大學或中專，開始跟他爸老董學算命。明亮想，如果他一直在上中學，不知能否考上大學或中專；如能考上，不知會考到哪裡。當年媽給他起了個名字叫「翰林」，是盼著他像《白蛇傳》中的翰林一樣，能考上狀元，誰知事到如今，他成了一個燉豬蹄的人。他高一就輟學了，看這樣子，怕是一輩子沒有高考的機會了，一輩子都是個燉豬蹄的人了。想到這裡，不禁歎了一口氣。又想歎氣也是白歎氣，也就不歎氣了。工休時，又來到街上買汽水喝；邊喝汽水，邊看街上來來往往的人；過去對延津很熟悉，突然感到延津很陌生。第二天沒到街上去，來到飯館後河邊吹笛子。笛子隨意吹起來，竟吹起了對延津的陌生；吹著吹著，暗自落下幾滴眼淚。

兩個月後，飯館新來了一個女服務員，叫馬小萌；高䠷個子，白淨；她幾個月前參加高考，沒考上大學，如今也到「天蓬元帥」打工來了。三年前在延津中學上學時，明亮不記得見過馬小萌。又想一個年級十來個班，不可能每個同學都認識。也許當時見過，過後就忘了。後來聽別人說，她之所以沒考上大學，是因為在高中期間，她只顧談戀愛了。她戀愛的男同學兩個月前考上大學，去了廣州，跟她斷了聯繫，她一時想不開，竟在家裡上了吊。幸虧她媽發現得早，把她救了回來。別人一提上吊，明亮就想起了他媽。當然，兩人上吊，各有各的原因。一個吊死了，一個被救了回來。媽沒救回來，說起來跟明亮也有關係。明亮又歎了口氣。接著又想，想媽的事已經晚了，想馬小萌的事等於替別人杞人憂天；想它們沒用，也就不想了。後來又知道，馬小萌家住延津渡，家裡在渡口有一雜貨鋪，明亮以前去延津渡閒逛的時候，似乎見過這家店鋪，門頭上掛著「馬記雜貨鋪」的匾額。讓明亮奇怪的是，馬小萌在延津渡有家，下午工休的時候，也不見她回家，就在飯館裡聽收音機。一次工休時，明亮在莊稼地邊吹笛子，突然發現馬小萌在河對岸看他。明亮停下笛子，馬小萌問：

「明亮，你吹的啥曲子呀？挺好聽的。」

「隨便吹的呀。」

「曲子是隨便吹的嗎？說你胖，你還喘了。」

明亮想說，他真是隨便吹的，吹長江上的媽，吹奶奶家院子裡那棵不見了的棗樹，吹對延津的陌生……不是隨便吹的嗎？但解釋起這些，太費口舌；費口舌也解釋不清楚，也就不解釋了；便說：

「我說的是實話，你不信就算了。」

「明亮，我發現你這人特孤僻。」

「這話從何說起？」

「我都來一個月了，你沒跟我說過話。」又說，「平日裡，你能不說就不說，就會吹個笛子。」又說，「你這是為什麼呀？」

明亮想想，她說得也對，他平日裡是不愛說話；為什麼呀？原因他自己一時也想不清楚，解釋起來又太費口舌，明亮「嘿嘿」笑笑，也就不解釋了；他說：

「跟你，我也有一件事想問一問。」

「啥事？」

「你家有雜貨鋪，你想幹事，咋不在家裡幹事，非來這兒打工呢？」

「你管呢？」

明亮想想，馬小萌說得也對，這事確實不該他管，也就不管了。

兩個月後，馬小萌打工去得更遠了，離開「天蓬元帥」，到北京打工去了。臨走，沒跟飯館任何人打招呼，也沒跟明亮打招呼。據說，她去了北京，還是在飯館當服務員。明亮想著，北京的飯店，一定比延津的「天蓬元帥」大得多吧？

五年之後，馬小萌從北京回來了，用在北京掙的錢，在延津縣城十字街頭開了個服裝店。馬小萌回來，明亮也是偶然發現的。這天，明亮趁工休去街上閒逛，走到十字街頭，發現十字街頭西北角，新開了一家服裝店；接著發現，在服裝店忙活的，竟是馬小萌。馬小萌也發現了街上的明亮。明亮便倚在服裝店門邊，與馬小萌閒聊起來，問她什麼時候回來的，咋就開了這個服裝店；兩人又聊起過去在「天蓬元帥」的同事；馬小萌突然問：

「明亮，你現在還吹笛子嗎？」

明亮搔搔頭，突然想起，五年過去，他好像好長時間沒吹笛子了；便說：「你不說，我還把這事忘了。」又解釋，「我說的忘，不是忘了吹笛子這件事，而是忘記多長時間沒吹笛子了。」

馬小萌笑了。兩人又談起五年間延津的變化，渡口新添了許多遊船，遊船上開起了飯店，遊船開到黃河上，遊客可以邊吃飯邊看風景；南街新添了一個歌舞廳，北街新開了一家咖啡吧，西街新添了一個電影院。說到這裡，明亮說：

「說到電影院，久別重逢，我今天晚上請你看電影吧。」

馬小萌「噗哧」笑了：「明亮，你膽子比五年前大多了。」想了想說，「念在過去同事的分兒上，我跟你去。」又說，「事先說好了，只是看電影啊，別想歪了。」

「我不是想歪的人。」

當天晚上，明亮和馬小萌一起去西街電影院看電影。進了電影院，明亮買了兩桶爆米花，又問馬小萌：

「你想喝個啥？」

「你呢？」
「我從小愛喝汽水。」
「我在延津時也愛喝汽水，去了北京，開始喜歡喝可樂。」
「那我隨你喝可樂。」
看過電影，兩人一起去馬路對面吃涮羊肉。馬小萌問：
「明亮，你喝酒不？」
「很少喝。」
「我喝。」馬小萌又說，「在延津不會，去北京學會了。」
「那我陪你喝。」
真到喝起來，明亮發現，馬小萌的酒量還不如他，半瓶白酒下去，明亮腦子還清醒，馬小萌說話已經絆舌頭了。但兩人仍然聊著，比沒喝酒聊得還熱鬧。明亮：
「小萌，我問你一件事。」
「啥事？」
「你出去五年，為啥從北京回來了？」
「說真話還是說假話？」
「都行，真吧假吧，都跟我沒關係，我就是隨口一問。」
「偏給你說真話。」

「說吧。」

「那我不說如何回來，說說出去的事吧。」

「都行。」

「那得從我十歲說起。」

「說吧。」

馬小萌舌頭絆著嘴，磕磕絆絆告訴他，她十歲那年，她媽跟她爸離婚，嫁給了延津渡「馬記雜貨鋪」的老馬。第二年，他們生了一個男孩，成了馬小萌的弟弟。自她十五歲起，繼父老趁她媽帶弟弟回娘家，在家裡騷擾她。待她考上高中，她便去高中住宿，也是為了躲開家裡的繼父。住宿日夜在學校，便跟同學談起了戀愛。後來她大學沒考上，只能回到家裡，繼父又來騷擾她，說，大學沒考上，有沒考上的好處，我們就可以永遠在一起了。跟她談戀愛的同學忘恩負義，考上大學之後，跟她斷了聯繫，加上繼父又趁機來騷擾，兩件事擠到一起，她便上了吊。被救過來之後，不在家裡雜貨鋪幹活，去「天蓬元帥」打工，也是因為這些事；後來越走越遠，去北京打工，也是因為這些事。馬小萌又說，繼父雖然不好，是個禽獸，但他對她媽還不錯，她就一直沒有聲張；如果她對她媽說了，這個家也就沒了；再說，家裡還有一個弟弟呢，馬小萌又說。如今我從北京回來，在十字街頭開了個服裝店，考慮的也是，永遠不回雜貨鋪了。看著我在延津有家，其實我沒有家呀，馬小萌又說。

明亮愣在那裡，他沒有想到，在馬小萌身上會發生這些事；同時，他沒有想到，馬小萌會把這些事告訴他；馬小萌說要說真話，他讓她說真話，沒想到這話這麼真。明亮有些措手不及：

「早知這樣，我就不問你這些話了。」

馬小萌指著明亮：「這話，我從來沒對別人說過，你也不准對別人說。」又說，「知你嘴嚴，不愛說話，才告訴你。」又說，「不喝酒，也不會告訴你，這不是喝多了嗎？」

說完哭了。

明亮：「放心，我讓它爛在肚子裡，也不會告訴別人，我知道這事的輕重。」

馬小萌抹了一把鼻涕：「對你，我也有一件事要問。」

「啥事？」

「當年，你學上得好好的，咋突然退學了？」

「你給我說真話，我也給你說真話吧。」

「說吧。」

明亮喝了一杯酒：「不說退學的事，說說上學的事吧。」

「都行。」

「那得從我三歲說起。」

「說吧。」

明亮便從他三歲時說起，他三歲那年，他媽在延津上了吊；他媽死後，他和他爸陳長傑，如何從延津去了武漢；在武漢，陳長傑如何又給他娶了個後媽；後來奶奶死了，他如何坐錯了火車，花了兩個月工夫，從湖南跑回延津；在延津，陳長傑如何把他寄養在李延生家；後來陳長傑不給寄養費了，他進退兩難，如何退了學，去「天蓬元帥」打工……從頭至尾，把十多年從沒說過的話，對馬小萌說了。馬小萌聽後說：

「真不容易。」

又問：「當初，你媽為何上吊呢？」

這也牽涉到疙疙瘩瘩的許多往事，一句兩句說不清楚，明亮便說：「一言難盡。」也指著馬小萌，「這話，我也從來沒對別人說過，你也別對別人說。」

「當初，你為啥從武漢跑回延津呢？」

「想奶奶了唄。」

說想奶奶也對，但他還是瞞下更重要的原因沒說。更重要的原因，還是他媽櫻桃在武漢的遭遇，被鋼針釘在木板上，遍體鱗傷。

兩人說著說著，城上已三更。

第二天下午，趁著工休，明亮來到延津渡口，找到「馬記雜貨鋪」。遠遠看去，馬小萌的繼父，正在雜貨鋪門口背手站著，看街上來來往往的人。他個頭不高，微胖，紅鼻子，有人進店，便笑著問：想買個啥？從模樣上，明亮看不出他是個禽獸。又歎息，真是知人知面不知心啊。

這天又看完電影，明亮和馬小萌沒去吃涮羊肉，兩人來到西關，上到了延津城牆上。據說，這城牆也有兩千多年了。從城牆上往下看，延津城燈火通明；城牆上倒是黑的。黑暗中，明亮抱住馬小萌，要跟她接吻。馬小萌倒也沒推託。待馬小萌回應，明亮覺出，馬小萌的舌頭好長。一時三刻，馬小萌推開明亮：

「明亮，你能給我吹個曲子嗎？」

「能是能，可我沒帶笛子呀。」

「我跟你拿去。」

「好長時間沒吹了，恐怕音都生了。」

「生就生吹。」

兩人下了城牆，手拉手去了「天蓬元帥」。待明亮從宿舍拿上笛子，兩人去了飯館後河邊，明亮對著黑暗，吹了一曲。剛開始吹，音確實有些生；吹著吹著，明亮就忘記音生，沉浸在要吹出的情形之中。一曲終了，馬小萌問：

「你吹的是啥？」

「隨意吹的呀。」

「隨意吹的是啥？」

「在這個世界上，你是我找到的唯一的親人。」

「酸，從電視上學到的吧？」

「是，但跟電視上不一樣。」

「有啥不一樣？」

「電視上說的都是假的，我說的是真心話。」

「想故意感人？」

「這還感人，應該傷心呀。」

「啥意思？」

「這話證明，事到如今，我在世上連個親人都沒有哇。」又說，「別人的親人都是現成的，我還得去找，事情還不慘嗎？」

馬小萌抱緊明亮，把舌頭伸到他的嘴裡：「我也覺得，在這個世界上，你是我唯一的親人。」一時三刻，拔出舌頭說，「那你再吹一遍這個曲子吧。」

明亮把曲子又吹了一遍。

吹著吹著，城上已三更。

當年中秋節前，明亮和馬小萌結婚了。明亮後來想，別人結婚是看對方的優點，他們走到一起，是因為瞭解對方的短處，或各自壓在心底不想告人的心事；壓在心底的事，都不是好事。當然，最不好的心事，他還是沒有告訴馬小萌。結婚那天，除了明亮中學時幾個要好的同學，在中學教地理課的焦老師、「天蓬元帥」的老闆老朱、明亮跟著學燉豬蹄的黃師父，還有在飯館一同打工的要好的同事，都到場了。馬小萌她媽和繼父也來了。按說，明亮結婚，他應該通知武漢的陳長傑，陳長傑畢竟是他爸；但明亮擔心通知陳長傑，陳長傑和後媽秦家英再因為這事產生糾葛；再說，十年前陳長傑來信，說秦家英逼他和明亮斷絕來往，十年來，兩人也斷了來往；為了不節外生枝，結婚時，明亮就沒有通知陳長傑。但明亮邀請了李延生胡小鳳兩口子；雖然十年前明亮離開了他們家，但從六歲到十六歲，畢竟在他們家住過十年。婚宴上，同學董廣勝當司儀，插科打諢，說了許多笑話；同學郭子凱、馮明朝當伴郎，客人沒喝多，他倆先喝多了；焦老師和老朱，又拉上李延生，到臺上，唱了一齣〈打漁殺家〉。熱鬧中，明亮和馬小萌，挨桌敬酒；來到馬小萌她媽和繼父的桌前，她媽和繼父都笑呵呵的，看不出歷史上曾發生過什麼；來到李延生和胡小鳳的桌前，李延生笑呵呵的，胡小鳳倒哭了。

「高興。」胡小鳳說。

二

明亮和馬小萌結婚一年了，馬小萌還不見懷孕。頭兩個月兩人不著急，半年過去兩個人不著急，一年之後，兩人就著急了。一是著急不懷孕，二是著急兩人之間，到底誰有問題。兩人分別去縣醫院的婦科和男科檢查，婦科說，查不出馬小萌有什麼問題；男科說，查不出明亮有什麼問題；正因為查不出問題，兩人更著急了。

十年前，接替明亮在「天蓬元帥」洗豬蹄的叫小魏。明亮洗了一年豬蹄，老朱就讓他到後廚燉豬蹄了；小魏洗了十年豬蹄，還在洗豬蹄；老朱說，十年了，豬蹄上的毛還是剔不乾淨；又說，啥時候把豬毛剔乾淨了，啥時候去後廚。明亮也覺得小魏有些笨，豬毛剔不乾淨不說，十個豬蹄，總有三個被他劃破；劃破的豬蹄，燉出來之後，就不能當囫圇豬蹄賣；但又覺得小魏實誠：豬蹄燉過，總能從燉豬蹄的大鍋裡，撈出一些碎肉；這些碎肉，盛到篩子裡，控過油之後，拿到餐廳當碎肉賣；別的員工餓了，都偷吃篩子裡的碎肉，小魏從來不偷吃碎肉；話又說回來，十年前明亮能去後廚燉豬蹄，除了豬毛剔得乾淨，和他會吹笛子也有關係；小魏不會吹笛子。平日，遇到老朱罵小魏笨，明亮常上去替小魏說話；遇到別的員工欺負小魏，明亮便上去嚷別的員工。明亮結婚時，也請小魏參加了。看著熱鬧的婚禮，小魏哭了。那天婚禮上，大部分的人都在笑，唯有兩個人哭了，一個是胡小鳳，一個是小魏。按說兩人都不該哭，但他們哭了。小魏平日不愛說話，就像明亮剛來「天蓬元帥」時不愛說話一樣；明亮後來遇到馬小萌愛說話了，十年過去，小魏還是不愛說話。每當小魏犯了錯，挨了老朱的訓斥，別的員工都偷偷捂著嘴笑，唯有明亮安慰他：「不要著急小魏，慢慢就好了。」小魏倒歎息：「哥，慢慢是哪一天呀？」

「天蓬元帥」有二十多個員工，小魏見了別人翻白眼，見了明亮叫「哥」。

這天，明亮正在後廚燉豬蹄，小魏匆匆忙忙跑過來，在門口向他招手；明亮翻著鍋裡的豬蹄：

「咋了小魏？」

小魏不說話，仍向他招手。明亮放下手裡的肉叉，出了後廚；小魏又往後院河邊走。到了河邊，小魏：

「哥，出大事了。」

「你又咋了？」

「不是我，是你。」

明亮愣在那裡：「我怎麼了？」

「也不是你，是嫂子。」

接著掏出一張名片大小的小廣告，遞給明亮。明亮一看，廣告上竟是馬小萌的照片。馬小萌只穿著三點式，手支著頭，臥在床上；旁邊有一行字：腿長，舌長，銷魂，難忘。下邊是位址和手機號碼。明顯是一招嫖卡片。明亮：

「這是誰幹的，這麼噁心我，你嫂子天天跟我在一起，咋能幹這事呢？」

小魏：「你看清楚上邊的地址，寫的不是延津，是北京。」

明亮再看，卡片上留的位址果然不是延津，是北京；接著又看廣告詞，身上出了一層冷汗。小魏：

「哥，別信。」

明亮沒說話，但卡片上說的事，他信了。因為廣告詞中，說到馬小萌的舌頭長。不跟馬小萌談過戀愛，不知道她舌頭長；不跟馬小萌幹過那事，不知道舌頭長的好處；把舌頭長拿出來做廣告，不是雞是什麼？突然明白，這卡片上說的事，不是現在，是過去；地點不是延津，是北京；馬小萌說在北京當了五年飯館服務員，原來她在北京當了五年雞。接著想起，跟馬小萌談戀愛時，明亮問馬小萌為什麼從北京回到延津，馬小萌只說如何出去，沒說如何回來，大概就是要瞞下這段事吧？兩人走到一起是因為知道對方的短處，以為短處都向對方說明白了，沒想到馬小萌瞞下這麼大的短處；她只說了小的短處，瞞下了大的短處；就像明亮把媽在武漢的遭遇瞞了下來一樣。但兩件瞞下的事，性質可不一樣。明亮問小魏：

「這卡片，你從哪兒撿來的？」

小魏：「縣城滿大街都是。」又說，「昨天還好好的，今天滿大街都是。」

明亮知道有人在害馬小萌。突然想起什麼，他撇下小魏，顧不上後廚正燉著的一大鍋豬蹄，離開飯館，往家飛奔。到家，開門，馬小萌已經上吊了。明亮趕緊把馬小萌從房梁上卸下來，試試鼻下，還有鼻息；趕緊把她背到醫院。經過搶救，馬小萌活了過來。醫生說，多虧明亮回家快，把馬小萌從房梁上卸了下來，如果晚到一分鐘，馬小萌就救不回來了。當年媽上吊，明亮去街上喝汽水，媽吊死了；這回明亮早回來一分鐘，馬小萌就被救了回來。馬小萌醒來說：

「明亮，你不該救我，卡片上說的是真的。」

「先不說這些，知道這事是誰幹的嗎？」

「知道。」

「誰？」

「西街的香秀，當年我們一起在北京幹這事兒，前幾天，她從外地回來，要跟我借十萬塊錢，我沒錢借給她，她就惱了，說我騙她，她就這麼糟踐我。」

明亮離開醫院，去西街找香秀。明亮沒見過香秀，但見過香秀的爸媽。到了香秀家，香秀她媽說，今天一大早，香秀離開延津，出外打工去了。

「去哪兒打工？」

「不知道。」

這時明亮發現，牆上鏡框裡，有一張家庭合影，前排椅子上，坐著香秀的爸媽，後邊站著一個二十來歲的女孩，女孩旁邊，有一個十來歲的男孩；明亮看出，後排這女孩就是香秀，男孩可能是她的弟弟。香秀圓臉，大眼睛，對著鏡頭在笑，笑起來，臉蛋上還有兩個酒窩。一個看上去青春靚麗的女孩，心咋這麼毒呢？

三

自上小學起，明亮與天師老董的兒子董廣勝是同學。從小學一年級到四年級，兩人還是同桌。那幾年，下午放學之後，明亮常背著書包，隨董廣勝去他家玩。他家住在縣城東街蚱蜢胡同。記得老董第一次見他問：

「你是誰家的孩子呀？」

明亮：「我爸叫陳長傑。」

董廣勝隨著說：「他爸在武漢開火車。」

老董點頭：「他呀，」又對明亮說，「你爸在延津唱戲的時候，我聽過他的戲。」又說，「我比你爸大幾歲，你得給我叫大爺。」

明亮便喊：「大爺。」

「等著，我給你拿麻糖吃。」

董廣勝的媽叫老蒯，是個半瞎，見了明亮愛問：

「廣勝在學校咋樣呀？跟人打架不打架？」

明亮：「不打架，不打架。」

「他在班裡學習咋樣呀？」

「老是前幾名，老是前幾名。」
後來明亮去「天蓬元帥」當了學徒，一次碰到老董來飯館吃豬蹄，便上去喊「董大爺」。老董：
「明亮呀，你跟誰來吃豬蹄了？」
「大爺，我不是來吃豬蹄，我是來做豬蹄。」
老董有些奇怪：「啥意思？」
明亮便把陳長傑無法供應他學費和生活費，他無法上學，也無法在李延生家待下去，所以來「天蓬元帥」當學徒的事，給老董講了。老董聽後跺了一下腳：
「晚了一步。」
「大爺，啥意思？」
「如果在你退學之前，我知道這事兒，我就把這事兒接過來了。我雖然是個瞎子，但多養活一個孩子和供他上學的能力還是有的；但你已經離開李延生家，來飯館打工了，我回頭再說這事，不是給李延生辦難堪嗎？」
明亮沒說話。老董：
「知道你的生辰八字嗎？」
「知道。」
便報了他的生辰八字。老董掐指在那裡算。算了半天，歎了口氣：
「啥也不說了，這就是你的命。」

接著又說：「命不命的，也是胡說，不必認真，不必認真。」

明亮：「大爺，就算你是胡說，這麼多天，除了你替我考慮這事，沒人搭理我呀，沒人跟我說別的呀。」

又說：「大爺，我就當是個知心話吧，知道命裡該著，我接著拔豬毛，心裡也好受一些。」

老董倒愣在那裡：「把胡說當成知心話，明亮，你有慧根呀。」

轉眼又十多年過去，老董已是七十多的人了。他的老婆老蒯前年死了，女兒八年前出嫁了，董廣勝當年沒考上大學或中專，一直留在家裡，幫老董照料算命的生意；他媽活著的時候，他和他媽一起幫著照料；他媽死後，就剩下他一個人幫著照料。讓明亮不解的是，老董會算命，會請天師，他的兒子董廣勝當年咋考不上大學或中專呢？但又想，也許董廣勝的生辰八字就是這樣，就像明亮當年去「天蓬元帥」當學徒一樣，這就是他的命了。馬小萌出了事，接著該怎麼辦，明亮一時拿不定主意；待馬小萌在醫院病床上睡著了，明亮走出醫院，信步走到東街，走進蚱蜢胡同，來到老董的家，想問問老董，看命裡相裡怎麼說。待他坐到老董對面，剛開口說馬小萌的事，老董擺擺手：

「不用說了，傳得滿縣城都是，我都聽說了。」

「大爺，我就想問問，我該怎麼辦。」

「報上你的生辰八字，報上你老婆的生辰八字。」

明亮報上兩個人的生辰八字，老董掐指在那裡算。算了半天，問明亮：

「你想咋辦？」

「事到如今，只能離婚了。出了這事，多丟人哪。」

老董搖搖頭。

「為啥？」

「你和你老婆，前世就是夫妻呀。上輩子你欠她太多，這回出事，也是你該著的因果。」

明亮愣在那裡。

「從命相裡看，你們的姻緣，還不到頭；如果硬要離婚，下輩子你還有孽債要還。」

「我上輩子都幹什麼了？」

老董又掐指算；算後說：「欠著人家半條命呢。」

明亮又愣在那裡，馬小萌出事，原來不怪馬小萌，怪上輩子的自己，他竟欠著馬小萌半條命。老董：

「大姪子，不說上輩子，就說眼前，你老婆剛上過吊，你跟她離婚，她要再上了吊，你是不是又欠她一條命？」

又說：「有些夙孽，幾輩子都擺脫不了，世上這種事太多了。」

又說：「算命這事，也是胡說，不必認真，不必認真。」

明亮倒急了：「大爺，這麼大的事，得認真呀，不然找不到出路哇。」又說：「大爺，如果跟她離不得婚，那接著該咋辦呢？」

「跟她離不得婚，只能跟延津離婚了。」

「啥意思？」
「離開這個地方。」
明亮突然明白，事到如今，就像當年他因為媽的遭遇，非要離開武漢，來到延津一樣，現在他需要離開延津，到別的地方去。如此說來，如今的延津，和當年的武漢也差不多了。明亮歎口氣：
「大爺，離開延津容易，但接著去哪兒呢？」
老董：「容我給你看一看。」
讓董廣勝給趙天師上香。香燃著，老董起身到桌前，跪下站起，給趙天師拜了三通。嘴裡念念有詞，閉目向著前方。待睜開眼睛，對明亮說：
「往西。」
「往西去哪兒？」
「這我就不知道了，卦上沒說。」
「西邊我不認識人呀。」
「大姪子，事到如今，全縣都知道你老婆幹過那事，又上過吊，不管命裡咋說，不管去哪兒，都該離開延津了。」

四

離開延津，接著去哪裡，給明亮出了個難題。這跟出去打工不一樣，出去打工，幹個一年半載，或三年五載，還要回延津，只要掙錢合適，地方不用講究；他和馬小萌離開延津，不是一時，是永遠不回來了，去哪裡落腳，事先還是要考慮清楚；要去的地方，最好有個熟人，能知道那裡的深淺；將來在那裡遇到難處，也有個照應。延津之外有東西南北，老董算出，他們去的方向應該往西，這又堵住一多半出路。除了延津，明亮只去過武漢，而武漢在延津的南邊，並不在西邊；何況武漢讓明亮傷過心，如今陳長傑和秦家英一家還待在武漢，武漢去不得；馬小萌去過北京，北京在延津的北邊，她在北京又幹過那種事，如今讓人揭了傷疤，北京明顯也不能去了。西邊有許多地方，明亮對哪個地方都不熟悉；西邊有許多人，明亮一個人也不認識。

在「天蓬元帥」，明亮跟著學燉豬蹄的師父叫老黃；老黃心眼不壞，但嘴上不饒人；明亮剛進後廚，一鍋豬蹄，讓他燉得半邊生半邊熟，老黃：「難者不會，會者不難，冰凍三尺，非一日之寒。」明亮知道這是風涼話，但跟人學藝，話只能聽著，不能認真；你認真了，這事就變得認真了；師父奚落徒弟，也是常有的事，他說一句，你聽一句，順著師父的意思答下去，哄師父個高興也就完了；便說：「師父，您說得對。」三年過後，明亮能把豬蹄燉出個模樣了，但味道上，還是跟老黃燉出的豬蹄差些，老黃：「我燉了三十年，你燉了三年，如果味道一樣，我不該回家了？」明亮：「師父，您說得對。」十年之後，明亮把豬蹄燉得跟老黃差不多了，老黃：「教會徒弟，餓死師父，我這是自掘墳墓呀。」明亮忙說：「師父，這話我可當不起，到什麼時候，您都是我師父；照您這麼說，我不成忘恩負義之人了？」老黃反倒跟明亮急了：「二球，師父開個玩笑，聽不出來呀？」明亮說：「師父，智商，確實是個硬傷，我以為您真這麼想呢。」老黃「嘿嘿」笑了。但老黃聽說馬小萌這件事之後，顧不上說風涼話了，也跟明亮一樣著急：「背後下刀子，這是不讓人活呀。」說的是西街的香秀了；「出了這事，光你丟人嗎？作為師父，我臉上也無光呀。」說的是他和明亮的關係；聽說明亮和馬小萌必須往西去，邊燉豬蹄，邊跟著明亮一塊兒往西邊想。想來想去，老黃拍了一下巴掌，想起了他的舅姥爺。一九四二年，因為一場旱災，延津餓死許多人；許多延津人，逃荒去了陝西。老黃的舅姥爺，當年六歲，跟著全家人上了路；路上爹娘先後餓死了，他隨著沒餓死的延津人，扒火車到了西安。六十多年過去，逃到陝西的延津人，當年二十歲靠上的，陸陸續續都沒了；留下的子孫，也變成了陝西人，漸漸跟延津斷了來往；但老黃的舅姥爺，逃荒時年齡小，如今七十多歲，還活在世上，與老黃家還有走動。老黃：

「西安是不是在延津的西邊？」

明亮：「西安是在延津的西邊。」

「我舅姥爺家在西安，要不你們去西安？我跟我舅姥爺說一聲，看他能不能幫你們找個落腳的地方。」

這時明亮才知道什麼叫師父。平日裡師父嘴上刻薄，遇到大事，馬上跟徒弟站在一起；明亮忙說：

「西安好哇，西安是大城市。」

又說：「那就麻煩師父幫我問問？」

又說：「就是問時，別把我們離開延津的緣由說出去。」

老黃邊用鏟子推鍋裡的豬蹄邊說：「放心，我不傻，這鍋豬蹄燉完，我就去打電話。」

待豬蹄從鍋裡撈出來，老黃便去郵電局給西安打電話。回來說，電話打通了，但他舅姥爺耳朵背了，當面背，電話裡更背，對老黃說的話，一句也聽不清楚；恰好舅姥爺在他孫子家住著，他只好把明亮想去西安的事，跟舅姥爺的孫子說了；舅姥爺的孫子叫樊有志，在西安道北區開公車；老黃對樊有志說，他有個徒弟叫陳明亮，近日，兄弟之間，因為爭奪老輩兒的房產，在延津打了架，成了仇人；明亮兩口子，對延津傷了心，想離開延津到外地落腳，想來想去，想去西安；但他們在西安兩眼一抹黑，看表弟能否幫他們兩個忙，一是幫他們找一個住處，二是幫他們找個謀生的事由。樊有志也就是老黃的表弟說，他不是一個愛攬事的人，但既然表哥說了，他幫著打聽打聽，三天給個回信。老黃說，事情有些急呀，能不能明天就給個回信？樊有志也答應了。明亮謝過師父。第二天下午，明亮和老黃一起，又去郵電局，給西安打電話，老黃的表弟樊有志說，昨天表哥說的事，他打問了，但他一個開公車的，能力有限，幫明亮他們事先租個便宜的房子好說，多走多問就能辦到；至於他們到西安的事由，他想來想去，熟人之中，有能力安排這件事的，只想出在道北菜市場管事的老孫；他今天上午給老孫說了，老孫平日不好說話，但今天倒爽快，說可以在菜市場勻出一個攤位，讓明亮夫婦在那裡賣菜；這次為什麼爽快呢？因為老孫也是延津人的後代，聽說過來的是延津人，便通融了；到西安賣菜，不知你的徒弟嫌棄不嫌棄？老黃看明亮，明亮忙說：

「不嫌棄，不嫌棄，師父，讓有志叔今天就幫我租房子。」

老黃掛上電話，對明亮說：「這就叫天無絕人之路。」又說：「好就好在，到了西安就有事由可做，不至於坐吃山空；菜市場管事的，正好是咱們延津人。」

又交代：「到西安見了樊有志，記著叫哥，不要叫叔。」

明亮不解：「他是您表弟，您是我師父，我管他叫哥，不是岔著輩兒呢嗎？」

老黃：「叫叔顯得拘束，叫哥顯得親熱，出門在外，顧不了那麼多，還是各論各的吧。」

明亮知道老黃是替他考慮，再次知道什麼叫師父，便說：「還是師父考慮得周全，我聽師父的。」

明亮告別老黃，回家跟馬小萌商量，問她願不願意去西安，願不願意去西安賣菜；馬小萌從醫院回到家，再沒出過門，脖子上那道繩子勒出的瘀青，還沒褪下。馬小萌說：

「只要離開延津，去哪兒都行。」

又說：「賣菜就賣菜，我不怕賣菜，我在延津，不也是個賣衣服的嗎？」

明亮：「那就當是出門逃荒吧，那就當回到了一九四二年吧。」

第二天，明亮和馬小萌上了路。火車上，明亮看著河南的一片片莊稼、一個個村落在窗外漸漸退去，又想起他六歲那年，從武漢回延津的情形；不過那次他是一個人跑在鐵路上；沒想到二十年過去，他從延津又去了外地。看明亮在那裡愣神，馬小萌說：

「明亮，到西安之前，我想問你一句話。」

「啥話？」

「對我過去的事，你真不在乎嗎？」

明亮歎口氣：「咋會不在乎呢，天天想，老婆被那麼多人上過，五年呀。」又說，「特別是，舌頭。」

馬小萌：「要不，我從下一站下車，咱們各奔東西吧。」

明亮沒說他在老董那裡算過，兩人上輩子和這輩子的姻緣；而是想著他對馬小萌的感覺，馬小萌犯了這麼大的錯，明亮從心裡，並沒有對她產生厭惡，感覺仍是一個犯錯的親人。於是說：

「但我接著想一件事，也就想通了。」

「啥事？」

「你在北京當雞，不會也叫馬小萌吧？」

「當時我叫瑪麗。」

「這不就結了，我娶的是馬小萌，又不是瑪麗。」

馬小萌「噗啼」笑了，接著哭了：

「明亮，你放心，我跟那些人，都是逢場作戲，不是真的，只有跟你是真的。」

「我腦子裡，老在想一件事。」

「啥事？」

「在北京，你一共跟多少人睡過呀？」

「沒記著數呀。」馬小萌又說，「但有一半人，其實沒睡成。」

明亮奇怪：「為什麼呀？」

馬小萌：「因為男人裡邊，有一半是陽痿呀。」

明亮愣在那裡，這是他沒有想到的；這能說是他占了便宜嗎？馬小萌：

「明亮，我知道你吃了虧，可你放心，從今往後，我一輩子好好跟你過，當牛做馬報答你。」

明亮：「從今往後，咱不說這些事了，說出來是白傷心。」

馬小萌點點頭。

五

明亮和馬小萌到了西安，找到道北區，找到樊有志的家，已經是第二天中午。明亮上去敲樊有志家門，馬小萌趕緊用一條圍巾，圍住了自己的脖子。敲了半天，裡邊沒人應答，倒把對面一家的門給敲開了，一個老太太露出頭來。明亮忙說：

「老人家，打擾到您了。」又問，「對面是樊有志家嗎？」

老太太點點頭。

「他們家人呢？」

老太太：「正時正晌，都上班去了。」

「他們家的老人呢？耳朵有些背的那個老人家——是不是因為耳朵背，聽不見敲門呀？」

「你說老樊呀，他昨天搬到閨女家住了。」

明亮明白樊有志家徹底沒人。但他知道樊有志在西安開公車，便問：

「樊有志開的是幾路車呀？」

「七路。」

「老人家，我們是樊有志的親戚，從河南來，給他家帶了點兒東西，先放到你們家成嗎？」

「放吧，壓不壞家裡的地方。」

明亮和馬小萌來時，給樊有志帶來十隻豬蹄，兩桶香油，一提包帶殼的花生。明亮把這些放到老太太家，又說聲「謝謝」，與馬小萌拿起行李，來到大街上；明亮對馬小萌說：

「我們去找七路車，找到七路車，就找到了樊有志。」

兩人打問著，走過好幾條街，找到了七路車停靠的車站。因沒見過樊有志，也不知他長得啥模樣。待一輛七路車靠站，別人下車和上車，明亮趕忙跑到車頭駕駛室旁問司機：

「大哥，請問您是樊有志師傅嗎？」

司機們要麼說「前邊」，要麼說「後邊」。十幾輛車過去，雖然說得前後不一，但明亮知道樊有志今天跑在七路線上。終於，碰到一紅臉膛、鼻子旁有顆痦子的司機，明亮問過，那人說：

「我就是樊有志，找我什麼事？」

明亮記得師父老黃的囑咐，要管樊有志叫「哥」不叫「叔」，便說：「原來是有志哥，我們是從延津來的，我師父是在『天蓬元帥』燉豬蹄的老黃。」

樊有志笑了：「原來是你們，上車吧，我車不能停啊。」

明亮和馬小萌上車，樊有志讓他們坐在引擎蓋上。樊有志邊開車，邊問他們什麼時候到的西安，明亮便說清早到的，去了樊有志的家，家裡沒人，便把帶給樊有志的東西，放到了對門老太太家。樊有志：

「來就來吧，還帶東西。」

明亮：「都是家鄉土產，不值錢的東西。」又說，「有幾隻豬蹄，是我師父親手燉的。」
看到每個站上下車的人都擁擠不動，明亮問：
「有志哥，公車上，天天這麼多人嗎？」
樊有志邊換檔邊說：「今天還算少的。我幹這差事，沒別的好處，就是每天見個人多。」
七路車在城裡繞來繞去，明亮和馬小萌，倒是白逛了半個西安城。待到了七路車總站，樊有志把車停好，下車，帶著明亮和馬小萌，又乘別的公車，回到道北區。到了道北區，樊有志說：
「我先帶你們去看給你們租的房子。」
指著大街上來來往往的人：
「道北，全是河南人，要麼爺奶，要麼爹娘，都是當年逃荒過來的。」
又說：「你們來道北有個好處，道北全說河南話，你一張嘴，沒人拿你當外人。」
明亮忙點頭：「我們一來道北，聽人說話，也覺得親切。」又說，「到一個生地方，就怕欺生。」
樊有志領著他們離開大街，來到背巷；穿過幾條巷子，來到一個鐵路道口；走進道口西側一條胡同，來到胡同底，樊有志打開一間屋門的鎖，推開門，明亮見這房子只有一間，七八平米的樣子，而且背陰，屋裡顯得潮溼。樊有志：
「房子就是這樣，不知對不對你們的心思，條件是有些差，我考慮的是，出門在外，剛落下腳，錢能省出一個是一個。」
初來乍到，有地方住就不錯了，何況還能省錢，明亮和馬小萌齊聲說這房子好。樊有志：

「你們要說好，它還有一個好處，這裡離道北菜市場近。」

明亮：「有志哥考慮得周全。」

接著，馬小萌留下收拾家，樊有志帶明亮去道北菜市場見菜市場的老孫。路上遇到店鋪，明亮進去買了兩瓶酒、四條菸，裝到一個塑膠袋裡。樊有志：

「這個老孫大名叫孫二貨，在菜市場當經理，電話裡給你們說了，老家是延津的，一會兒你見到他，就叫『孫哥』好了，顯得親切。」

給人叫「哥」這事，師父老黃曾交代過，明亮忙點點頭。穿過鐵道，又穿過兩條巷子，到了道北菜市場。菜市場圈在一個大棚子裡。進了棚子，攤位彎彎曲曲，一排一排，看上去起碼有幾百家。樊有志：

「這是道北最大的菜市場。」

明亮打量：「規模確實不小。」

待進了菜市場辦公室，樊有志指著一個絡腮鬍子的漢子說：「這就是孫經理。」又指著明亮：「老孫，這就是前兩天我給你說的，從咱老家過來，想在你這兒賣菜。」

明亮忙上前喊：「孫哥。」將塑膠袋放到旁邊的茶几上。

孫二貨：「聽有志說了，你是延津人。延津南街的李全順，你認識嗎？」

明亮想了想，搖搖頭：「延津縣城兩萬多人呢，認不過來。」

孫二貨：「那是我姑父。」

這時一人進來，對孫二貨說：「孫哥，賣甘蔗的老吳，昨天跟您奓刺，讓我給修理一頓，現在給您賠不是來了，在門外等著。」

孫二貨：「讓他滾蛋，把攤位讓給我這個老鄉。」又對明亮說：「這個攤位，比本來想給你留的攤位好。」又指著那人說：「這是四海，在菜市場管治安，以後有事，你就找他。」

明亮先向孫二貨說「謝謝」，又對四海說：「四海哥好，你也是延津人？」

四海：「不是，我是西安人。」

從第二天起，明亮開始在道北菜市場賣菜。凌晨三點，明亮蹬著三輪車，隨其他賣菜的，去北郊蔬菜批發站批發蔬菜，批發的有蔥，有蒜，有白菜，有菠菜，有青椒，有萵筍，有番茄，有雞蛋……明亮向賣菜的老人兒打聽過，賣菜除了菜要新鮮，品種也得齊全。明亮把菜拉到菜市場，天已經見亮；明亮賣著菜，馬小萌把早飯送來，兩人吃飯時，馬小萌看到有的攤位在賣玻璃繩編織的水杯套，便說：「這個我也會編。」當下便從一雜貨攤上買下十來綹各種顏色的玻璃繩；兩人吃完飯，明亮繼續賣菜，馬小萌回去收拾家；家收拾完，馬小萌開始用玻璃繩編杯子套，準備將來拿到攤位上賣去，然後做中飯；中飯做好，送到菜市場，兩人吃過飯，明亮賣菜，馬小萌回去收拾家，編杯子套，接著做晚飯。晚上明亮收攤，把賣剩的菜拉回家，兩人吃晚飯。吃過晚飯，明亮把收帳的紙盒子端過來，開始盤帳。一天生意做下來，除去批發菜的成本，還賺了七十五塊三毛錢。明亮高興地：

「你看，頭一天，就賺了這麼多。」

馬小萌也高興地：「沒想到，你還會做買賣。」

明亮：「多虧這菜市場大，買菜的人多。」又說，「賣菜還有一個好處，賣不出去的菜，咱們可以自個兒吃，家裡不用買菜了。」

馬小萌編著杯子套：「西安咱來對了。」

夜裡，明亮抱緊馬小萌：「自出了那事，還沒幹過那事。」

馬小萌：「自出了那事，不是沒心思嘛。」

兩人絞在一起，明亮：「老婆，你的舌頭真長。」

馬小萌：「就長給你一個人。」

明亮使勁大動，馬小萌在下邊喊：

「老公，你真棒，痛快死我了。」

轉眼三個月過去。這天傍晚，明亮正在菜市場賣菜，四海過來，對明亮說：

「從明天起，你滾蛋吧，你這攤位，讓給別人了。」

明亮吃了一驚：「四海哥，為啥呀？」

「不為啥，調整。當初你來賣菜，不也把賣甘蔗的老吳調整走了嗎？」

明亮想著，自己沒得罪四海呀。因四海經常在菜市場罵人，動不動就讓人滾蛋，明亮也就沒有當真。納著悶回家，吃晚飯的時候，把這事給馬小萌說了。馬小萌說：

「你要不說這事，我就不給你說了，事兒出在我身上。」

「啥意思？」

馬小萌說，當天下午，馬小萌正在家裡編杯子套，孫二貨突然來了。原來他前兩天回了一趟河南延津老家，知道馬小萌過去在北京當過雞，他從延津回來的時候，帶回一張馬小萌在北京當雞時的卡片，趁著明亮去菜市場賣菜，找到他們租的小屋，要跟馬小萌幹那事。馬小萌罵他，他掏出卡片說，不是沒見過雞，是沒見過這樣的舌頭，給你錢不就行了？把馬小萌搡到床上。馬小萌搧了他一耳光，拿起剪子要扎他，他提上褲子跑了。明亮：

「真是知人知面不知心，說是老鄉，沒想到他這麼壞。」

又說：「明天再跟他算帳。」

馬小萌：「我看這事還是算了，俗話說得好，人在屋簷下，不得不低頭。他只要不趕咱走，咱就當沒這回事。再說，我也沒有讓他占著便宜。」

又說：「在這兒賣菜，也能賺著錢。」

明亮左思右想一夜，覺得馬小萌說得也有道理。第二天凌晨三點，明亮仍蹬著三輪車，去北郊蔬菜站批發蔬菜。把蔬菜拉回道北菜市場，發現他的攤位，已經讓一個賣乾果的人占了，攤上擺滿了板栗、花生、瓜子、榛子、腰果、核桃、開心果等；明亮：

「大哥，這是我的攤位呀。」

那人一開口，是東北口音：「從今天開始，就是我的了，租金已經交了。」

「誰讓你過來的？」

「孫經理。」

明亮覺得孫二貨欺人太甚。明明是他欺負了明亮的老婆，回頭又找明亮的不是。他們兩口子好不容易從延津來到西安，沒想到犯到他手裡。事情壞就壞在，孫二貨是他的老鄉，也是延津人。如果他不是延津人，前幾天不回老家，見不著馬小萌的小廣告，也就沒有這些事了。明亮離開延津之前，找老董算過命，老董說離開延津，應該往西，誰知往西更不順。明亮憋著一肚子氣，去菜市場辦公室找孫二貨。孫二貨和四海都在。明亮：

「老孫，不要欺人太甚。」

孫二貨斜睨著眼睛：「出啥事了？」

「別揣著明白裝糊塗，把攤位還給我，咱啥事不說，不然，我就把事情攤開，昨天你為啥去我家？」

「既然攤開說了，我也明人不說暗話，想要攤位不難，答應我一個條件。」

「啥條件。」

「把你老婆的舌頭，借我用一用。」

明亮想到孫二貨壞，沒想到他這麼壞；說他老婆別的沒什麼，說到他老婆的舌頭，明亮怒火中燒，抄起桌上一個茶杯，砸到孫二貨頭上。孫二貨應聲倒地，接著頭上湧出了血。明亮嚇了一跳，以為孫二貨死了。沒想到孫二貨從地上爬起來，不顧擦頭上的血，對四海說：

「四海，捺住他。」

四海把明亮死死捺在地上，孫二貨把自己的褲子解開，掏出傢伙，開始往明亮臉上撒尿，邊撒邊說：

「你老婆還沒見過我的傢伙，我讓你先見一見。」

明亮在地上掙扎：「你等著，我馬上到菜市場喊去，讓大家知道，你到底是個什麼東西。」

孫二貨：「不用你喊，四海，去把他老婆的小廣告，再印一千張，誰來菜市場買菜，發誰一張。」

四海：「好嘞。」

明亮從菜市場回來，馬小萌不在家，明亮先把臉洗了，接著從廚房拿出菜刀，在石頭上磨起來。他想到孫二貨壞，沒想到他這麼惡，對著他的臉撒尿，還要在菜市場撒馬小萌的小廣告。他準備拿刀回菜市場，把孫二貨殺了。殺順了手，順便把四海也殺了。邊磨刀邊想，西安本來是他的躲難之地，誰知還不如延津，連武漢也不如，把他逼到了殺人的地步。明亮原本是個怕事的人，如今把人侮辱成這樣，事情接著還沒完，孫二貨和四海還要撒小廣告，繼續侮辱他們，只能殺人了事。殺了人，他就變成了另外一個人。連人都敢殺，還怕什麼？人還沒殺，他就感到自己變了一個人。一邊磨刀又一邊想，把孫二貨和四海殺了，他接著逃到哪裡去。這時馬小萌推開了門。明亮忙把刀藏到櫥櫃底下。馬小萌進屋，靠在門框上，渾身哆嗦。明亮：

「小萌，你怎麼了，孫二貨又欺負你了？」

馬小萌搖搖頭。

「那你怎麼了？」

「我剛才去醫院了。」

「你怎麼了？」

「噁心了半個月，我以為身體出毛病了，可一檢查，我懷孕了。」

明亮愣在那裡。

馬小萌打開立櫃，從立櫃裡拿出一個提包；提包裡，裝著馬小萌冬天的衣服；馬小萌從提包裡拿出一件棉坎肩，從棉坎肩口袋裡，掏出一銀行卡，對明亮說：

「這卡上有十萬塊錢，你去銀行取出來，咱們離開這菜市場，另謀一個營生吧。」

又說：「這錢，也是我在北京掙下的，一直沒敢動，也沒對你說，是怕當時落下啥病，將來看病用；現在我懷孕了，不證明我沒病嗎？」

又說：「在延津時，香秀要借錢，我沒借給她；早知道這樣，當時就借給她了。」

又說：「離開道北區，去西安別的地方，沒人知道咱是誰，西安比延津大，大有大的好處。」

又說：「離開這裡，還不是因為咱們在這裡受了欺負，而是為了我肚子裡的孩子，得讓他永遠不能知道，他媽年輕時幹過什麼。」

明亮聽馬小萌說了這麼一番話，沒提剛才與孫二貨打架的事，也沒提孫二貨對著他的臉撒尿的事，也沒提孫二貨要撒馬小萌小廣告的事，也沒提他接著要殺孫二貨和四海的事——事後明亮想起來，正是馬小萌肚子裡的孩子救了他，沒讓他成為殺人犯——明亮推開屋門，一溜煙跑向郵局，給老家延津的同學董廣勝打了個電話。電話通了，他告訴董廣勝，讓他告訴老董，馬小萌懷孕了，請老董給孩子起個名字；有個名字叫著，孩子就好活了。董廣勝在電話那頭也很興奮：

「這是好事呀，如果在延津，你得請客。」

明亮「嘿嘿」笑著：「哪天你到西安來，我請你吃羊肉泡饃。」

「告訴我孩子的生辰八字。」

「還沒生呢，哪來的生辰八字？」

董廣勝：「對了，還沒生呢。」又說，「那我讓我爸琢磨著起吧。」

這時明亮突然想起孫二貨，對董廣勝說：

「還有一個人，也讓大爺幫我算一算，看能否想個辦法，治治這渾球，他叫孫二貨，老家也是咱們延津的。」

「他怎麼你了？」

「他欺負我們兩口子了，惡毒得很。」

「知道他的生辰八字嗎？」

「不知道。」明亮突然想起什麼，說，「我跟他現在是仇人，無法問出他的生辰八字，但他姑父是延津南街的，叫李全順，你拐彎抹角打聽一下，孫二貨的生辰八字，不就打聽出來了？」

董廣勝：「好主意。」

第二天，董廣勝回電話，昨天明亮說的兩件事，都讓老董算了，如果將來馬小萌生個男孩，名字叫鴻志，如果將來馬小萌生個女孩，名字叫鴻雁；皆取志向遠大的意思；孫二貨的生辰八字也打聽出來了，老董掐指一算，他上輩子是頭貓精。

明亮：「這倆名字取得好。」又問，「咋治治這頭貓精呢？」

「我爹說，家裡養條蛇，把孫二貨的名字和生辰八字寫到紙上，放到蛇籠子裡。」

明亮明白，老董的意思，養蛇對付貓精，取龍虎鬥的意思；又問：

「什麼蛇？」

「我爹說，最好是眼鏡蛇，越毒越好。」

接著董廣勝又把他打聽出的孫二貨的生辰八字，告訴了明亮，讓明亮記下來，好回頭寫在紙上，放到蛇籠子裡。既然孫二貨上輩子是頭貓精，明亮也覺得養毒蛇是好辦法，可這辦法在明亮家裡行不通。明亮倒不怕蛇，馬小萌平日見一隻壁虎，還嚇得渾身哆嗦，如果在家裡養一條眼鏡蛇，沒治著孫二貨，先把馬小萌嚇著了；何況，她現在正懷著孕。於是就沒有在家裡養蛇。多少年後，明亮又明白，老董算出，讓明亮養蛇，不但取龍虎鬥的意思，明亮的媽，當年唱《白蛇傳》，扮的就是一條白蛇，也許有讓明亮他媽櫻桃，助明亮一臂之力的意思。

六

明亮和馬小萌離開道北區，在西安南郊，租了一間門面房，開始開飯館。這間門面房的主人是西安人，租金按年論，一年五萬；租期需從三年起，接手就要交十五萬；明亮和馬小萌沒有那麼多錢，跟房主好說歹說，先交了兩年的租金。明亮在延津燉過豬蹄，在西安也準備燉豬蹄；做起生意來，不顯得手生。明亮對馬小萌說：

「當初在延津『天蓬元帥』打工，我老覺得燉豬蹄沒出息，到頭來，還是豬蹄幫了我們。」

馬小萌笑了：「誰能想到將來的事呀。」

飯館的名字，延津的豬蹄店叫「天蓬元帥」，西安的豬蹄店也叫「天蓬元帥」；延津的豬蹄店生意好，西安的豬蹄店也起這個名字，圖個將來生意興旺。從飯館的窗戶往外看，能望見大雁塔。這間門面房，過去就開過飯館，桌椅板凳、鍋碗瓢盆倒都是現成的；買來油鹽醬醋，買來花椒大料，買來蔥、薑、蒜、辣椒，再買來豬蹄和各種蔬菜，就可以開張；這也是兩人當初看上這門面的原因之一。接飯館當天，明亮和馬小萌，打掃飯館裡外的衛生。明亮去門外擦拭窗戶的玻璃，看到一條小狗，普通京巴，在門口踅摸，大概看這裡開飯館，來尋點兒吃的。明亮：

「去別處轉轉吧，這裡還沒開張呢。」

衛生打掃完，明亮蹬著三輪車，去南郊菜市場買油鹽醬醋等各種作料、豬蹄和各種蔬菜，發現那隻京巴，「坨坨」跑著，跟在三輪車後邊。明亮：

「跟著我幹麼呀？別再跟丟了，找不回家。」

京巴愣神想。明亮蹬著三輪車再走，牠又「坨坨」跟在後邊。明亮：

「你是條流浪狗哇？想讓我養你呀？」

京巴點點頭。

明亮突然想起什麼，說：「我養你可以，但有個條件。」

京巴看明亮。

明亮：「你的名字，得叫孫二貨。」

京巴點點頭。

明亮下車，飛起一腳，將京巴踢到半空中：「孫二貨，我×你媽！」

孫二貨從空中落下，「噭噭」叫著跑了。明亮愣著眼睛：

「我不敢養蛇，但我敢打狗。」

明亮從菜市場買完油鹽醬醋等各種作料、豬蹄和各種蔬菜出來，發現孫二貨又跟在三輪車後邊。明亮：

「孫二貨，別跟著我了，我留你，就是為了打你。」

孫二貨蹲在地上，愣著頭想；明亮再走，孫二貨不跟了。

七

明亮和馬小萌的飯館開張了，大廳裡，放著七八張桌子；後廚，燉著一百多隻豬蹄。但一天過去，沒有一個客人來飯館吃飯。第二天，仍沒有一個人進來。第三天傍晚，狗在外邊叫，明亮出門，看到一個人站在門外，在打量「天蓬元帥」的牌子；明亮打量這人，這人不是別人，竟是延津掃大街的郭寶臣的兒子郭子凱。郭子凱與明亮是小學和中學同學，如今在北京上研究生。明亮和馬小萌的婚禮上，郭子凱專門從北京趕回來，給明亮當伴郎。自明亮和馬小萌到西安來，沒有老家延津人上門；因馬小萌的事，兩人也不願意跟老家人來往；沒想到第一個登門的延津人，竟是郭子凱。明亮上去打了郭子凱一拳：

「子凱，你咋摸來了？咋也想不到是你。」

郭子凱「嘿嘿」笑著：「我去寶雞看我一個老師，路過西安，就找你來了。」又說，「找到你真不容易，我從延津燉豬蹄的老黃那兒，打聽到西安的樊有志，由樊有志那裡，打聽到你在這裡開飯館。」又說，「聽樊有志說，你剛來西安的時候，在道北賣過菜，現在咋不賣菜，又幹起老本行了？」

明亮：「一言難盡。」

「飯館生意咋樣？」

「飯館開張三天了，你是頭一個客人。」

馬小萌看郭子凱來了，也很高興，忙下廚張羅了幾個小菜，又端出一盆熱騰騰的豬蹄：

「你們哥兒倆輕易不見面，趕緊喝兩盅吧。」

明亮：「幾年過去，大家都各奔東西了，得喝，得喝。」

郭子凱搓著手：「他鄉遇故知，得喝。」

兩人喝著酒，郭子凱告訴明亮，他研究生畢業，馬上要去英國留學了。去寶雞看那個老師，是他上研究生時的導師，也是他去英國留學的推薦人。老人家是陝西人，今年退休了，便從北京搬到了寶雞，也是葉落歸根的意思。明亮聽說郭子凱要去英國留學，馬上舉起杯：

「那得再喝一杯，從小學到中學，咱們班同學裡，數你有出息，要去英國留學了。」

郭子凱搖頭：「看你說的，同學之間，不論這些。」又說，「再說，出息不出息，有時也不在個人，在當時的條件。」

「啥意思？」

「當時在延津一中，你學習比我強啊，班裡數你物理好，可惜到高中一年級，你不上了。」從挎包裡掏出一本書，書破舊得捲邊，連書皮都沒有了，「這是你的物理參考書，看你在上邊寫的字。」

明亮拿過書，看習題空白處寫道——字寫得有些潦草：立足延津，放眼世界。另一空白處寫道：讓延津一中到牛津哈佛，天塹變通途。上邊寫的這些話，不是看到這書，明亮都忘記了。

郭子凱：「看看，當時你志向有多大。」

又說：「後來你退學了，臨走時，把你各科的參考書都留給了我。」

又說：「記得當時你的外號嗎？大家都叫你『牛頓』。」

又說：「如果你把學一直上下去，事到如今，說不定我們能作伴去留學了，你學物理，我學數學。」

明亮：「不說這些了，我現在是個燉豬蹄的，這輩子，也就死鍋前、埋鍋後了。」

郭子凱：「不能這麼說，行行出狀元。」又問，「知道當年我倆為啥好嗎？」

「為啥？」

「我爹是個掃大街的，又好賭，好多同學看不起我。你跟我說：『你爹再差，你也比我強，我在延津連爹都沒有。』」

不是郭子凱說，明亮把這話也忘記了；明亮忘記的話，郭子凱還記得；什麼叫朋友，這就叫朋友了。朋友來時，還帶著自己當年留給他的參考書。兩人聊天，郭子凱始終沒問明亮和馬小萌為什麼離開延津；馬小萌的事，延津傳得滿城風雨，郭子凱來陝西之前，不可能不知道；知道了還來看明亮和馬小萌，見面也不提這個話題，什麼叫朋友，這就叫朋友了。兩人說著喝著，越聊越多，這時狗在外邊叫。明亮煩了，出來看，又是孫二貨；明亮抄起牆根的棍子，一棍子掄上去，孫二貨「嗷嗷」叫著跑遠了。抬頭看，天上的月亮升起來了。

這天晚上，空蕩蕩的飯廳裡，明亮和郭子凱喝醉了。郭子凱什麼時候離開「天蓬元帥」回的旅館，明亮都不知道。

第二天早上，明亮打開飯館的門，孫二貨仍在門口臥著。明亮上去踢牠一腳，孫二貨「嗷嗷」叫著，一瘸一拐地跑了。這天中午，孫二貨又在門外叫，明亮又要出去打牠，出門，看到幾個客人在打量「天蓬元帥」的牌子；明亮忙說：

「老字型大小，進去嘗一嘗，好吃不貴，不好吃不要錢。」

幾個客人，也就進了飯館。有了第一撥客人，其他客人從門外路過，見裡邊有吃飯的人，也跟著進來了。晚飯時，孫二貨又在門外叫，明亮出門，又有客人在打量飯館，明亮：

「百年老字型大小，進去嘗一嘗，不好吃不要錢。」

晚飯上的客人，比中午又多三成。夜裡打烊，明亮去關飯館的門，發現孫二貨仍在門口臥著。這時明亮明白過來：

「孫二貨，原來客人是你叫來的。」想起他小的時候，奶奶給他講的黃皮子和牛的故事，心裡一動，似悟出什麼，便說，「孫二貨，你想留下，你就留下吧，我今後不打你了。」

孫二貨眼中湧出了淚。由一條狗身上，明亮開始感到西安親了。

第三章　又二十年後

一

這年三月的一天，明亮的手機上，收到一條短信：

陳明亮先生見字如面：孩提時代，我們曾是兄妹，之後一直斷了聯繫，光陰荏苒，一晃四十多年過去。今冒昧打擾，不為別事，你父親也就是我的繼父陳長傑，從去年下半年起，患病在床；今年起，心肺功能出現衰竭，一直住在醫院。繼父和我母親共處四十多年，也沒生下一男半女，在這個世界上，他們最親的人，也就是你和我了。從上個月起，繼父夢中，常念叨你的名字。請見短信後，能來武漢一趟，父子相聚，以免人生留下遺憾。你的手機號碼，我是從延津李延生叔父處求來的，萬勿見疑。順祝一切安好。

秦薇薇　呈上

短信來時，明亮正在「天蓬元帥」西安第五家分店試吃豬蹄。二十年過去，明亮家的「天蓬元帥」，已經在西安開了五家分店。各分店和南郊大雁塔附近的老店一樣，面積都不大，店鋪裡，能放十多張桌子。也有人勸明亮，豬蹄既然燉得好吃，大家愛吃，應該把店面做大，明亮不同意。明亮對馬小萌說：

「咱得知道自己的深淺，咱倆都沒文化，店面小了，咱把持得住；大了，非把自個兒擱進去不可。」

馬小萌：「你我都快五十的人了，不自個兒折騰自個兒。」

明亮：「就是，人得知足，夠吃夠喝就成了。」

明亮有時會想，「天蓬元帥」當初能夠開起來，用的還是馬小萌的十萬塊錢；而這十萬塊錢，是馬小萌在北京掙下的；說起來，這店從根上起，開得有些髒；接著用店滾出來的分店，也有些髒。但這些前因後果，明亮也就是想想，無法對人說，連對馬小萌也無法說。有時到飯館的後廚，看學徒在那裡洗豬蹄，一筐一筐的豬蹄，從屠宰場運過來，都是髒的，豬腳上沾滿泥，泥中糊著豬毛；但經學徒在水管下沖洗，把豬毛剔掉，又拿到水管下沖洗，豬蹄也就乾淨了；明亮二十多年前在延津也洗過豬蹄；豬蹄是這樣，其他事也是這樣吧；乾淨都是從不乾淨來的，也許萬物同理，明亮搖頭感歎；但這感歎，也無法對人說，明亮也就埋到心底不說了。長時間不說，漸漸也就不理會了。

第五分店開在灞橋，聘請的店長叫馬皮特，是馬小萌的娘家姪子。前年，他從河南過來，投奔明亮和馬小萌。從河南來時他叫馬奇，從去年開始，他改名馬皮特。二十年前，因為馬小萌的事，明亮和馬小萌與老家的親戚朋友斷了來往，轉眼二十年過去，馬小萌快五十的人了，兒子都已經十九歲了，大家已把過去的事忘了，與親戚朋友，也就慢慢恢復了來往。馬奇剛來西安時，在第二分店當服務員，後來當領班，現在見「天蓬元帥」開第五家分店，哭著喊著，要當店長。馬小萌對明亮說：

「他哭著喊著要去，要不讓他試試？」

明亮：「他想上進是好事，試試就試試，一個店長，也不是內閣總理大臣。」

又說：「試好了就當，試不好，還回去當領班。」

每家分店開業，燉出第一鍋豬蹄，明亮都去試吃。一口豬蹄吃下去，就知道燉得夠不夠火候，夠不夠滋味。明亮來到第五分店，發現服務員改了服裝，個個穿得跟空姐似的；店裡牆上，貼著許多花花綠綠的標語：

第五家分店，一千多萬隻豬蹄的積累。

天蓬元帥，豬的祖宗。

沒吃過豬肉，見過豬跑；

咋跑？吃了就知道。

都是膠原蛋白，僅供美容養顏；

據說，楊貴妃天天吃豬蹄。

……

看著服務員的裝束和牆上的標語，明亮笑了：

「馬奇，過不過呀，不就賣個豬蹄嗎？」

馬奇這名字，只有明亮叫，他才答應；別人叫，他就不高興了，要麼叫他馬總，起碼叫他皮特；在公眾場合，馬皮特也不喊明亮「姑父」，而是正兒八經喊「陳總」；馬皮特：

「陳總，不過，這就叫開拓進取。」

「你咋知道楊貴妃天天吃豬蹄？」

「據說，我說的是『據說』。」

明亮在桌前坐下，馬皮特用盤子，把剛燉好的一隻豬蹄端上來。明亮吃之前，先用筷子在豬蹄上插了插，看燉的火候；又用筷子，把豬蹄分撕開，撕成八瓣，翻來覆去打量。打量半天，沒吃，而是說：

「再端上一個。」

馬皮特不解其意：「陳總，啥意思？」

「讓你端你就端。」

馬皮特只好又端上一個，明亮用筷子把這隻豬蹄又分撕成八瓣，翻來覆去打量。打量半天，又說，

「再端上一個。」

馬皮特狐疑地又端上一個，明亮又用筷子把第三隻豬蹄分撕開，翻來覆去打量。接著把筷子扔到桌子上，看馬皮特。馬皮特：

「陳總，火候燉得不到位？」

「火候燉得正好。」

「顏色差點意思？」
「著色也挺好。」
「那您為啥不吃呢？」
明亮撿起筷子，又把三隻豬蹄翻開，用筷子點著：
「你看，三隻豬蹄裡都有豬毛。」
又說：「一隻有是偶然，三隻個個有，證明所有豬蹄的毛都沒剔乾淨。」
又說：「連豬毛都剔不乾淨，豬蹄燉得再透，顏色著得再好有啥用呢？」
又指指服務員，指指牆上的標語，「豬蹄燉不好，你們穿成這樣，寫成這樣有啥用呢？」
又說：「把今天燉的豬蹄全部倒了，明天重新燉，這店明天再開張。」
馬皮特面紅耳赤，先對後廚罵：「×你大爺，是誰拔的豬毛？把他給我開了。」又對明亮嘟囔：
「把幾百隻豬蹄都倒了，多可惜呀。」又說，「今天開業，我還請了好多朋友來捧場呢。」
明亮：「朋友不來還好，朋友來了，吃了一嘴豬毛，砸誰的牌子呀？」拍了一下桌子，「砸的不是你的牌子，是『天蓬元帥』的牌子。」又看馬皮特，「你覺得你當這個店長夠格嗎？」
馬皮特面紅耳赤：「陳總，怪我一時粗心。」又說，「請陳總放心，我保證，以後再也不會出現這種情況。」
明亮：「光嘴上說沒用，從今天起，你去後廚拔豬毛，啥時候把豬毛拔乾淨了，啥時候再當店長。」又說，「當年我在延津的『天蓬元帥』，也拔過一年豬毛。」

馬皮特噘著嘴不高興。這時明亮的手機「唄」的一聲，進來一條短信，這短信，便是武漢秦薇薇發來的。看秦薇薇在短信中的用詞，明亮知道秦薇薇比他有文化。

「天蓬元帥」老店——用馬皮特的話說，就是旗艦店——東邊是大雁塔，西邊過去是一片莊稼地，春天長起來的是麥子，秋天長起來的是玉米；後來，這裡開發新區，蓋起一幢幢高樓；明亮在「天蓬元帥」旁邊的一幢高樓裡，買了一套房子。晚上，明亮回家吃飯，先把馬皮特的事給馬小萌說了。馬小萌：

「他已經打電話給我說了，哭了。」

「他去之前，我就跟他交代，把事情一次性做好，萬不可大意，他還是當耳旁風，我讓他拔豬毛去了。」

「讓他磨挫磨挫也好。」馬小萌又說，「電話裡還不服呢，說這麼點小錯，被你抓住了，小題大做。」

明亮：「咱們普通人，能犯多大的錯誤呀？賣豬蹄的，豬蹄裡都是豬毛，事兒還不大呀？」

又說：「不光是豬毛的事，躁，得熬熬他的性子。」

又說：「這話別告訴他，話一說透，話就沒勁兒了，他就不當回事了；先窩著他，讓他好好拔豬毛。」

馬小萌：「放心，我不傻。」

這時明亮拿出手機，讓馬小萌看秦薇薇的短信。馬小萌看後說：

「這倒是大事，雖然四十多年沒聯繫了，畢竟是爸，現在病了，你怕是得過去。」

「我也這麼想。」

「我跟你一塊兒去吧。」

「你跟我去當然好，路上能有一個伴，可家裡這麼一大攤子事，又剛開了個分店，咱們都走了，遇到事，怕他們沒個主心骨。」

馬小萌想了想，說：「那你一個人去吧，路上注意安全。」

明亮又交代：「新開的這家分店，你先去支應幾天，等我從武漢回來，再看誰去當店長合適。」

馬小萌：「知道了。」

二

明亮坐火車去了武漢。秦薇薇在電話裡說，擔心明亮在武漢不熟，她會去車站接他；雙方四十多年沒見過面，怕見面認不出來，她會舉一個牌子，上邊寫「陳明亮」三個字。明亮在武昌火車站下車，出了驗票口，果然在人群中，看到「陳明亮」的牌子。舉牌子的是個中年婦女，微胖，戴黑邊眼鏡。兩人相認之後，秦薇薇收起牌子，兩人往外走。邊走，秦薇薇邊說：

「四十多年沒見了，有件事，咱得先商量一下。」

「啥事？」

「咱們之間，相互咋稱呼呀？」

「我都行，看你。」

「小時候，咱都沒叫過『哥』和『妹』，四十多年過去，都這麼大歲數了，突然再叫，彆扭不彆扭？」

「彆扭。」

「哼哈說話，『那誰』，也顯得沒禮貌。」

「要不，就叫各自的名字吧。」

「你比我大，你叫我的名字行，我叫你的名字，顯得不懂事。」

「那怎麼辦呢？」

「你孩子叫個啥？」

「我有一個兒子，叫陳鴻志。」

「我有一個女兒，叫趙晨曦。要不，就叫鴻志他爸和晨曦她媽，你看成嗎？」

明亮笑了：「晨曦她媽，你腦子比我好使。」

「如果我腦子比你好使，為啥我是個普通職工，你是大老闆呢？」秦薇薇又說，「你的情況，我從李延生叔父那兒都打聽過了。」

「什麼大老闆，就是個賣豬蹄的。」

「還有包餃子，包成了上市公司呢。」

明亮便問，秦薇薇在武漢做什麼工作，秦薇薇說，她在武漢機務段後勤處財務科當會計。又說，這工作，還是二十多年前，她舅姥爺臨死前安排的。明亮想起，她的舅姥爺，就是後媽秦家英的舅舅，當年在武漢機務段當過段長；舅姥爺已經死了二十多年了，一切都物是人非了，也就沒再多問。兩人坐上計程車，秦薇薇讓計程車往武漢機務段職工醫院開去。從車窗往外看，武漢的大小街道，一幢幢高矮不一的大樓，明亮都感到陌生，好像四十多年前，武漢不是這個樣子。其實四十多年前這些地方是個什麼樣子，四十多年間這些地方發生了什麼變化，明亮也不知道；因為這些地方，四十多年前他根本沒有來過；從三歲到六歲，他待過的武漢，就是機務段宿舍，和後來他們家在漢口住的地方；別的地方很少去過。記得機務段宿舍前邊有個大禮堂，後邊是個大食堂；後來陳長傑和秦家英結婚了，他們家住在信義巷；出來信義巷是大智門，從大智門往左是三德里，往右是天聲街；過去天聲街是義和巷，再遠就不知道了。有些特殊的事情，四十多年後還能記得。譬如，上小學一年級時，語文老師教生字教到「雪」字，老師領著大家讀：雪，大雪，風雪交加。由於武漢冬天很少下雪，下，也是零零星星，早上下，中午就停了，班上有學生問：老師，雪下多大是大雪呀？老師：雪下大了就是大雪，我們學的是字，跟著念就是了；明亮是從延津來的，延津的冬天，常有大雪和風雪交加，明亮讀到「大雪」時，似乎聽到鵝毛大雪落到延津街頭的聲音；又想起他兩歲那年，雪下了三天三夜，早上天晴了，奶奶把棗糕擱到獨輪車上，把明亮抱到獨輪車上，奶奶推著獨輪車去十字街頭賣棗糕；走到路上，獨輪車滑倒了，棗糕撒了一地，明亮也倒在雪地上。奶奶和明亮沒顧上拾棗糕，共同哈哈大笑起來。明亮還記得，武漢人把吃早飯叫「過早」。計程車路過長江大橋，四十多年前，明亮來過長江和長江大橋，但發現如今的長江和長江大橋，和四十多年前也不一樣了。秦薇薇說，我們路過的大橋是長江三橋；又指著遠處的幾座大橋說，那是長江二橋，那是長江一橋；我們小時候，只有長江一橋。

到了武漢機務段職工醫院，上了五樓，秦薇薇帶明亮進到一間病房。病房裡有五張床位，病人都住滿了。秦薇薇把明亮領到最裡邊一張病床前。病床上坐著一個老頭，一臉黑斑，披著棉襖在喝水。如果不是在醫院，在其他任何地方碰到，明亮認不出這是他爸陳長傑。明亮腦子裡的陳長傑，不是這個模樣。老頭見了明亮，也沒認出他是誰，沒有說話；經秦薇薇說，陳長傑才睜大眼睛：

「明亮？你咋來了？」

又問：「誰讓你來的？」

秦薇薇在旁邊說：「爸，我讓他來的。」

陳長傑病床旁，站著一個老太太。老太太打量著明亮，明亮還能認出來，這是後媽秦家英。秦家英年輕時瘦，現在還瘦。明亮主動喊：

「媽。」

秦家英眼圈紅了：「都四十多年了。」

明亮：「可不，我也快成老頭了。」

「當年你說跑就跑了，可把我嚇壞了。」

「當時年齡小，不懂事。」

秦薇薇：「當年的事，就不要說了。」

明亮：「我爸咋得的病？」

陳長傑：「老了。」
秦家英：「什麼老了，氣的。」
明亮：「誰氣的？」
陳長傑忙截住說：「明亮剛來，就別說這些事了。」
秦家英就閉上嘴不說了。
這時病房外有人喊：「開飯了，各床出來打飯。」
秦家英拿起床頭櫃上的飯盆，對明亮說：
「我多打點，你也在這兒吃吧。」
明亮：「我都行。」
秦薇薇：「他剛到武漢，我請他到外邊吃吧。」
秦家英：「對對對，去外邊吃，吃得好些。」
說著，秦家英出去打飯了。這時一個護士進屋說：
「三十五床的家屬，該續費了，去一樓繳費。」
秦薇薇對明亮說：「說的是我們，你等著，我繳費去。」
秦薇薇拿起掛在床頭的挎包，出門繳費去了；護士出門，明亮跟護士來到護士站，悄聲問：
「三十五床住院，已經花了多少錢？」
護士：「十八萬多吧。」

秦家英打飯回來，秦薇薇繳費回來，秦家英招呼陳長傑吃飯，秦薇薇帶明亮去街上吃飯。兩人走在街上，秦薇薇問：

「鴻志他爸，你想吃個啥？」

明亮想起小時候在武漢愛吃的，便說：「熱乾麵，武昌魚。」

秦薇薇笑了：「這兩樣東西，不在一個店裡賣呀。」

「那就熱乾麵吧。」

走著說著，兩人到了一家賣熱乾麵的飯館前。飯館門頭上掛著「三鎮第一家」的橫匾；兩側門框的豎匾上，雕刻著一副對聯。上聯是：生意做爛不如做飯；下聯是：做飯做遍不如做麵。秦薇薇指著這家麵館問：

「這個飯館還記得不？」

又說：「當年過中秋節，我們一家四口，來這裡吃過。」

明亮看著飯館，卻一點記不起來，當年跟他們在這裡吃過飯；但對門框上的對聯，似乎有些記憶，因為對聯上有許多字，當時明亮還不認得，記得陳長傑指著對聯教他認字；但門前有對聯的飯館多了，當時陳長傑指的是不是這家飯館的對聯，又記不準了。說起當年吃東西，他倒突然想起，有一天下午放學，陳長傑去學校門口接他，穿的還是在火車上的工裝；平日陳長傑老出車，很少到學校接他；明亮放了學，都是自個兒背著書包回家。陳長傑接上他，沒往信義巷走，而往相反的方向走。明亮：

「爸，這不是回家的路。」

陳長傑不說話，就是拉著他的手往前走。過了幾條巷子，到了長江邊，陳長傑從提包裡掏出一隻燒雞，一撕兩半，遞給明亮一半：

「吃吧。」

又說：「我出車路過符離集，在月臺上買的。」

又交代，「回家別說。」

明亮點點頭，兩人坐在長江邊，埋頭吃起燒雞。一直到吃完，兩人一句話也沒說。

進了熱乾麵館，因是飯點，飯館裡坐滿了人；秦薇薇從褲子口袋裡掏出一塑膠袋，塑膠袋裡裝些零錢；秦薇薇先讓明亮坐在一張桌子前占座，她去櫃檯前買飯；一時三刻，用托盤端來兩個涼菜：一盤醬牛肉，一盤芹菜拌花生米，和兩碗熱乾麵。兩人吃著飯，明亮問：

「剛才在醫院，媽說爸的病是氣的，咋氣的？」

「自個兒把自個兒氣的。」

「啥意思？」

「爸這一輩子，是個老實人，對吧？」

「對。」

「當了一輩子老實人，開了一輩子火車，前幾年退休了，有主意了。」

「啥意思？」

「老想發財。他有一個朋友叫老邢，也是司爐出身，也退休了，攛掇爸跟他一起做生意。爸便拿出他一輩子的積蓄，也就五十多萬塊錢，跟著老邢折騰；兩人一塊兒開過飯館，也是做熱乾麵，開過洗車店，加工過鐵門，開過修腳鋪，倒賣過水產品，想起一齣是一齣，幹啥賠啥。最後手頭剩五萬塊錢，又被老邢騙走了。」

「老邢呢？」

秦薇薇：「找不著了。」又說，「賠錢是一方面，關鍵是，手裡最後剩的幾萬塊錢，又被他朋友騙走了，兩頭夾擊，於是就氣病了。」又說，「你也知道，爸心量不大。」

明亮明白了，點點頭。同時發現，秦薇薇吃飯時，右手用筷子夾菜，左手一直攥著裝錢的塑膠袋。明亮：

「晨曦她媽，我想說一件事。」

「啥事？」

「藥費的事。」

「啥意思？」

「從今往後，爸在醫院的花銷，不管住多長時間，除了機務段該報銷的，剩下的由我來付。」

「鴻志他爸，叫你來，不是這意思。」

「我在西安開飯館，雖是小本生意，每月都有進項，這些藥費，我還付得起；如果付不起，我也就不來了。」

這時秦薇薇歎口氣：「鴻志他爸，喊你來，就是這意思。」又說，「不瞞你說，我家那口子，是個無業遊民，整天最愛幹的事，是到門口的雜貨鋪跟人家聊天。我說，你跟人家聊了一天，人家賣了一天東西，你得了個啥？你來了，我都不好意思讓他見你。我就一個小職員，媽是搪瓷廠的退休職工；咱爸一輩子是個鐵路員工，好多藥不能報銷；住院這花銷，家裡實在是負擔不起，又不敢對咱爸說。」又說，「那也不能讓你全出，咱倆每人一半吧。」

「晨曦她媽，我是個實在人，不喜歡繞圈子，如果我全拿了，你覺得面子上過不去，咱可以每人一半；如果不是這個原因，就不要爭了。」

秦薇薇想了想：「那就你出三分之二，我出三分之一吧。爸開火車，畢竟把我也養大了。」

明亮：「都成，我聽你的。」

秦薇薇：「還有一件事，今天晚上，你想住在爸媽家嗎？」又說，「聽說你要來，媽已經把床鋪給你收拾好了。」

明亮：「爸和媽，還住在四十多年前的房子裡嗎？」

秦薇薇點點頭：「媽說，還讓你住在你我小時候住過的房間。」

明亮：「我還是在醫院附近找個旅館住吧。」又說，「一來照顧爸方便，二來洗洗涮涮，我也方便些。」

秦薇薇：「好吧，我聽你的。」

明亮：「今天晚上，你和媽也歇一歇，我留在醫院值夜班。」

當天晚上，秦家英和秦薇薇回家休息了，明亮留在病房值夜班。病房裡有五個病人，晚上，護士進來讓病人們吃藥，給有的病人掛吊瓶；護士走後，五個病人的家屬，分別照顧各自的病人上廁所，洗漱，上床歇息。明亮也扶著陳長傑上廁所和洗漱。陳長傑患心肺衰竭，走路有些發喘；回到床上，他喘著氣對明亮說：

「明亮，我這兒沒事了，你也回家歇著吧。」

陳長傑說的家，當然是陳長傑和秦家英的家了。他不知道午飯之後，明亮已經在醫院附近的旅館開了房間。明亮想住旅館而不想住在陳長傑和秦家英的家裡，除了在旅館洗洗涮涮方便，更重要的是，四十多年前，那個家裡，親媽櫻桃曾經來過；接著，在西郊一間柴草屋裡，他看到媽被鋼針釘在木板上，遍體鱗傷；那個家，明亮不想再回去了。但這事明亮無法向陳長傑解釋，中午也沒有對秦薇薇多說；只是說：

「爸，你睡你的，不用管我。」

又說：「輕易不見面，讓我在這兒待會兒。」

陳長傑不再勉強。

一夜無話。第二天一早，護士進來查房。明亮扶著陳長傑去衛生間解手，去盥洗間洗漱，回來，把喘氣的陳長傑扶到床上，護士喊打飯，明亮去走廊飯車前打了兩份飯，回來和陳長傑一起吃。吃完飯，明亮把飯盆拿到盥洗室洗乾淨，回到病房，護士又進來讓病人吃藥，接著是醫生查房。上午，看窗外有太陽，明亮問護士，能不能扶陳長傑下樓曬曬太陽。護士說，曬太陽是好事，但別讓病人著風。明亮說，知道了，便扶陳長傑到樓下去。醫院院子裡有一個小花園，小花園裡有幾條長椅，明亮扶陳長傑到長椅前坐下。扶陳長傑到這裡，說是曬太陽，其實明亮是想找個僻靜的地方，跟爸單獨說說話。但兩人真單獨坐在一起，一時又不知說些什麼，兩人就在那裡乾坐著。沉默一陣，陳長傑突然問：

「我做生意賠了這事，她們給你說了吧？」

她們，指的是秦家英和秦薇薇了。明亮點點頭。

陳長傑：「我就知道她們會說。」

又說：「說就說吧，我已經不怕丟人了。」

又歎了口氣說，「事到如今，我無法怪別人呀。」

又說：「你爸這輩子，就活了一個字，窮。當司爐，開火車，沒明沒夜，加班加點，一輩子幹的活，比拉磨的驢少不到哪裡去。老了老了，安於貧困多好，但是不服，想去做生意賺錢，到頭來，就成了現在這個樣子。」

又說：「爸這輩子多失敗呀，把自己活成了笑話。」

明亮倒勸：「爸，話不是這麼說。」

「我知道，她們把你叫過來，是想讓你出醫療費。我們四十多年沒見，見面就讓你花錢。」

「爸，從六歲到十六歲，我在延津上學，你背著我後媽，也花了十年錢；現在，就當我還那十年的錢吧。」

陳長傑：「你要這麼說，我想打自己的臉，沒能力讓你把高中上完。」歎了口氣，「有時候，我想見見李延生。」

明亮拿出手機：「要不，我給他打電話，讓他到武漢來一趟？」

陳長傑止住明亮：「見了，說啥好呢？當年我把你交給他，我一斷學費和生活費，他讓你燉豬蹄去了。」

「當年，都是身不由己。」明亮說。

「可說呢，見面都不好意思。」陳長傑又說，「說來說去，還是怪我沒出息。」

接著，陳長傑問起明亮老婆孩子的事，明亮一一告訴了他。陳長傑：

「你給我出醫療費，不用背著你老婆吧？」

「不用，我在家裡能作主。」

陳長傑歎息：「你比我強。」

明亮想，他所以比陳長傑強，給陳長傑出得起醫療費，還得感謝當年學會了燉豬蹄；而當年自己去延津「天蓬元帥」學燉豬蹄，還是因為陳長傑斷了他的學費和生活費；四十多年過去，事情的前因後果是這樣的，也讓明亮哭笑不得。這時想起另一件事，明亮問：

「爸，這裡就咱們倆，我想問你一件事。」

「啥事？」

「四十多年前，我媽到底是咋死的？是像大家說的，因為一把韭菜嗎？」

陳長傑又咳嗽起來，咳嗽得面紅耳赤。明亮趕緊給他捶背。待咳嗽止住，陳長傑喘著氣說：

「是因為韭菜，也不是因為韭菜。」

「啥意思？」

「那天，我們是因為韭菜吵的架，但我離開家的時候，就看出她眼神不對；看到她眼神不對，我還是走了。後來她就上吊了。」

又說：「兩人天天吵架，也許，我在心裡，早盼著她死了。」

又說：「親人之間有了怨恨，有時候比仇人還狠呀。」

又說：「雖然她是自殺，其實是我殺了她。」

明亮心裡一震，四十多年間，他一直把櫻桃上吊的責任，歸結到他出去喝汽水上；誰知四十多年前，陳長傑也有責任；或者，這責任是共同的，是他們父子倆，陳長傑和明亮，共同把櫻桃殺了。明亮在心裡歎了一口氣。陳長傑喘著氣說：

「我這一輩子，有兩步走錯了。」

明亮看陳長傑。

「頭一步，當年在延津豫劇團，演《白蛇傳》的時候，不該給你媽和李延生說戲。」陳長傑喘口氣說，「不說戲文，就找不了你媽。」

明亮沒說話。

「第二步，到了武漢，五一勞動節，機務段搞聯歡，你還記得不？」

明亮想了想，點點頭。

「車務處的節目斷了，我不該逞能，上去唱《白蛇傳》。不唱，就找不了秦家英。」

明亮沒有說話。但在心裡想，陳長傑不找櫻桃和秦家英，就他的狀況，四十多年前，還能找著誰呢？或者說，就他的狀況，找誰不一樣呢？但明亮不能這麼給陳長傑說，也就沒有說話。

明亮在武漢住了一個禮拜，看陳長傑病情穩定——他問了醫院的醫生，醫生說，陳長傑這種病，時好時壞，現在看病情穩定，也許突然就會有危險；病情不發生陡轉，也許一年半載還是這樣。聽醫生這麼說，明亮在西安還有一大攤子事要張羅，「天蓬元帥」第五分店剛剛開張，他不能老在武漢待著，便與秦薇薇商量，他準備返回西安。秦薇薇也同意他走：

「鴻志他爸，咱爸就這樣了，你走你的，照顧咱爸，有我和媽呢。」

又說：「你出了一大半醫療費，我心裡已經鬆快多了。」

明亮：「晨曦她媽，話不是這麼說，照顧病人，比出錢麻煩多了。」

回西安的前一天夜裡，明亮在旅館睡覺，夢裡聽到一個女人說話：

「你忘了你說的話了吧？」

「啥話？」

女人的聲音：「六歲時說過的話。那年，我幫你把你媽救了，你把你媽扔到了長江裡。」

明亮突然想起，當年他媽櫻桃來到武漢陳長傑和秦家英家隻，後來被釘在西郊一間柴草屋裡；一隻螢火蟲給明亮帶路，找到這間柴草屋，明亮把媽救了出來。這隻螢火蟲當年說，幾十年後，明亮再來武漢的時候，要幫牠一個忙。如今，這隻螢火蟲找他來了。明亮說：

「你不說，我還忘記了；你一說，我就想起來了。」

女人的聲音：「當年，我帶路把你媽救了，現在你也得救救我。」
「你是誰呀？」
女人的聲音：「馬道婆。」
「馬道婆是誰？」
「當年，用鋼針扎你媽那個人。」
明亮不解：「既然扎我媽的是你，你為啥還要變成螢火蟲救我媽呢？」
馬道婆：「扎你媽的是我，救你媽的也是我，正所謂放下屠刀，立地成佛。」
明亮愣在那裡。似乎解透了這個道理，又似乎沒解透。他問：
「事到如今，我咋救你呢？」
「帶我離開武漢。」
「為啥呢？」
「給人扎了一輩子小人，也算罪孽深重；如今死也死了，該離開這是非之地了。」
「這事，你當初為啥找我呢？」
「當時你才六歲，想著四十多年後還身強力壯，當時要找個成年人，四十多年後，不知他們的死活呀。」
「咋帶你離開武漢呢？」
馬道婆：「我已經像當年的你媽一樣，附到了自己的照片上，你把我的照片，帶走就行了。」

「我接著要回西安呀。」

「只要離開武漢，去哪兒都成。」

明亮明白，原來，冥冥之中，這才是他來武漢的緣由；突然想起什麼，問：「我爸的病，不是你作祟的，用他把我引過來的吧？」

「那倒不是，他的病，是他自己作的。」

「你的照片，如今在哪兒呢？」

馬道婆：「在黃鶴樓。」又說，「黃鶴樓後山上有一個涼亭，我的照片，就藏在涼亭右後角柱子下邊。」

明亮問：「馬道婆，你啥時候去世的呀？」

「三年了，天天都在等你。」

明亮醒來，打開燈，看了看錶，已是凌晨三點。

明亮起身，穿好衣服，出了旅館，攔了一輛夜間出租，去了黃鶴樓。他記得在漢口上小學時，學校組織活動，他隨著幾百個小學生去黃鶴樓參觀過。後來他奶奶來武漢，陳長傑也帶奶奶和他去過。待計程車停到黃鶴樓山坡下，他下車，遠遠打量黃鶴樓，和四十多年前記得的模樣，完全不一樣。夜間，周邊一個行人也沒有。黃鶴樓的大門，夜間是關閉的，但明亮走到黃鶴樓大門前，大門竟自動開啟了，明亮便知道這是馬道婆的功力，說明馬道婆的照片，果然藏在這裡。明亮爬上山坡，來到黃鶴樓前，趁著月光，看到大門兩側的兩行字：昔人已乘黃鶴去，此地空餘黃鶴樓。轉到黃鶴樓後山上，山坡上果然有一座涼亭，馬道婆說，她的照片，藏在涼亭右後角的柱子下邊。但這涼亭穩如泰山，柱子如何拔得動？但明亮一摸柱子，這柱子竟自己動了；拔著柱子，如同拔一棵草；又看著涼亭，變成了一個可以拿在手中的模型；又看前邊的黃鶴樓，黃鶴樓也變成了一個模型。將涼亭移開，在右後柱子下邊，果然看到一幅照片。但照片上，竟是一個四五歲的小女孩，頭上紮著紅頭繩。明亮不禁問：

「馬道婆，這是你嗎？」

馬道婆的聲音：「這是小時候的我。」

明亮拿起照片，把涼亭放回去，涼亭馬上又變回原來的模樣；往前看黃鶴樓，黃鶴樓又變成長江邊上那座高聳入雲的黃鶴樓。

明亮：「到了西安，我把你的照片放到哪兒呢？」

照片上綁著紅頭繩的小女孩：「記著，找一個高處。」

第二天一早，明亮去醫院病房，跟陳長傑、秦家英和秦薇薇告別。秦家英：

「好不容易來一趟，多住幾天吧。」

秦薇薇：「讓鴻志他爸回去吧，他在西安，還有一大攤生意要張羅呢。」

陳長傑點頭：「還是回去吧，你回去把飯店開好，我在這裡養病才能踏實。」

說完，看了秦家英和秦薇薇一眼。明亮發現，自明亮來武漢之後，陳長傑在秦家英和秦薇薇面前，腰桿似乎硬了許多；為什麼硬？因為明亮出了一大半的醫療費。這話有些難聽，但實際情況就是這樣。

如果明亮在西安不開飯館，至今還是窮人，說不定秦薇薇也不會通過延津的李延生找到他，通知他到武漢來了；那樣，一直到陳長傑死，他也見不上父親了。明亮：

「我回西安張羅張羅手頭的事情再來。」

陳長傑：「等我病好了，也去西安看一看。」

明亮：「太好了，到時候你跟媽和晨曦她媽一起來，我帶你們去看看大雁塔，看看兵馬俑，帶你們吃吃羊肉泡饃。」

秦家英：「也去你店裡吃吃豬蹄。」

大家笑了。誰知一笑，陳長傑又用力咳嗽起來，咳得滿臉通紅；咳了五六分鐘，還沒消停下來。秦薇薇趕緊去叫護士。護士過來，把氧氣面罩給陳長傑戴上了。明亮看著戴面罩的陳長傑：

「要不我停兩天再走？」

陳長傑揮著手，在面罩裡說：「你走你的，我就是這樣了，一時半會兒死不了。」

明亮也就離開了醫院。坐在計程車上，明亮想，看陳長傑的樣子，一時半會兒死不了，但一時半會兒也好不了了；躺在醫院維持活著可能，恢復健康是不可能了；他說等病好了要去西安，看來西安他去不了了；陳長傑去不了西安，但明亮身上裝著馬道婆的照片，馬道婆倒是跟他去了西安。世事如此難料，明亮不禁感歎一聲。

明亮回到西安，從火車站出來，沒有回家，讓計程車把他拉到秦嶺。他攀上秦嶺，放眼望去，一道嶺後邊，又是一道嶺；一片森林後邊，又是一片森林。明亮把紮著紅頭繩的小女孩的照片從口袋裡掏出來，問：

「馬道婆，把你放到這兒行嗎？」
照片上綁紅頭繩的小女孩說：「行。這裡高不說，風景也好。」
明亮突然想起什麼：「馬道婆，臨分手時，我想問你一件事。」
綁紅頭繩的小女孩：「啥事？」
明亮：「當年，我把我媽的照片，扔到了長江裡，四十多年我老在心裡問，我媽順著長江去哪兒了？」
綁紅頭繩的小女孩：「我的法力就在武漢，她出了武漢，我也不知道哇。」
明亮歎了口氣，又突然想起什麼，問：「我媽去哪兒了你不知道，現在我把你帶到陝西，你這是要去哪兒呀？」
綁紅頭繩的小女孩：「去來的地方呀。」
明亮：「來的地方不是武漢嗎？」
綁紅頭繩的小女孩：「我說的來，不是這個來呀。」
明亮：「那是哪個來呀？」
這時一陣山風颳起，山間所有森林都響起了松濤；綁紅頭繩的小女孩著急地說：
「別問東問西了，說了你也聽不明白，快點放我走吧，讓我也借個好風；錯過這個時辰，說不定風就沒了。」
明亮：「既然這樣，你多保重。」

明亮一鬆手，照片上的小女孩，隨著風，飄到了天空；接著上下翻飛，飄進森林中，一陣陣松濤聲中，漸漸就看不見了。

三

掐指算來，孫二貨已經死了五年了。記得牠死前三天，開始不吃東西。二十年前，孫二貨剛來明亮家時，喜歡吃豬蹄。當然不是剛從鍋裡撈出來的豬蹄，是來店裡吃飯的客人，吃豬蹄吐出的骨頭；客人走後，飯館打烊了，明亮把客人吐出的骨頭，倒進孫二貨的狗食盆裡。後來孫二貨不愛吃豬蹄骨頭了；「天蓬元帥」除了燉豬蹄，還賣其他涼菜、炒菜和酒水，涼菜裡有一道菜是菠菜拌雞肝；飯店打烊後，有時明亮也把客人吃剩的雞肝，和豬蹄骨頭一塊兒倒進狗食盆裡，孫二貨扒開豬蹄骨頭，專挑雞肝吃。明亮上去踢牠一腳：

「孫二貨，你還腐化了？」

那時，每天天不亮，明亮要去南郊菜市場批發豬蹄、雞鴨魚肉和各種蔬菜，馬小萌要去飯館張羅鍋灶，去飯館張羅鍋灶之前，先得把他們的兒子鴻志送到幼稚園，兩人沒工夫遛狗；明亮家住一樓，房後有一小花園，明亮便在房子的後門，用鋸子旋出一個狗洞。孫二貨知道每日早晚，從狗洞裡爬出來，自己跑出去拉屎撒尿。白天，牠自己從家裡跑到「天蓬元帥」；晚上，牠自己從飯館跑回家。一天晚上，飯店打烊了，明亮和馬小萌從飯館回到家，剛坐下吃飯，孫二貨從狗洞鑽回家，來到飯桌前，在飯桌底下銜明亮的褲腿，拉他往外走。明亮踢了孫二貨一腳：

「吃飯呢，自己出去玩。」

孫二貨還銜明亮的褲腿；明亮不知牠要幹什麼，只好站起來跟牠走。出了家門，孫二貨在前邊跑，邊跑邊回頭看明亮；明亮跟著牠，牠把明亮領向「天蓬元帥」。到了飯館，明亮發現，飯館門縫裡，正往外淌水。明亮打開門，屋裡已經被水淹了，明亮蹚著水，來到後廚，原來洗豬蹄的老曹，忘記關水槽子的水管了；水嘩嘩流著，漫過水槽子，淌到地上。如果這麼淌一夜，水在屋裡越積越多，說不定把飯館的冰箱、各種櫥櫃，儲物間裡的米麵油鹽、幾百隻豬蹄、雞鴨魚肉和各種蔬菜，還有牆壁上各種電插頭都泡壞了。明亮趕緊把水管關上，這才明白孫二貨跑回家銜他褲腿的用意。明亮拍拍孫二貨的腦袋：

「孫二貨，你知道顧家了。」

孫二貨仰腦袋看著他，咧嘴笑笑，轉頭跑開了。第二天，明亮把洗豬蹄的老曹罵了一頓：

「有沒有腦子，連隻狗都不如。」

還有一次，明亮晚上和朋友喝酒，幾種酒摻著喝，喝得不省人事，第二天起不來床，一直在屋裡昏睡。到了上午十一點，孫二貨見明亮沒來飯館，便從飯館「坨坨」跑回來，從狗洞鑽回家，邊「汪汪」叫著，邊撓明亮的門；明亮仍在昏睡，沒有回音。孫二貨搆不著門的把手，又從狗洞裡鑽出來，瘋狂跑回飯館，銜馬小萌的褲腿。馬小萌隨孫二貨回到家，打開臥室，明亮還在昏睡。馬小萌趕緊打電話叫來店裡的員工，把明亮送到了醫院。經過抽血化驗，醫生說，明亮血管裡酒精的濃度，已經高達二百八；醫生趕緊給明亮輸液沖血管；醫生說，幸虧送醫院送得及時，如果一直讓他昏睡，他會昏死過去。明亮出院後，馬小萌把孫二貨喊她回家，及時把明亮送醫院的事說了。明亮對孫二貨說：

「孫二貨，你怕我死了，對嗎？」

孫二貨點點頭，轉頭跑開了。

「天蓬元帥」旁邊，是個銀飾店。店鋪的老闆叫老靳，每天和兩個徒弟，拿著銀條，放到砧子上，用錘子敲打成手鐲、手鏈、項鍊、耳環、耳釘、戒指等各種首飾，再用電鑽打眼，裝上其他配件。有時，下午三四點，中午吃飯的客人全走了，晚上吃飯的客人還沒上來，明亮會踱出「天蓬元帥」，到隔壁銀飾店坐一會兒，看老靳和徒弟敲打首飾。一根銀條，在老靳和徒弟手裡，敲著打著，就變成了各種首飾。明亮：好手段。老靳：雕蟲小技，熟能生巧。明亮：隔行如隔山，我就看不出門道。老靳：就一點，性急的人幹不了這個，這不是個著急的活兒。明亮：跟燉豬蹄一樣。老靳：說起來，萬物同理。兩人也算說得著。有時，孫二貨也隨明亮過來，在明亮身邊趴著，舌頭伸在外邊，「哈哈」地喘氣。一天兩人閒聊天，老靳指著孫二貨，說這條狗性不野，從來不亂跑，一天一天臥在「天蓬元帥」門口。明亮順便說起孫二貨提醒過店裡發水，也救過自己命的事，老靳邊敲打銀條邊說：

「沒想到還是條義犬呀。」

又說：「光是義犬沒用，還得聰明；不聰明，咋能想到人想不到的事呢？」

明亮：「知道牠為什麼聰明嗎？」

老靳邊敲打邊問：「為什麼呀？」

明亮：「因為牠腦袋大，狗是一般的京巴，但腦袋不是。」又說，「老靳，你摸摸牠的腦袋，一般的狗腦袋，沒有這麼大，真擔心牠的脖子撐不住。」

老靳也就停下敲打，伸手摸了一下孫二貨的腦袋：「的確，不是一般的狗腦袋。」

孫二貨搖搖尾巴，笑了。

轉眼十五年過去，孫二貨老了。人老先老腿，狗老也是先老腿，孫二貨走路，腳步明顯遲了；後來走起路來，身子開始搖晃；走幾步，停下來，張嘴「哈哧」「哈哧」喘氣；另外，顯得沒精神了，晚上看牠在屋裡亂轉，白天卻趴在飯館外的太陽下昏睡；醒來，獨自在那裡愣神。明亮把牠抱到寵物醫院，醫生給孫二貨做了全面檢查，測了血常規、心電圖，拍了胸片，做了ＣＴ，得出的結論，孫二貨年歲大了，心血管和腦血管，都硬化了，血脂有些稠，還患有高血壓。明亮：

「咋給牠治治呢？要不要動一下手術？」

醫生：「牠多大了？」

「十五歲。」

「狗的十五歲，相當於人的八九十歲，已經是高齡了。」醫生又說，「這麼大歲數了，禁不住手術，回去靜養吧。」

明亮只好把孫二貨抱回家。漸漸，孫二貨出去拉屎撒尿，會忘記回家，需要明亮到街上把牠找回來。明亮知道，牠腦子也出問題了，記憶力開始衰退。有一天，孫二貨晚上沒有回家，明亮到街上去找，也沒找到；第二天，孫二貨還沒有回來，明亮和馬小萌著急了，開始去周邊遠處尋找，還讓「天蓬元帥」的員工四處去找，也沒找著孫二貨。明亮列印出一份尋狗啟事，寫上孫二貨的模樣和毛色，何時走丟的，有人送回來，必有重謝等，附上孫二貨的照片，和明亮的手機號碼；複印出幾百張，貼滿大雁塔附近的大街小巷。一天過去，還是沒有音信。明亮：

「孫二貨，你可別死在外邊呀。」

第三天上午，有人打明亮的手機，說在南郊公園的橋洞裡，看到一條狗，與尋狗啟事上的狗有些相像。明亮跑到南郊公園，果然，孫二貨臥在公園角落的橋洞裡，半睡半醒。明亮：

「孫二貨，你把我嚇死了。」

孫二貨無精打采，也沒站起來；明亮忙把牠抱回了家。又半個月過去，孫二貨開始不吃東西了。明亮專門給牠拌了雞肝，牠用鼻子嗅了嗅，又低頭趴到地上。明亮又把牠抱到寵物醫院，對醫生說：

「三天不吃東西，這不是等死嗎？」

醫生拿著聽診器在孫二貨身上聽了一遍，說：

「牠是該死了。器官都衰竭了，活著也是受罪。」

「那牠咋不死呢？」

「分狗。有的狗，願意死在家裡；有的狗，不願意死在家裡。一開始我不知道，後來接觸的狗多了，才明白這個道理。」

明亮突然明白，上次孫二貨去南郊公園，自個兒臥在橋洞裡的原因。又問：

「不願死在家裡的狗，牠最想死在哪裡呢？」

「人看不見的地方。有的狗，臨死時，也要尊嚴。」

明亮點點頭，明白了。從寵物醫院出來，明亮把孫二貨放到車上，沒有回家，而是往遠郊開去。明亮邊開車邊說：
「孫二貨，既然活著是受罪，咱就死去。」
孫二貨點點頭。
明亮又說：「孫二貨，既然你想死得遠些，咱就徹底遠些。」
孫二貨點點頭。
明亮又說：「孫二貨，既然你死時不想見人，咱就徹底不見人。」
孫二貨從副駕駛座位上，爬到明亮懷裡，明亮抱著牠開車。出了西安城，到了鄉村，明亮繼續往山裡開；山路上，一輛車沒有，一個人也沒有。到了一座山坡前，有一大塊玉米地。明亮停下車，把孫二貨從車裡抱出來，走向玉米地。到了玉米地深處，左右看看，一個人沒有，明亮把孫二貨放到地上，對孫二貨說：
「孫二貨，你看這兒行嗎？」
孫二貨點點頭，接著一瘸一拐往前走去。漸漸走遠了，連頭也沒有回。
明亮從遠郊回到家，一夜沒睡著。第二天一早，明亮又開著車，來到郊區，來到這塊玉米地，想看一看孫二貨的下落。也不知道孫二貨死成沒有；就是死了，找到牠的屍首，挖個坑埋了，也就放心了。誰知在玉米地找了半天，也沒找著孫二貨，或牠的屍首。這時明亮哭了：
「孫二貨，你到哪兒去了？」
又哭：「孫二貨，我想你了。」

轉眼五年過去了。這天，明亮去澡堂子洗澡，聽搓背的老龔說，原來在道北菜市場當經理的孫二貨傻了。老龔幹搓澡工之前，在道北菜市場賣過幾年菜。不提這個孫二貨，二十年過去，明亮已經把他忘記了；經老龔一說，明亮又想了起來。同時想起，那條叫孫二貨的狗，已經走了五年了。當時把牠放到遠郊玉米地裡，也不知牠走到哪裡去了。狗不知不覺沒了，人也不知不覺老了。二十年前，明亮家的狗，是因為菜市場的孫二貨起的名字；因為要打牠，所以給牠叫孫二貨；現在因為思念孫二貨那條狗，明亮便想去看看孫二貨這個人。明亮向老龔打聽出孫二貨的住處，第二天上午，買了兩瓶酒、四條菸，和當年去道北菜市場，第一次見孫二貨，給他買的禮物一樣，裝到一個塑膠袋裡，拎著，去了孫二貨的家。敲門，開門的是個染了一頭黃毛的小夥子：

「找誰？」

「這是孫經理的家嗎？」

「你誰呀？」

明亮掏出一張名片，遞給小夥子；小夥子看了名片：

「哦，你是『天蓬元帥』的老總啊，我和朋友去你店裡吃過豬蹄，味道不錯。你跟我爸咋認識呢？」

原來這是孫二貨的兒子。明亮：

「早年我在道北菜市場賣過菜，得到過你爸的關照。聽說他病了，來看看他。」

又說：「你爸是延津人，我也是延津人。」

孫二貨的兒子接過明亮手裡的菸酒，把明亮讓進家，接著把他帶到裡屋。明亮看到，一個老頭在沙發上坐著，頭髮花白，往四處爹著，頭來回搖晃著。二十年沒見，沒想到當年威風凜凜、往他臉上撒尿的孫二貨，變成了現在這個樣子。見有人來，孫二貨扭過頭大聲問：

「你誰呀？」

明亮：「我是明亮。」

孫二貨：「你是四海呀。」

孫二貨的兒子向明亮解釋：「四海是他一個朋友，去年死了，他見誰都說人家是四海。」

明亮：「我不是四海，我是明亮。」

孫二貨仍說：「四海呀，你可來了。」

明亮有些哭笑不得。他是為了孫二貨——他曾經養過的狗——來看孫二貨，孫二貨卻把他當成了四海。這時明亮發現眼前的孫二貨，跟走了五年的孫二貨的區別：走了的孫二貨腦袋大，像冬瓜；眼前的孫二貨腦袋小，像鴨梨。孫二貨的兒子以為他們真是好朋友呢，明亮來的目的，就是看他什麼時候死。

臨出門時，孫二貨的兒子說：

「叔，他都不認識你了，以後別來了，瞎耽誤工夫。」

明亮：「大姪子，他不認識我，但我認識他呀。」

以後，明亮想起那個孫二貨時，還來看這個孫二貨。對那個孫二貨是惦念，看這個傻了的孫二貨，是解恨。一次又來看孫二貨，看孫二貨的兒子去了另外一間屋子打遊戲機，這屋裡就剩明亮和孫二貨，明亮趁機問：

「老孫，二十年前，你在道北菜市場當經理，曾經欺負過明亮兩口子，把人家逼走了，你還記得這件事嗎？」

孫二貨又問：「明亮是誰？」

明亮：「你別管明亮是誰，你就說欺負人對不對？」

沒想到孫二貨興奮起來：「那他們犯什麼錯了？我修理人，都是有原因的。」

當時的原因，明亮無法向一個傻了的人重複一遍；明亮問這話是為了報仇，現在重複也是白重複，看來這仇也無法報了。明亮歎口氣，也就起身離去了。

在家裡，明亮和馬小萌已經分房睡了。馬小萌怪明亮夜裡睡覺打鼾，明亮怪馬小萌夜裡老起身，去上廁所；從前年起，兩人就分開睡了。但明亮知道，打鼾和起身，不是他們分睡的主要原因，主要原因是，明亮身上該硬的地方已經軟了，馬小萌身上該軟的地方已經硬了。明亮還發現，馬小萌年輕的時候舌頭長，現在也變短了。雖然兩人沒有了肌膚之親，但在一起過習慣了，遇到事情，對方在身邊，心裡會踏實些。一次明亮患了膽結石，引起急性膽管炎，需要做手術，把石頭取出來；手術車要往手術室推了，馬小萌去廁所還沒回來；明亮說，等一下，我跟我老婆說句話。醫生：等不得，後邊取石頭的排著隊呢。明亮：那我不取了。醫生喊護士，趕緊去廁所，把他老婆喊回來。馬小萌到了，醫生：有話趕緊說。明亮也沒說什麼，就讓人把他推進了手術室；接著，麻醉師就把他全麻了。明亮做完手術醒來，埋怨馬小萌，怎麼回事，我要做手術了，你還上廁所。馬小萌：嚇的，老想尿。

這天晚上，吃過晚飯，明亮坐在沙發上看了一陣電視，又看了一陣手機，感到睏了，便回到自己房間，脫下衣服，準備睡覺；這時馬小萌穿著睡衣進來了。明亮不禁問：

「你要幹麼？」

「別想歪了，跟你說個事。」

「啥事？」

馬小萌坐在床邊：「你還記得延津西街的香秀嗎？」

明亮想了起來，這個香秀，就是二十年前，在延津撒馬小萌在北京當雞的小廣告的那個人；是她，把明亮和馬小萌逼到了西安。明亮：

「說她幹麼？」

馬小萌：「她今天給我打電話了。」

明亮吃了一驚：「這怎麼可能？」

「她從老家我姑那裡，打聽出我的電話號碼。」

「她又要幹麼？」

「她說，想來咱們家一趟。」

明亮啼笑皆非：「你們倆不是有仇嗎？」

馬小萌：「她說，二十年後，她後悔當年幹了那件事，想來當面給我賠個不是。」

又說：「她說，她害得我們一家背井離鄉，如不當面賠個不是，她到死都不得安寧。」

又說：「她說，這輩子不當面給我認個錯，下輩子做牛做馬也不安生。」

又說：「你看，說到了這地步。」

香秀來他們家的理由，又出乎明亮的意料。明亮想，他們跟道北菜市場的孫二貨也有仇，如果孫二貨不傻，說要給他賠不是，他能接受嗎？接著又想，就看二十年後各人的狀況了，如果二十年後他混得不如孫二貨，他不會接受；混得比孫二貨強，也許就接受了；或者說，身在高處，才能不跟人一般見識呀。但仍不放心：

「這裡不會有什麼陰謀吧？」

馬小萌：「二十年過去，大家天各一方，現在都人老珠黃了，她還能算計我什麼？」

明亮想想，這話也對，又問：

「如今她人在哪兒呀？」

馬小萌：「她在電話裡說，在烏蘭察布一個奶牛場當擠奶工。」

明亮明白了香秀的處境，便說：

「都是過去的事兒了，殺人不過頭點地；她要想來，就讓她來唄。」

馬小萌：「我也這麼想。問題是，她在電話裡說，她不是一個人來，還想帶一個人來。」

「這人是男的女的？」

「女的。」

「咱家裡也不怕多一個人壓塌地方，她們想一塊兒來，就一塊兒來唄。」

「她在電話裡說，那女的有些特殊。」
「怎麼特殊？」
「半邊臉爛了。」
明亮愣在那裡，這又是他沒有想到的：「這人是誰？」
「香秀說，是她的閨蜜，過去也幹過那一行，得了那種病，一直沒看好，現在跟她在一起。」
明亮雙手扣在後腦勺上，倚在床頭不說話。馬小萌：
「不但你猶豫，一聽說還有個爛臉的人要來，我也猶豫。」
又猶豫地說，「要不算了吧？」
又說：「咱們沒什麼，還有孩子呢。」
明亮：「也是。」
馬小萌：「明天我就給她回電話，如果她一個人來，我們就讓她來；如果還帶那一個人來，也就算了。」
明亮：「也成。」
馬小萌起身，離開明亮的房間。
這天，曾在道北開公車的樊有志，給明亮打手機說，這個月八號，他的女兒芙蓉要結婚了，請他去參加婚禮。接著又補了一條微信：「五月八號，道北中山公園西草坪，十點之前，務必趕到，餘言面敘，切切。」

逢年過節，明亮常去道北看樊有志。二十年前，他和馬小萌頭一回來西安，是樊有志幫了他們。二十年後，樊有志患了股骨頭壞死，坐在輪椅上，無法開公車了，在家吃勞保。

五月八日上午九點半，明亮趕到道北中山公園西草坪。芙蓉的婚禮，就在這塊草坪上舉行。明亮事先打聽出，芙蓉的婆家，是西安一家房地產開發商，姓金，明亮家住的房子，就是他們家開發的。草坪上搭著舞臺，入口處搭著鮮花拱門，從拱門到舞臺，用紅毯鋪出一條通道；草坪上，擺了上百張桌子，桌子上鋪著白布，桌子周邊的椅子上，繫著紅綢絲帶；草坪上人頭攢動，熙熙攘攘；有一銅管樂隊，正在舞臺上演奏。明亮先在禮桌前交了份子錢，領了一束花，別在前襟上，在人群中擠來擠去，終於在一張桌子旁，找到了樊有志。這張桌子，擺在草坪邊的一棵桃樹下。樊有志穿著西服，打著紅領帶，坐在輪椅上。明亮上去握住樊有志的手：

「有志哥，場面真大，替芙蓉高興，嫁了個好人家。」

樊有志笑著說：「同喜同喜。」拉明亮在身邊坐下，這時低聲說，「她嫁了個好人家，苦了我了。」

明亮一愣：「啥意思？」

「嫌我是個瘸子，前幾天就告訴我，讓我在家裝病，不讓我來參加婚禮，我賭上氣了，今天非來不可。」

「這叫啥話？這就是親家的不對了。」

「不是親家提出來的，是芙蓉提出來的，說親家那邊，來的都是有頭有臉的人，怕我丟了她的人。」

明亮又愣在那裡。樊有志說：

「看我來了，又把我推到這裡，吃飯不讓我坐主桌。」

明亮看桃樹下這張桌子，離舞臺隔著十幾張桌子；明亮勸道：

「有志哥，坐哪兒都一樣，每張桌子，上的都是一樣的菜。」

樊有志又悄悄對明亮說：「看著有錢，其實，這家人不受打聽。」

「啥意思？」

「他爹，當年是道北的小混混。」

「有志哥，英雄不論出身。」

說話間，樂隊演奏起婚禮進行曲，典禮開始了。從拱門到舞臺的紅地毯上，首先出現的是兩個著花籃的花童，手撒鮮花開道；新郎新娘出場，身邊環繞著兩對伴娘和伴郎；新娘的拖地長裙，由兩個穿西服的男童在後邊托著；新人上到舞臺上，主持人宣布婚禮開始，先問新人的戀愛經歷，免不了臺下有人起鬨，臺上臺下哄笑；接著主持人請主婚人上臺，讓他發表講話；又請兩位證婚人上臺，讓他們發表講話；又請兩位嘉賓上臺，讓他們發表講話；不管是主婚人或是證婚人，或是嘉賓，他們一出場，明亮馬上把他們認了出來，因為明亮在電視上常見到他們的面孔，他們都是西安數一數二的富人，要麼是開發房地產的，要麼是從事金融業的，或是開互聯網的，或是開金礦的，或是開煤窯的；他們在臺上談笑風生，插科打諢，臺下的人發出一陣陣的歡笑，響起一陣陣的掌聲；這些人講完，主持人讓一對新人向對方發出婚姻誓言，讓他們給對方戴上婚戒；接著宣布他們已經擁有對方，讓他們接吻。這些過程，歷經一個多小時，接著主持人宣布，婚禮儀式結束，婚宴開始。明亮知道，一般婚禮上，都會有男方女方家長上臺發言、新人向雙方家長敬茶的環節，但今天的婚禮把這些環節省略了；明亮明白其中的原因，也知道剛才樊有志所言不虛。這時看樊有志，樊有志出了一頭汗，悄悄對明亮說：

「芙蓉做得還是對的，幸虧沒讓我們這邊的人上臺，人家那邊上臺的，都是大人物，說話壓得住場，如果讓我上去，非出醜不可。」

明亮看樊有志的模樣，覺得他這話也不虛，臺下都嚇出一頭汗，上了臺，不得打哆嗦？除了丟人，還是丟人；但勸道：

「有志哥，都是一家人了，就不計較這些了。」

待服務員開始往各桌上菜，主持人又上臺說：

「剛才舉辦的是西式婚禮，莊重而熱烈，接著大家吃好喝好。趁大家吃飯，金總家又請來一班豫劇團，給大家助興。到場的許多嘉賓都是道北人，都是河南人的後代，聽起來親切。」

接著鑼鼓傢伙響，弦子拉出豫劇的過門。演員上臺，原來演出的是《白蛇傳》的折子戲：〈斷橋〉。許仙和白蛇，在西湖頭一回見面，因為下雨，因為一把雨傘，兩人在湖邊送來送去。明亮一開始沒有留意，聽著看著，突然覺得舞臺上扮白蛇的女演員，酷似他的媽櫻桃；不但長得像，說話和唱戲的聲音也像；四十多年前，明亮把櫻桃的照片扔到了長江裡，一直不知道她去了哪裡；後來他把馬道婆從武漢帶到秦嶺，問馬道婆是否知道他媽順著長江漂到哪裡去了，馬道婆說不知道；明亮又問馬道婆要到哪裡去，馬道婆說到來的地方去；當時明亮沒悟出這來的地方是哪裡，現在心裡一動；心裡一動不是悟出馬道婆的來處是哪裡，突然悟出他媽櫻桃的來處是哪裡，那就是戲裡；在人間她是櫻桃，到戲裡她是條蛇；原來，當媽不是人而藉著一條蛇的時候，她就活了下來，讓明亮看到了她；但他又知道，戲和戲裡的蛇是假的呀；原來媽是假借一齣戲在活著；馬道婆不知道櫻桃到哪兒去了，如今藉著馬道婆的話，明亮悟出了媽的去處，那就是「沒有」。聽白蛇在舞臺上唱著唱著，明亮不禁落下淚來。樊有志：

「老弟，你怎麼了？」

明亮：「哥，畢竟是喜事，高興。」

四

這月月底的一天，孫二貨的兒子，到「天蓬元帥」的老店來找明亮，見面就說：

「叔，我爸讓你去一趟。」

「啥事？」

「沒問。」

因是月底，老店和五家分店都要盤帳，明亮便說：

「過兩天行嗎？我這兩天有些忙。」

「叔，這就是你的不對了。」

「啥意思？」

「這兩年，你找過我爸十來回，他回回在家等著你；現在他找你一回，你說你有事，對嗎？」
明亮想了想，覺得孫二貨的兒子說得在理，便說：
「不對。」
「誰讓你總去看他，他把你當成了四海，這種情況，是不是你自己造成的？」
「是。」
「既然是這樣，跟我走吧。」
明亮穿上外衣，跟孫二貨的兒子，去了孫二貨的家。孫二貨見到明亮，拍著自己的腦袋說：
「四海，我覺得我過不去今年了。」
明亮看孫二貨的兒子在身邊，便說：「屋裡坐的時間長了，愛胡思亂想。」
孫二貨的兒子：「平時他說這些胡話，我都懶得理他。」又對明亮說，「叔，我今天外邊還有事，就不陪你了，你走的時候，記著從外邊把門鎖上，別讓我爸一個人出去走丟了。」又指著明亮，「他要丟了，我就找你。」
說完，轉身走了。明亮哭笑不得。待孫二貨的兒子出門，明亮問孫二貨：
「老孫，你找我來有啥事呀？」
「找你來，是想讓你替我辦一件大事。」
「啥大事？」
孫二貨：「我老家延津有個老董，會算人的今生後世，你給老董打個電話，告訴他我的生辰八字，讓他給我算一下下輩子。」
又說：「本來不想麻煩你，可你有手機，我沒有手機呀。」
又說：「我讓兒子幫我打，他理都不理我。」
又說：「我想出去到街上打去，他又把我關到家裡。」
又說：「打一個電話，花不了你多少錢，耽誤不了你多大工夫。」
明亮愣在那裡。明亮來孫二貨家時，想過孫二貨找他會有什麼事；想出十來種可能，就是沒有想到和孫二貨的下輩子有關；便問：
「為啥算下輩子呀？」
「我這輩子過得太次毛了，你看，到頭來，落得這樣的下場。」
「你下輩子想過成啥樣？」
「反正不能像這輩子。」
「你下輩子，不想當這輩子的孫二貨了，對嗎？」
孫二貨點點頭，接著從口袋掏出一個巴掌大的筆記本，筆記本已經油漬麻花：「這上頭，有老董家的電話，還是我十年前去延津留下的；當時只顧算家裡丟的麵包車被誰偷了，忘了算下輩子了。」
二十年前，明亮曾讓老董算過孫二貨的上輩子，他上輩子是頭貓精；孫二貨的這輩子，明亮也看到了；對孫二貨下輩子是個什麼東西，明亮也感到好奇；明亮跟老董的兒子董廣勝是同學，他有董廣勝的手機號碼，但還是假裝翻了一下孫二貨的筆記本，掏出手機，給老董的兒子董廣勝打了過去。電話通了，明亮將孫二貨的想法，給董廣勝說了。董廣勝聽後說，老董給人算命，是不算下輩子的。明亮想起，這是老董給人算命的規矩，算上輩子，算這輩子，不算下輩子；老董說，他這麼做，除了天機不可洩露，也是為了算命的人好，上輩子讓你知道了，這輩子讓你知道了，下輩子也讓你知道了，活著還有什麼意思呢？明亮見董廣勝這麼說，便捂著手機對孫二貨說：

「屋裡信號不好，我到陽臺上打去。」

到了陽臺，把陽臺的門關上，明亮在電話裡對董廣勝說：

「你對大爺說，對好人可以不算下輩子，對壞人，揭穿一下他下輩子的老底，也沒壞處。」

董廣勝：「你讓算的這人是誰呀？」

「二十年前讓大爺算過，就是那個在西安欺負過我們的『貓精』，他說，他十年前也讓大爺算過，他家的麵包車被誰偷了，我馬上再把他的生辰八字問出來，然後告訴你。」

董廣勝：「我明白你的意思了。」但接著說，「就是我爸答應給這頭『貓精』算下輩子，光有生辰八字也算不了了。」

「為啥？」

「他上個月被風吹著了，一開始是嘴歪，後來喝水的時候，嘴包不住水，現在，已經不會說話了。」

明亮愣在那裡：「那還能問事嗎？」

「話說不成，只能直接上升到直播了。」

「不會說話還能直播？」

「直播就是把天師請出來，我爸用手比畫，他比畫的意思，我能明白。」

明亮明白了目前老董的狀況，便說：「那就讓大爺給『貓精』直播一下。」

「直播不比算命，算命光有生辰八字就行了，直播必須本人到場，你想，把天師都請出來了。」

可目前孫二貨傻了，平日，他兒子把他鎖在屋子裡，連門都不讓他出，如何把他弄回延津呢？明亮又問：「如果他本人到不了場呢？」

「退而求其次，只能把他的頭髮，剪一綹送過來。」

「頭髮能代替本人？」

「人的資訊，都在頭髮裡呀。在古代，頭髮能當人頭用的。」

明亮從陽臺回到屋裡，將董廣勝的話，如實給孫二貨說了。孫二貨馬上喊：

「拿剪刀來！」

又說：「四海，我這身子骨，怕是回不了延津了，你就拿著我的頭髮，替我去趟延津，讓老董給我直播一下吧，不然我死不瞑目。」

又說：「放心，路費我出，直播費我也出。」

明亮有些猶豫：「能不能換個人，替你去辦這事，月底，我有些忙。」

「不能。」

「為啥呢？」

「別人我信不過。我坐在這屋子裡三四年了，有人來看過我嗎？也就是四海你了。」

沒等明亮去拿剪刀，他自己起身，在抽屜裡扒拉出一把剪刀，走到鏡子前，一手抓住他奓開的頭髮，一手拿著剪刀，「哢嚓」一聲，剪下一大把，遞給明亮：

「四海，你得馬上去呀，時間不等人。」

明亮只好接過頭髮說：「我馬上去，我馬上去。」

五

明亮雖然答應孫二貨馬上去延津，但他並沒有馬上上路；一是孫二貨已經傻了，他說他快活到頭了，過不去今年，但傻人的傻話，明亮並沒有當真；還有，如果孫二貨真是他的朋友，朋友之託，重於泰山，他會馬上去，但孫二貨是他的仇人，明亮去看他，僅僅是因為家裡死去的那條狗，仇人的話，不反著去做就不錯了；另外，孫二貨與他說話，並沒有把他當成明亮，而把他當成了四海，他對四海說的話，明亮何必認真呢？明亮家裡陽臺上，還放著五年前死去的那條狗孫二貨的狗窩；明亮回到家，把孫二貨那綹頭髮，扔到孫二貨的狗窩裡，也就把這件事放下了。一開始還記著孫二貨交代過回延津的事，接著天天忙起來，對這事上的心也就慢了，漸漸就把這事忘了。

這年中秋節前，武漢的秦薇薇給明亮打電話，說陳長傑的堂哥陳長運，從延津給陳長傑打了一個電話，說公家要修一條高速公路，從河南濟源到山東菏澤，從延津穿過；其中一段，正好路過陳家的祖墳；陳長傑的父親母親，也就是明亮的爺爺奶奶，也埋在這塊墓地裡；公家動員大家遷墳，新的墓地也替大家找好了，就在黃河邊；讓陳長傑回延津遷墳。秦薇薇說，陳長傑聽說這事，非要回去，但他還在醫院躺著，擔心他禁不起路途顛簸，萬一在路上出了事，又是大家的麻煩；所以她給明亮打電話，看明亮能否抽出時間，去延津一趟。明亮聽說是爺爺奶奶的事，馬上上心了。四十多年前，奶奶臨死之前，還專門去武漢看他；那時他才六歲；後來奶奶死了，陳長傑從武漢回延津奔喪，明亮也要跟著去，陳長傑怕耽誤他的功課，沒讓他去；他從學校裡逃出來，一個人上了火車；由於把火車坐反了，坐到了株洲；從株洲下車，順著鐵路，走回到延津，花了足足兩個月。明亮馬上說：

「我去我去，你別管了，也別讓爸管了。」

回家與馬小萌商量，馬小萌聽說是爺爺奶奶的事，也覺得他應該替陳長傑去延津遷墳。第二天一早，明亮收拾行裝上路。二十年前，明亮和馬小萌從延津來西安，坐綠皮火車，坐了一天一夜；現在有了高鐵，從西安到延津，也就四個多小時。

明亮回到延津之後，不願意住在同學或朋友家；除了不願意給人添麻煩，自個兒洗洗涮涮，在旅館也方便；便去縣城十字街頭，找了一家旅館住下。洗了一把臉，明亮感到肚子餓了，這才想起還沒吃中飯，便從旅館出來，從十字街頭，信步往西街走去。有二十年沒回延津了，街道兩旁的樓房和商鋪，都感到陌生。二十年前的延津，不是這個樣子。街上來來往往的人，一個人都不認識，當然他們也不認識明亮。如此看來，一切都時過境遷，他就是一個外地人了。看到一家飯館的招牌是：吊爐火燒、羊雜湯，都是明亮小時候愛吃的，便進了飯館。飯館裡熙熙攘攘，明亮找一張桌子坐下，點了兩個火燒，一碗羊雜湯。等飯的時候，聽鄰座的人議論，東街算命的老董死了。明亮吃了一驚，忙插嘴問：

「大哥，是東街蚱蜢胡同的老董嗎？」

鄰座的人點點頭。

「啥時候死的？」

「昨天已經埋了。」

聽說老董死了，明亮想起十六歲那年，他爸陳長傑無法供應他的學費和生活費，他離開李延生的家，去了「天蓬元帥」當學徒，在飯館碰到老董，老董跺著腳說，如果他早知道這事，就把明亮上學的事接過去了，說他雖然是個瞎子，但負擔一個孩子生活和上學的能力還是有的；如果當時老董把明亮接過去，明亮也就搬到老董家，天天跟老董、老蒯和董廣勝在一起了。服務員把火燒和羊雜湯端上來，明亮大口小口，也沒吃出個滋味，就匆匆結帳出門，去了東街老董家。

到了老董家，看到董廣勝拿把掃帚，低頭在打掃院子，掃起一堆堆的燒紙殘灰和鞭炮的碎屑，知道這是昨天老董出殯時留下的；董廣勝鬢角上，已經露出白髮，胳膊上戴著黑箍。明亮喊：

「廣勝。」

董廣勝抬頭，愣了一下，等認出是明亮，眼圈馬上紅了，扔下掃帚迎上來：「明亮，你啥時候回來的？」

「剛剛。」

「本來不哭了，一見你，又想哭了。」

董廣勝拉著明亮的手，嗚嗚哭起來。明亮眼圈也紅了。待董廣勝止住哭，他問明亮為啥回延津，明亮便把因為修高速公路，他們家遷墳的事說了；接著明亮問老董得了啥急病，這麼快就走了，董廣勝：

「沒得啥急病，頭一歪，就過去了。」

又說：「死的時候，還穿著法衣，正在給人做直播。」

明亮想，老董是個瞎子，一輩子給不瞎的人算命，不知算沒算出他會死得這麼突然，會死在自己的工作崗位上；但他安慰董廣勝：

「大爺走得突然，當然讓人難受，但他說走就走了，一點罪沒受，也算一輩子好修了，是個造化。」

「這幾天，我只好也這麼想。」

明亮接著問：「廣勝，大爺走了，你會不會接過大爺的事情，接著給人算命呀？」

「我想算，可沒這個能力。」

「怎麼可能呢？你在大爺身邊待了這麼長時間。」

「算命也需要慧根，跟待的時間長短沒關係；別看我爸是個瞎子，這慧根他有，我沒有，我要給人算命，就成騙人了。」

董廣勝又說：「做別的事能騙人，給人算命也騙人，就缺大德了。」

明亮感歎，看來老董算命的事，從今往後，就要在延津失傳了。這時明亮突然想起，一個多月之前，西安的孫二貨，想讓明亮拿著他的頭髮，回延津一趟，讓老董給他直播一下，看他下輩子是個啥人；現在老董走了，孫二貨的下輩子，也就永遠不知道是啥模樣了。明亮又想，就算老董還活著，這回明亮到延津來，老董也給孫二貨直播不了，因為明亮忘記帶孫二貨的頭髮了，孫二貨的頭髮，還在西安明亮家孫二貨的狗窩裡；可見明亮並沒有把孫二貨的事放到心上。但由孫二貨想算下輩子的事，明亮突然想起什麼，問：

「廣勝，大爺給別人算了一輩子命，你問沒問過，他下輩子是個啥人？」

「問過，他說，他下輩子不是瞎子。」

「問沒問過，他下輩子幹啥？」

「問過，他說，天機不可洩露。」董廣勝又說，「他只是說，下輩子某一天，我在一個火車站，還能見他一面。」

明亮突然想起，他小的時候，奶奶給他噴的空裡邊，有一個她爹的故事。她爹去世好多年後，她在集市上，看到過她爹的背影。明亮：

「緣分，這就是緣分。」

又問：「廣勝，既然你不給人算命，大爺走了，你準備幹啥呢？」

董廣勝：「正考慮這事呢。」又問，「咱們的中學同學馮明朝你還記得嗎？」

「記得，小眼，上中學的時候，他還教我吹過笛子，當年我結婚的時候，他還從鄭州趕來了。」

「他過去在鄭州百貨大樓當採購，後來跑到上海一家日本餐廳打工，前天，他過來弔孝，看了我家的院子，說我家院子風水好，聚財，他想跟我在這裡開一家日本居酒屋。」

又說：「他說，好就好在，這在延津是第一家。」

又說：「我想，反正這院子我爸也不用了，閒著也是閒著，正考慮呢。」

又說：「你是開飯館的，你覺得這事靠譜不靠譜？」

過去老董算命的地方，有可能馬上變成日本居酒屋，這是明亮沒有想到的；也不知道，這樣的變化，老董生前算出來沒有；生意是第一家當然好，但有時成是第一家，敗也是第一家；但人家的生意還沒做，明亮不好說東道西，只是說：

「可以論證啊，關鍵是，不知道延津人，有沒有吃生魚片的習慣。」

明亮家的祖墳上，埋著兩百多口人。最上方老祖的墳，據說是清朝乾隆年間扎下的，接著子孫後代，死了都聚集到這個地方。從老祖到現在，已經歷了十幾代人。十幾代人的後人，留在延津的還好，離開延津的，相互都不認識了，只是因為一個祖上，大家都姓陳罷了。告別董廣勝，明亮去找陳長傑的堂哥，也就是他的遠房伯伯陳長運。陳長運帶明亮去看了遷墳的新址，背靠青山，面向黃河，風景還不錯。陳長運說，不但風景不錯，讓人看了，風水也不錯；正是因為新址的風景風水不錯，加上遷墳公家有補償，大家才願意遷墳。下午，姓陳的一百多口子後人集中到陳長運家院子裡開會，商量集體遷墳的事。陳長運說，從祖上算起，歷經十幾代，目前陳家已衍生出二十六支後人；遷墳時，二十六支的後人，各人負責各人的先人，這樣才不亂；只有一個問題，其中一支的後人陳傳奎，在甘肅玉門油田看油庫，一時請不下假來，四天之後才能趕回來，我們等不等他？眾人議論紛紛，陳長運：

「我的意思，得等，如果我們把各自的先人遷走了，坑坑窪窪的墳地裡，就剩下他這一支，也讓外人笑話。」

又說：「說起來，大家都是一個祖先。」

又說：「再說，如果讓大家等上一兩個月，有些不近情理，現在等也就是四天，大家說等不等？」

聽陳長運這麼說，大家紛紛說：

「既然長運說了，那就等唄。」

「等吧，也就四天。」

正因為是四天，明亮便有些為難。如果遷墳推遲十天半個月，他就回西安了；何時遷墳，他再回來；現在推遲四天，明亮走也不是，不走也不是；現在回到西安，中間過兩天，又該回來了。心裡舉棋不定，便給馬小萌打了個電話。馬小萌倒說：

「不就四天嗎，別來回折騰了。」

又說：「這幾天，店裡也沒什麼大事。」

又說：「你也趁這個工夫歇兩天。」

明亮猶豫：「就是中間跨個中秋節。」

馬小萌：「中秋節年年有，不差這一年。」

明亮覺得馬小萌說得有道理。看來，陰差陽錯，他只好留在延津過中秋節了。明亮掛上手機，信步往延津渡口走去。到了渡口，傍晚時分，一輪夕陽，照在黃河上，黃河水泛著金光，滾滾向東流去。明亮順著岸堤往前走，發現過去的馬記雜貨鋪，如今成了一家夜總會。夜總會的霓虹燈招牌，閃爍的還是英文名字：Paris Nightclub（巴黎夜總會）。這裡，當年住著馬小萌一家。馬小萌的繼父老馬，是個禽獸，從馬小萌十五歲起就騷擾她；正是因為他，馬小萌才去學校住校，與人談戀愛，沒考上大學；後來去北京當了雞；所有這些往事，細想起來跟老馬都有關係。轉眼二十多年過去，老馬沒了，馬小萌她媽也沒了；過去的事，也都灰飛煙滅。馬小萌有一個同母異父的弟弟，在焦作礦山當司磅員；弟弟的兒子，也就是馬小萌的姪子馬皮特，如今在西安明亮的「天蓬元帥」打工。正想間，從夜總會走出一男一女；男的理一莫西干頭，女的穿一吊帶衫；女的向男的說聲「拜拜」，向縣城裡走去，男的將身子倚到門口的石獅子上，掏出一支菸，打火點著，抽了起來；因不認識人家，明亮也沒理會；誰知抽菸那人看到他，盯了半天，突然說：

「你是明亮吧？」

明亮細看，原來這人是中學時的同學司馬小牛。當時兩人同級，不同班。司馬小牛的父親叫司馬牛，曾在明亮班上教過化學。便說：

「原來是小牛。」

又說：「三十多年了，你又理了這個頭型，一下沒認出來。」

司馬小牛：「啥時候回來的？」

明亮：「上午剛回來。」接著把因為修高速公路，他們家遷墳的事說了一遍。他以為司馬小牛是來夜總會玩的，便說：

「天還沒黑呢，你出來玩夠早的。」

司馬小牛：「這店是我開的，還沒到上客的時候，出來透透氣。」

多年沒見，原來他成了夜總會的老闆。明亮重新打量這店，邊打量邊說：

「裝修得夠檔次，生意肯定很好。」

「馬馬虎虎，延津的客源，不能比大城市。」

明亮又問：「司馬老師身體可好？」

「我爸去年已經走了。」

明亮愣了一下：「真沒想到，記得司馬老師的身體還可以呀。」

說到這裡，明亮突然想起，司馬老師當年要做的一件事：延津有個花二娘，去人的夢裡尋笑話，用笑話和山，壓死不少人；司馬老師畢生的願望，是寫一部《花二娘傳》；當年在化學課上，講到化學反應，司馬老師還扯到花二娘身上，說他寫這部《花二娘傳》，不光為了寫花二娘在延津的行狀，還旨在研究因為一個笑話，花二娘與延津所起的化學反應；便問：「記得司馬老師要寫一部《花二娘傳》，不知他臨走之前，這書寫出來沒有？」

司馬小牛：「一輩子，材料倒是蒐集了不少；材料堆起來，有穀草垛那麼高，但遲遲沒有動筆。」又說：「老覺得材料蒐集得不全；等到動筆的時候，只寫了幾句話，人就沒了。」

明亮搖頭歎息：「可惜。」又問，「司馬老師留下的那些材料呢？」

「他死那天，被我媽當燒紙燒了。」

明亮不解：「司馬老師一輩子的心血，怎麼說燒就燒了？」

司馬小牛：「那些東西，除了我爸當個寶，沒人當回事。」

又說：「再說，把花二娘的材料留在家裡，不是招災嗎？不是等著她老人家來夢裡找笑話嗎？」

明亮覺得司馬小牛說得也在理，又問：「你剛才說，這書司馬老師也寫出個開頭，這開頭怎麼寫的？」

司馬小牛：「全被我媽燒了，哪裡知道？」

看來，司馬老師的書，跟當年馬小萌家的雜貨鋪一樣，全都灰飛煙滅了。灰飛煙滅的事，說也沒用，兩人又寒暄兩句別的，明亮便告別司馬小牛，繼續往前走。走著走著，到了渡口的小吃街。不到小吃街不覺得，到了小吃街，中午飯沒吃好，他感到肚子餓了。看看表，已是傍晚六點多鐘，也該吃晚飯了。順著小吃街往前走，看到一家飯鋪門頭上插的幌子上寫著：開封灌湯包，胡辣湯。一是好長時間沒吃灌湯包和胡辣湯了；二是看這家飯店把桌子擺在店外，一直擺到岸邊一棵大柳樹下；晚風一吹，柳樹下一陣涼意；明亮便在這飯店門口停住腳步。飯店門口，一對男女正在忙著包包子，往蒸籠裡放。火爐上，一鍋溜邊溜沿的胡辣湯，正冒著氣泡。明亮問那男人：

「大哥，你是延津人嗎？」

男人邊將一屜冒著蒸汽的籠屜從鍋上卸下來邊說：「延津人，哪裡做得出這麼正宗的開封小籠包？我是開封人。」

明亮笑了，便在柳樹下一張桌子前坐下，點了一籠包子，一碗胡辣湯。這時見一個中年人，滿頭大汗，背著行李，拿著鞭子，牽著一隻猴子過來；猴子脖子裡套著一個鐵環，鐵環上拴著一根鐵鍊子；一看這人就是出門玩猴耍手藝的；他四處張望，最後坐在明亮身邊一張桌子旁，明亮也沒在意。誰知這人剛坐下，突然站起來，不由分說，開始揮鞭子抽那隻猴子。猴子「吱吱」叫著，跳著，有鐵環和鏈子牽著，又跳不遠。這人越打越氣，猴子頭上和身上，被抽出許多血道子。明亮看不下去，便說：

「大哥，咋恁地一個勁兒打？」

這人擦著頭上的汗：「你不知道牠多奸猾。每次耍把式，把鑼敲上，讓牠轉十圈，牠偷著轉八圈；讓牠翻二十個跟斗，牠偷著翻十五個跟斗；知道的，是牠奸猾；不知道的，還認為我蒙大夥呢，這不是壞我的名聲嗎？我氣是氣在這個地方。」

「牠多大了？」

「到我手裡，已經十五年了。」

明亮在心裡算了算，按猴子的壽命，十五歲，怎麼說，也猴到中年了。便說：

「也許牠歲數大了，腿腳不便，跑不上了。」

「一打牠，咋又跑得上了？還是奸猾。」

這人說著，又生起氣來，揮鞭子抽那猴子，那猴子又「吱吱」跳著叫。明亮：

「大哥，走南闖北的人，別跟猴一般見識了，不然，連飯也吃不痛快了。」

聽明亮這麼說，那人也就停手不打了，把猴子拴到柳樹上：「回頭再跟你算帳。」

猴子嚇得一哆嗦。喘息片刻後，開始低頭舔自己身上的血道子。明亮打量這猴，屁股和腳掌上的繭子，有銅錢厚，繭子上的皮，開裂了好多層，確實不年輕了；如果是人，這猴也就是明亮現在的年齡；已經猴到中年，天天耍把戲給人看，還要挨打；明亮不由得在心裡歎了口氣。這時明亮點的一籠包子上來了，上包子的女人問：

「大哥，胡辣湯要不要一塊兒上來？」

明亮：「等我吃完包子再上吧，我愛喝熱湯。」

明亮夾起籠子裡的包子咬了一口，包子餡果然鮮嫩可口，灌湯流到了盤子裡；西安也有灌湯包，但沒有這麼正宗。這時看那猴子，眼睜睜盯著明亮吃包子。明亮看猴子可憐，便從籠子裡拿起一個包子，遞給猴子。猴子卻不敢接包子，先看主人。那人說：

「人家讓你吃，你就吃了吧。」

猴子才敢拿過來，低頭去吃。那人又說：

「也不知道謝謝人家？」

猴子忙又仰起頭，手捧包子，向明亮作了個揖。明亮忙說：

「不用謝不用謝，不就一個包子嗎？」

猴子又低頭捧起這包子吃。

待明亮吃完飯，起身離開，看玩猴那人還在喝酒。那中年的猴子，身子靠在柳樹上，雙手抱著肚子睡著了，脖子裡套著鐵環，鐵環上拴著鐵鍊，鐵鍊耷拉在牠身上。頭上和身上一條條傷痕，還沒結痂。明亮離去，牠也沒有醒。

第二天上午，明亮去了李延生家，看望李延生和胡小鳳。雖然明亮十六歲的時候，他們讓明亮退了學，去「天蓬元帥」當了學徒，但六歲到十六歲這十年，他畢竟在李延生家長大；同時，如果當初不去

「天蓬元帥」當學徒，也沒有現在西安的六家飯館。又想起，他六歲的時候，李延生去武漢，還給過他二十塊錢；後來奶奶去世了，他就是用這二十塊錢，加上自個兒攢的壓歲錢，買了火車票，從武漢回延津，無非在月臺上把車坐反了。

到了李延生家，李延生家的房子，還是四十多年前的房子，比起明亮當年在這兒住的時候，顯得破舊許多，也矮小許多；臨大街的一面牆被打開了，安上門窗，家裡成了雜貨鋪。明亮想起，李延生年輕的時候，曾在東街副食品門市部賣醬油醋和醬菜，還賣花椒大料和醬豆腐。來李延生家之前，明亮聽人說，李延生患了骨髓炎。骨髓犯起病來，疼痛難忍。一天夜裡，他的病症又發作了，他疼不過，赤身裸體從床上爬起來，挪出屋子，順著房子一側的樓梯，爬到房頂上，從房頂跳了下來。本來想自殺，誰知也沒摔死，只把腿摔斷了。明亮去時，買了四瓶酒，四條菸。明亮進了李延生家，看到雜貨鋪裡側，鋪著一張床，李延生躺在上面。胡小鳳在櫃檯後坐著，邊扎十字繡，邊照顧生意。明亮叫過「叔」和「嬸」，李延生和胡小鳳都愣在那裡。等認出是明亮，李延生從床上折起身：

「明亮呀，你啥時候回來的？」

「昨天。」

胡小鳳：「來就來吧，還拿東西。」

待明亮坐下，李延生問：

「明亮，我從房上跳下來的事，你聽說了吧？」

胡小鳳：「他見人就問：『我從房上跳下來的事，你聽說了吧？』好像是他的豐功偉績。」

李延生瞪了胡小鳳一眼：「嘴碎。」

胡小鳳：「誰嘴碎？是你先說的。」

明亮打斷二人的拌嘴：「叔，聽說了，你不該這麼做。」

李延生：「真窩囊，想死，也沒死成。」歎口氣，「我算把自己活成了笑話。」

明亮突然想起，把自己活成笑話這話，他爸陳長傑在武漢機務段職工醫院的花園裡曾跟他說過。

三人說著話，明亮發現，雜貨鋪一側的牆上，貼著一幅畫，還是五十多年前，李延生、陳長傑和櫻桃演《白蛇傳》時的劇照；只是五十多年過去，畫已經褪成黃色，上面斑斑點點，被蟲蛀了許多洞。李延生看明亮看這劇照，指著劇照說：

「去年延津老劇院拆了，要蓋商品樓；劇院倉庫裡，還放著一卷當年的海報，拆劇院的工頭，是你嬸子的姪子，她過去拿了一張。」

「叔，那時你們多年輕。」

「咋也沒想到活成現在這個樣子。」

胡小鳳：「明亮，我記得你小時候愛喝汽水，咱小賣鋪裡有汽水，你喝不喝？」

「嬸，我現在胃不好，汽水太涼，不喝了。」

李延生：「半年前，你爸的後閨女，從武漢給我打電話，問你的電話號碼，說你爸身體不舒服了，想讓你去武漢一趟，後來你去了沒有？」

「接到她的電話，我就去了。」

「你爸的身體，後來好了沒有？」

明亮不想把陳長傑的真實情況，告訴李延生；一是因為李延生讓明亮十六歲去「天蓬元帥」燉豬蹄，陳長傑對李延生至今還有意見；二是如今兩人都有病，誰也幫不上誰，相互關心是白關心；話說多了，等於多費口舌，多費口舌也沒用；於是說：

「他當時就是得了重感冒，住院掛了幾天吊瓶，也就好了。」

「好了就好，當時我還擔心了好一陣子呢。」

「我爸還說，等來年春天，他準備回延津一趟。」

「該回來了。等他回來了，我還請他吃豬蹄。」李延生又說，「再不回來就晚了，剩下的老人兒沒幾個了。」

這天下午，明亮去了延津養老院，看望同學郭子凱的父親郭寶臣。郭寶臣早年在延津掃大街，一輩子愛賭；老董給他算命，說他上輩子是民國的總理大臣。二十年前，郭子凱去英國留學，臨行前，去寶雞看望他一個老師，專門拐到西安看明亮。在明亮的「天蓬元帥」，兩人都喝醉了。郭子凱去了英國之後，兩人也沒斷來往。一開始是相互通信，明亮知道郭子凱博士畢業了，郭子凱在倫敦找了個工作，郭子凱娶了個英國老婆，後來生下兩個孩子；待有了手機，有了微信，兩人常常通微信；明亮從微信上，看到郭子凱和他老婆孩子的合影，他的英國老婆挺漂亮的。轉眼二十多年過去，明亮和郭子凱，也都快五十的人了。明亮到了養老院，郭寶臣正坐在床上撓頭。護工說，郭寶臣現在腦動脈硬化，人已經有些癡呆，平日不大說話，偶爾說話，還是過去在賭場上說的話：「該你出牌了，快點！」

明亮坐在郭寶臣床邊，郭寶臣認不出他是誰；明亮說出他和郭子凱的關係，郭寶臣也聽不明白。明亮突然想起什麼，拿出手機，查看手機上的世界時間，延津的下午，是倫敦的上午，便給郭子凱撥了個電話。電話通了，郭子凱在電話那頭：

「沒想到是你呀，過去你都是晚上打電話。」

「你猜猜我在哪兒？」

「西安那麼大，我哪裡猜得出來？」

「我從西安來延津了，現在在延津養老院，來看我大爺。」

郭子凱：「沒想到。」又說，「既然你到了養老院，咱們通個視頻吧，讓我看看我爸。他傻了，不會用手機，老見不著他。」

明亮打開手機的視頻，將手機的鏡頭轉向郭寶臣。明亮：

「你看，我大爺挺好的。」

又對郭寶臣說：「大爺，子凱跟你說話呢。」

郭子凱在鏡頭裡：「爸，你現在怎麼樣啊？」

郭寶臣揮著手：「少廢話，出牌！」

看來話是說不成了，明亮又把鏡頭轉向自己：

「大爺除了腦子不清楚，身體還是挺健壯的。」

「好像胖了許多，臉上的肉都耷拉了。」郭子凱又說，「你給養老院說，不能讓他傻吃。」

明亮：「知道了。」接著問，「你在倫敦幹麼呢？」
「剛把髒衣服送到洗衣店，從洗衣店出來，正往家走呢。你看，這是泰晤士河。」
郭子凱將手機的鏡頭，對向泰晤士河。泰晤士河上有船駛過。郭子凱：
「我在河邊坐下啊。」
郭子凱在河邊坐下，又把鏡頭對向泰晤士河岸邊，岸上，走著男男女女的英國人，和其他各國來的遊客。郭子凱又把手機轉了轉：
「看，那是大笨鐘。」
明亮：「看到了，倫敦真不錯。」
這時郭子凱歎口氣：「看到我爸這樣子，明亮，我給你說句心裡話，當初我不該來英國。」
明亮一愣：「啥意思？我們班上，數你有出息。」
郭子凱：「我最沒出息了。我來英國這麼多年，也沒讓我爸來一趟，現在想讓他來，他也傻了。樹欲靜而風不止，子欲養而親不待呀。」
「自古忠孝難以兩全，你是為了事業。」
「和事業沒關係，主要是文化差異。」
「啥意思？」
「你知道，我娶了個英國老婆，前些年我想讓我爸來，她問，誰出路費？我說當然是我呀。她說，你爸想來英國，他就應當有能力出路費；又問，來英國住哪兒？我說當然住我們家呀。她說，他有能力來英國，就應該有能力住旅館；我爹地從曼徹斯特到倫敦，就是自己買火車票，自己住旅館。說起這事就吵架，就這麼拖了下來，拖來拖去，我爸就傻了。」郭子凱又說，「如今我想回中國工作，英國又成了包袱，這裡除了老婆，還有兩個孩子呢，我也是進退兩難。」又說，「這是家醜，我從沒對人說過。原來不知道什麼叫文化差異，現在有了親身體會，就知道了。」

明亮想起陳長傑在武漢鐵路職工醫院花園，跟他說的「一輩子活了個『窮』字」的一番話；又想起在西安道北區開了一輩子公車的樊有志，在女兒芙蓉的婚禮上說的一番話，便說：

「不怪你老婆，也不怪文化差異。」

「怪誰？」

「怪時間不對。」

「啥意思？」

「聽老董說，我大爺上輩子是總理大臣，如果現在是上輩子，他仍是總理大臣，要去英國進行國是訪問，你想出路費，還沒機會呢。」

「那倒是。」

「總理大臣到了倫敦，也不住你家。」

「那倒是。」

「如果總理大臣去唐寧街十號會見英國首相，讓你的英國老婆跟著去，她去不去？」

「肯定去。」

「臨走時，我大爺又送她兩萬英鎊當零花錢，她要不要？」

「肯定要。」

「文化有差異嗎？」

「毬！」郭子凱禁不住說出了河南話。

兩人笑了。郭子凱：

「明亮，這是今年我過得最痛快的一天。」

「我還有個體會。」

「啥體會？」

「活到這個年齡了，想起過去許多糟心事，當時樁樁件件，都覺得事情挺大，挺不過去了，現在想想，都是扯淡。」

「可不。」郭子凱又說，「說到這裡，我有一句話想說。」

「你說。」

「雖然我留了學，成了博士，可你比我有學問。」

「子凱，我是個大老粗，就不要跟我開這種玩笑了。」

「我說的是真話。」

「就是好朋友在一起說說知心話，心裡痛快。」明亮又說，「啥時候回國，一定到西安，我們還吃豬蹄。」

「一定，再喝他個一醉方休。」

明亮掛上手機，突然想起，他邀請郭子凱下回來西安，郭子凱卻沒說邀請他去倫敦的話；看來他在倫敦是真不方便。明亮不禁歎了口氣。

第二天是中秋節。延津「天蓬元帥」的老闆老朱，聽說明亮回來了，託人捎話，讓明亮中秋節晚上，到「天蓬元帥」一起吃晚飯。第二天下午，明亮在十字街頭菸酒專賣店，買了六瓶好酒，六條好菸；晚上，提著禮物，去了城西「天蓬元帥」。老朱年輕時頭髮茂密，現在剃了個光頭，在飯館門口站著，看到明亮來了，摸著光頭「嘿嘿」笑。三十多年前，明亮在「天蓬元帥」當學徒時，見了老朱不叫「老闆」，要麼叫「大爺」，要麼叫「師父」，現在也喊：

「師父。」

老朱看明亮手裡提著東西，也沒說什麼，只是說：「來了就好，來了就好。」

接著沒把明亮領進飯館，而是繞著飯館，到了飯館後院。原來他在後院柳樹下，擺了一張桌子。柳樹上掛了一盞電燈。老朱：

「這兒說話清淨，如果在飯館裡頭吃飯，碰到熟人，還得跟人打招呼。」

又說：「這兒還有一個好處，待會兒月亮上來了，也能賞月。」

明亮點頭：「師父想得周全。」

兩人坐下喝茶，明亮問起當年在「天蓬元帥」的老人兒，大部分都離開了，小李走了，小趙走了，小劉也走了；當年手把手教明亮燉豬蹄的師父老黃去年也退休了，他心臟不好，安了四個支架，今年過罷春節，隨他兒子去了青島；他兒子在青島倒騰海鮮。老朱問起明亮在西安的情況，明亮將他在西安開飯館的狀況，也一一說了。兩人說著，有人開始往桌上上菜；這個上菜的人，明亮一開始沒有認出來，細看，原來是當年接替明亮洗豬蹄的小魏。二十多年不見，小魏頭髮也花白了。等小魏再次上菜的時候，明亮：

「你不是小魏嗎？咋也不說一聲呢？」

小魏「嘿嘿」笑了：「看你跟師父說得歡，我哪裡敢插嘴？」又說，「別小魏了，成老魏了。」

老朱指著小魏說：「現在，他也是飯館的老人了，大家都喊他老魏。」又說，「十年前，我就不讓他洗豬蹄了，讓他學燉豬蹄，誰知他不爭氣，老燉糊；按說應該讓他再回去洗豬蹄，我想著歲數大了，別回去洗豬蹄了，就讓他當跑堂了。」

老魏笑笑：「師父對我的關照，師父對我的關照。」

老朱：「當年他洗豬蹄時，沒少挨罵；燉豬蹄時，也沒少挨罵。」

老魏笑笑：「我記性不好，老忘事。」

邊說，邊端起托盤跑了。老朱指著老魏：

「你說罵他的事，他就跑了。」

又說：「明亮，你當學徒的時候，師父也罵過你，你不記恨吧？」

「啥時候罵過，我咋不記得？」

「你看你這記性，有一回，你用瀝青，把一盆豬蹄都燙糊了，我不光罵了，還上去踹了你兩腳。」

「豬蹄都燙糊了，該打，該打。」明亮又說，「我在西安，徒弟辦錯了事，我也罵他們。」接著站起來，端起一杯酒，「師父，說到這裡，我得正經敬您一杯。」

「啥意思？」

「我常想，我能有今天，全賴師父。如果不是當初在您這兒學了手藝，我如今在西安，哪裡顧得住吃喝？」

老朱擺手：「話不是這麼說，這些年，跟我的徒弟多了，能混出像你這樣有出息的，還沒有第二個人。還是俗話說得好，師父領進門，修行在自身。」

聊著喝著，月亮升上來了，冰盤一樣，照在柳樹上，樹影在地上晃動；飯館後身是一條河，月光照在河水上，波光蕩漾。二十多年前，明亮和馬小萌一幫人，在這裡打工，工休的時候，明亮愛到河對岸吹笛子。河對岸，現在是一望無際的玉米林。風一吹，玉米林「簌簌」作響。風一吹，明亮感到身上有些冷，忙起身將老朱搭在椅子背上的外衣，給老朱披上；接著自己也披上了外衣。明亮：

「師父，我突然想起來，你當年愛唱戲，現在還唱不唱了？」

「現在不唱了，嗓子倒了。」老朱又說，「也不是嗓子倒了，沒心勁了。」又問，「記得你當年會吹笛子，現在還吹不吹了？」

明亮想想，自個兒起碼十幾年沒吹笛子了，便說：「也好多年沒吹了。」又說，「師父說得對，沒心勁了，總想不起來。」

這時老魏端上來一盤月餅。老朱指著老魏：

「這回把事情做對了，八月十五，應該吃塊月餅。」

明亮：「老魏，都不是外人，你也坐下吃塊月餅，一起喝兩杯吧。」

老魏「嘿嘿」笑笑，看老朱。老朱：

「明亮輕易不回來，他讓你坐，你就坐吧。」

老魏又「嘿嘿」笑笑，也就坐下了。三人吃著月餅，喝著酒，老朱問起明亮回延津遷墳的事，明亮又將目前遷墳的情況，一一給老朱說了。老朱：

「你奶生前是個好人。我小時候，你們家還沒賣棗糕，在十字街頭賣豆腐乾，你爺眼神不好，我和一幫渾小子，老去偷豆腐乾吃。有一次，正偷的時候，被你爺逮住了，你爺要打我，被你奶攔住，說小孩子，哪有不調皮的，我就脫過這回打。」

「師父好記性。」

「後來，你爺你奶開始在十字街頭賣棗糕，那棗糕也好吃。聽你奶說，棗糕裡的棗，都是從你們家棗樹上打下的。」

「聽我奶說，那棵棗樹，有兩百多歲了，年年還結幾麻袋大棗，棗吃不了就爛了，還是我奶想起來，做成了棗糕。後來我奶死了，那棗樹也死了，你說神不神？」

「神。萬事皆有因由。」

明亮：「後來，那棵大棗樹也不知哪裡去了。」

老魏這時插言：「我知道那棵樹的下落。」

「支棱」一聲，明亮的酒醒了：「在哪兒？」

老魏：「當年，樹死了以後，被你們姓陳的本家刨倒，賣給了塔鋪的老范家。老范把這棵樹拉回家，解成板，做成了桌椅板凳。我姥娘家是塔鋪的，幾年前我去塔鋪串親戚，大家說起老年的事，親耳聽老范說的。」

「老范是誰？」

「是塔鋪一個木匠。」

這天夜裡，明亮在旅館睡覺，夢到奶奶坐在院子裡那棵大棗樹下，在打棗糕；邊打棗糕，邊給明亮噴空；漸漸，那棵大棗樹變成了桌椅板凳，奶奶又和明亮坐在凳子上，一起在桌前吃飯。吃的是烙餅、蔥花炒雞蛋。

六

塔鋪是延津一個鎮。第二天一早，明亮打了一輛計程車，去了塔鋪。到了塔鋪鎮上，打聽著，找到了木匠老范家。老范家門口有堆秫秸稈，一個老頭，倚在秫秸垛上曬太陽。

「這就是老范。」一街人指著那老頭說。

明亮上前問候過，老范說：

「這客原來沒見過，你是誰呀？」

「說我是誰您老也不知道，我說我爸吧，他叫陳長傑，當年在延津唱過戲。」

老范馬上點頭：「他呀，當年唱過《白蛇傳》，在延津是個名角。」

聊過這些，明亮說：

「大爺，我今天來，是想問您一件事。」

「啥事？」

「四十多年前，我奶走後，我家院子裡那棵大棗樹，是您老買走的？」

老范點頭：「是呀，當時錢還主貴，我出五十，你們本家非要七十，我倆爭來爭去，最後六十成的交。」

「這棵棗樹，後來被您老解成板，打成了桌椅板凳？」

「是呀。」老范又說，「兩百年的棗樹啊，好木頭。」

「如今，這些桌椅板凳還在嗎？」

「啥意思？」

「如果在，我想買回去，啥價錢，您說。」

老范拍著巴掌：「可惜它們都不在了。」

「它們去哪兒了？」

「它們哪兒也沒去，沒了。」

「啥意思？」

「我有五個兒子，三年前分的家，這些桌椅板凳，也跟著分了；這些王八羔子，嫌這些桌椅板凳樣式太舊了，都當劈柴燒了。」

明亮愣在那裡。

老范：「你要它們幹麼？」

明亮：「從小，我奶對我好，想留個念想，想我奶時，可以看看它們。」

「原來是這樣。」老范又說，「你是個有心人呀，可惜來晚了。」

明亮站起，跟老范告辭。老范突然想起什麼，說：

「慢著。」

明亮站住腳：「大爺，啥意思？」

「我這裡的木頭是沒了，但還有一塊留了下來。」

「哪一塊？」

「樹心。棗木的樹心，硬得賽鐵，過去是可以當犁底用的，做桌椅板凳太可惜了，我一直留著；十年前，二百塊錢，我把它賣給了湯陰縣的老景，他用它雕成了一塊門匾。」

明亮：「門匾上雕了啥字？」

老范：「那我就不知道了。」

附錄　匾上的字

老景是安陽湯陰人，湯陰離殷墟近，販賣古董方便，老景二十歲起，便跟著人販賣古董。轉眼二十年過去，老景販賣古董賺了錢，便在湯陰縣城古衙邊買了一塊地，蓋起一座院落。湯陰古衙一帶，是縣城最繁華的地段。院落三進三出。院落蓋起，老景想在門頭懸一塊門匾。他看清朝和民國留下來的大宅，門頭上都懸一塊匾；匾上鏤空雕字，要麼是「榮華富貴」，要麼是「吉祥如意」等。門匾在外邊風吹日曬，雨淋雪打，需要一塊好木頭，要麼是楠木，要麼是檀木，要麼是棗木。老景的二姑家，是延津塔鋪人；年前蓋好院落，年關老景到塔鋪串親，吃飯間，聞知塔鋪的木匠老范，當年買了一棵兩百多年的大棗樹，棗樹被解成板，打成了桌椅板凳，但有一塊樹心，還留在家裡，便到老范家查看；一看這樹心不俗，有年頭，又堅硬似鐵，便花了二百塊錢，從老范手裡，買走了這塊樹心。安陽林州，有專做木雕生意的木匠；做木雕生意的木匠，工錢比普通木匠貴三倍；在林州木雕木匠裡，手藝數一數二的，是一個叫老晉的人。老景把老晉請到家，讓老晉查看明亮奶奶家這塊樹心。老晉用手指叩了叩樹心，又把樹心翻來覆去查看半天，點點頭：

「不錯，是塊好木頭。」

「當得起門頭？」

「當得起是當得起，關鍵是，想雕個啥？」

「『榮華富貴』或『吉祥如意』。」

「到底想雕啥？」
老景：「門頭上的字，都是一個意思，你看著辦吧。」
雕一塊門匾，需要八到十天的工夫，老晉便在老景家的新院子裡住了下來。老景新蓋的院子，老景家還沒搬進來，老晉一個人先住了進去。當然屋子還是空的，只是在前院一間偏房裡，給老晉搭了個床鋪。老晉住進來頭一天上午，將「榮華富貴」四個字從字帖拓到紙上，又將「吉祥如意」四個字從字帖拓到紙上，將兩幅字攤在院子裡，衡量該雕哪一款。左右衡量，拿不定主意。拿不定主意不是兩幅字在含義上有什麼差別，而是在計算二者的筆畫；筆畫稠的字雕刻起來麻煩，鏤空之後，筆畫與筆畫間連接的木頭薄，每下一刀，都要仔細思量；筆畫少的，筆畫和筆畫之間，不用動的木頭多，連接的木頭厚實，雕刻起來省工省力。兩者各四個字，其中都有稠字，筆畫計算下來，兩者數目差不多，花的工夫也差不多，所以猶豫。正猶豫間，一人踱步到院子來，背著手，打量老景家的院落；從前院踱到中院，又踱到後院，半天工夫，又回到前院。老晉一開始認為是老景的家人或親戚，也沒在意；後來看他打量院落的眼神，像是頭一回進這院落，知道是一個生人，便說：
「客人看看就走吧，我也不是這裡的主人，只是被人家僱來幹活的，你待的時間長了，主人知道了，面皮上怕不大好看。」
那客人再打量一眼院落，問：「這院落的結構，是從安陽馬家大院套來的吧？」
「我只是個木匠，不是磚瓦匠，看不透房子的蓋法。」
「可是，結構跟馬家大院像，一磚一瓦的蓋法，差池又大了。白辜負了這些磚瓦和這個地段。」

又說：「看似房子的蓋法有差池，區別還在於房子主人胸中有無點墨啊。」

「聽客人話的意思，你是個讀書人？」

「讀書談不上，愛四處走走。」客人又說，「剛去古衙參觀，看這邊新起一座院落，大門開著，就進來看了看，老人家，打擾了。」

說完，便向院外走。這時看到地上放著兩幅字，一幅是「榮華富貴」，一幅是「吉祥如意」，又停住腳步：

「這是要幹麼？」

「我是一個木匠，主人要雕一個門匾，讓我從中選一幅字。」

客人笑了：「不是我愛多說話，這兩款字，和這房子蓋得一樣，都太俗。」

「我剛才猶豫，也有這方面的原因，這兩款字，我雕了一輩子，也雕煩了。」老晉又問，「客人，你是讀書人，你有什麼好主意？」

「我有主意，你替人家幹活，你也作不了主呀。」

「主人跟我交代，門匾上雕什麼，由我作主。」

客人笑了：「這就是胸無點墨，也有胸無點墨的好處。那我替你想一想。」

客人低頭沉吟半天，仰起頭說：「上午在火車上，我讀了一本書，其中有一個詞，平日也見過，但放到這本書裡，就非同一般，叫『一日三秋』，就是一日不見，如隔三秋的意思，這在人和人之間，是一句頂一萬句的話呀。」

「問題是，這話放到門頭上合適嗎？」

「這話放到門頭上，當然意思就轉了，說的就不是人和人的關係，而是人和地方的關係，在這裡生活一天，勝過在別處生活三年，你說合適不合適？」

老晉拊著掌說：「這話有深意，而且不俗，我喜歡，我就雕這個。」

客人走後，老晉開始在棗木上雕刻「一日三秋」四個字。其實，老晉雕「一日三秋」四個字，並不是看中這四個字的深意和不俗，字意深不深俗不俗老晉並不計較，主要是「一日三秋」四個字，比「榮華富貴」或「吉祥如意」四個字，筆畫少一半還多，雕刻起來少費工夫。既然老景說過讓他作主，他便拋開「榮華富貴」和「吉祥如意」兩幅字，直接雕了一個「一日三秋」。待雕好，請老景過來看。老景看後，愣在那裡：

「你咋雕了個這，不是說好雕『榮華富貴』或『吉祥如意』嗎？」

「那兩款都太俗，這個不俗。」

接著，老晉將那客人對「一日三秋」的解釋，向老景解釋一遍。

老景：「這個是不俗，得向人解釋，『榮華富貴』和『吉祥如意』是俗了，但大家一看就明白。現在，等於把簡單的事搞複雜了。事先，你咋不告訴我呢？」

「你不是說，讓我作主嗎？」

老景哭笑不得：「我是說讓你在『榮華富貴』和『吉祥如意』間作主，你咋作到外邊了呢？」

「既然這樣，你再找塊板子，我重新雕就是了。」

「罷了罷了，一塊門匾，怎麼掛不是掛，別再把事情搞複雜了。」老景又說，「『一日三秋』，說起來也不是壞詞。」

老晉鬆了一口氣：「可不。」

七

明亮聽塔鋪的老范說，這棵棗樹的樹心被雕成了一塊匾，這匾目前在湯陰老景家，便謝過老范，又叫了一輛計程車，從塔鋪去了湯陰。從塔鋪到湯陰，計程車跑了三個多鐘頭。到了湯陰，明亮打聽著，找到了老景家。但眼前並不像老范說的，是一座院落，而是一幢洋樓。一個老頭，在大門口門房裡看門。明亮到門房前問候，老頭從門房裡走出來，問明亮有什麼事，明亮說他想找老景；老頭說，找老景應該前年來，因為老景一家前年移民去了加拿大，把院子賣給了湯陰的老周。

明亮：「老景蓋的，不是一座院落嗎？現在咋成了一棟洋房？」

老頭：「你聽我說呀。」

老頭說，老景蓋的是一座三進三出的院落，老周在鄭州做商貿生意，喜歡老景家這塊地方，但不喜歡老景家的院落；把房子買到手之後，把老景家的院落扒了，蓋起這棟四層洋房。老周一家前幾天去海南遊玩，他是老周的街坊，現在替老周家看門。明亮急忙問：

「大爺，老周買老景家院落時，大門門頭上有塊匾，你還記得嗎？」

老頭：「過房的時候我倒在，門頭上是有塊匾。」

「這塊匾雕了個啥字呢？」

「好像是『一日三秋』，聽說，字是林州的老晉雕的，林州，有專門做木雕生意的木匠；做木雕生意的木匠，工錢比普通木匠貴三倍；在林州木雕木匠裡，手藝數一數二的，便是老晉……」

明亮打斷老頭的話：「咱先不說老晉，那塊匾呢？」

「扒房的時候，不知被老周扔到哪裡去了。」

「那可是塊好匾，老周就沒收起來嗎？」

「他不喜歡這些罈罈罐罐和古意玩意兒，別說是一塊匾，他連古香古色的院落都扒了。」老頭又說，「你看，這棟樓蓋的，有中國味兒沒有？角角落落，全是西洋景。」

明亮打量，這樓房蓋的，的確是西洋風格，像郭子凱鏡頭中，英國泰晤士河兩岸的建築。明亮問：

「那塊匾，老周會扔到哪裡去呢？」

「我估計，混到渣土裡了。」

「渣土運哪兒了？」

「能用的木頭和磚瓦，都被下邊村裡的人拉走了。」

明亮徹底失望了。只好離開過去是老景現在是老周的家。走了兩步，又回到門房前，對老頭說：

「大爺，那塊匾老周不在乎，但對我很重要，你幫我留心打聽點。」

又說：「誰找著那塊匾，給了我，我出十萬塊錢。」

接著，給老頭要了一張紙，把自己在西安的地址，還有他的手機號碼，寫在紙上，交給了老頭。

從湯陰回到延津，也是一天奔波，身子乏了，吃過晚飯，明亮便到北街澡堂洗了個澡。延津洗澡，還是比西安便宜。西安澡票四十元，搓澡五十元；延津澡票十元，搓澡十元；論起過日子，還是在延津划算。洗完澡，明亮回到旅館，漱過口，剛倒在床上，有人敲門。開門，一女孩穿著吊帶衫，塗著口紅，倚在門邊：

「大哥，要服務嗎？」

明亮明白這女孩是個雞，服務，便是跟他做那事。明亮不是不想做那事，因馬小萌年輕時當過雞，五年間，不知跟多少人做過那事，便對跟雞做那事，有些心理障礙；便說：

「不要。」

「為什麼呀？」

「今天累了。」

「正是累了，給你解解乏。」

「那我只能說，我不是那種人。」

女孩撇了一下嘴：「道德挺高尚啊。」

轉身，扭著屁股走了。明亮歎口氣，不是我道德高尚，而是心裡有陰影；有了心理陰影，到了床上，那事也做不成。接著倒在床上，也就睡著了。到了半夜，有人把他推醒，睜開眼，一個女孩，又站在他的床前。明亮以為還是那個女孩，便說：

「你咋又來了？」

那女孩倒一愣：「我來過嗎？」

明亮細看，眼前的女孩，不是剛才那個女孩，面容身材，比剛才那個女孩俊俏多了；接著發現，這女孩胳膊上還摧個籃子，籃子裡裝著燈籠一樣的紅柿子；她笑吟吟地對明亮說：

「別光顧睡覺，給我說個笑話唄。」

明亮突然明白，這個女孩是花二娘，自己仍在夢中；延津人的夢境，是花二娘的天下；花二娘到了誰的夢裡，誰得給她講一個笑話；笑話講得好，把她逗笑了，她獎賞你一個紅柿子；笑話沒講好，她便讓你背她去喝胡辣湯，轉眼就被山壓死了；前幾天明亮在延津渡口碰到司馬小牛，兩人說起司馬牛，還說到花二娘，明亮還感慨一番，沒想到剛感慨過，花二娘就到了他的夢中。明亮在延津這幾天，只顧忙白天的事了，沒想到夜裡花二娘會光顧；只顧忙人間的事了，忘了給花二娘準備笑話；也是想著延津這麼大，五十多萬人，他二十多年才來延津一回，咋就那麼巧，能在夢裡碰到花二娘呢？他曾在延津生活過二十多年，花二娘也沒找過他呀；一時疏忽，便沒準備笑話，現在急手現抓，哪裡說得出來？頃刻間，冒出一身冷汗。也是急中生智，對花二娘說：

「二娘，您在夢裡找笑話我不反對，但您老人家今天找錯人了。」

「啥意思？」

「我是來延津辦事的，我不是延津人。」

花二娘笑了：「來你夢裡之前，我已經做了調查，你不是叫陳明亮嗎？你生在延津，又回延津，咋不是延津人？」又說，「在我面前，誰也別想偷奸耍滑。」

明亮：「我給您看我的身分證。」

掏出自己的身分證，遞給花二娘，「二娘，您老人家明鏡高懸。」

明亮身分證上，明明白白寫著，他是西安雁塔區人。

花二娘：「雖然你現在是西安人，但以前畢竟是延津人；既然是半個延津人，我在笑話上給你打對折就是了。」

「二娘，啥意思？」

「你該說笑話還說，不一定非把我說笑，把我哄開心就行了。」花二娘說，「我可以湊合一回，但你也不能讓我白跑一趟呀。」

就算對折的笑話，明亮一時也想不出來。也是死到臨頭，急中生智，他突然想起睡覺之前，敲門想給他做服務的那個女孩；女孩是個雞，馬小萌年輕時也是個雞；馬小萌二十多年前跟他說過，她做雞的時候，常遇到的一件事；便說：

「二娘，我講這個笑話有些黃，您不介意吧？」

花二娘：「笑話的顏色不重要，能不能把我哄開心，才是關鍵。」

「一個女孩，當了五年雞，和幾千個人睡過覺，但跟一半人沒有辦過事，你知道為什麼嗎？」

花二娘：「這不可能啊，人家把錢白花了？」

「因為，男人中間，有一半是陽痿呀。」

花二娘想了想，「噗哧」笑了：「這個，我倒沒想到。」

又說：「你還說你不會說笑話，這不說得挺好嗎？」

接著從籃子中掏出一只紅柿子，「賞你一只柿子，好好吃吧。」

接著花二娘就消失了。明亮拿著柿子，身上又出了一層冷汗；多虧急中生智，不然就死在延津了；但他用老婆過去的髒事，救了自己一命，又覺得自己有些沒臉，或者說有些無恥。但又想，他所以這麼做，也是出於無奈。因為這事發生在延津，他又一次覺出老家的可怕。二十年前，延津把他們逼走了，二十年後他回到延津，一個笑話，又把他逼得無恥。什麼叫笑話，這才是笑話呢；什麼叫故鄉，這就叫故鄉了；不禁感歎一聲，在心裡說，延津，以後是不能來了。

這時看窗外，天已經麻麻亮了。

八

兩天之後，在玉門看油庫的陳傳奎回到了延津。明亮和陳家後人，將陳家墳地的二十六支先人，兩百多個墳頭，一起遷到了黃河邊。明亮在爺爺奶奶墳頭四周，單獨植了幾棵柏樹，澆了水，又跪在墳前拜了幾拜，算是了結一件事。來延津之後，明亮本來還想去媽櫻桃的墳上拜一拜，或乾脆將媽的墳也另遷一個稱心的地方；但媽當年是上吊死的，入不得祖墳，葬在了亂墳崗上；亂墳崗原在縣城城南，後來縣城擴張，原來的亂墳崗被平掉了，蓋起幾幢高樓，媽櫻桃已無葬身之地；明亮想拜，也沒地方拜了；想給媽遷墳，也無從遷起；明亮只好作罷。

這天下午，明亮離開延津，坐高鐵回到西安。到了家裡，已是晚上，馬小萌問了延津許多事，明亮一一給她說了。說是一一說了，有的還是沒說；譬如，夢裡遇見花二娘的事就沒說。不過話又說回來，馬小萌問的都是日間的事，並沒有問到夢裡的事呀。

一夜無話。第二天一早，明亮剛到「天蓬元帥」老店，孫二貨的兒子來了，見面就說：

「叔，我爸讓你去一趟。」

「啥事？」

「他聽說你去了一趟延津，問你給他算命的事。」

明亮一愣：「他咋知道我去了一趟延津？」

「我告訴他的。前幾天我和朋友來吃豬蹄，店裡的人給我說了。」

明亮卻對去見孫二貨有些猶豫。一是他去了一趟延津不假，但他到了延津，算命的老董已經去世了，並沒有給孫二貨算命；孫二貨給他說這件事，是一個多月之前，他去延津的時候，又把這件事給忘記了，孫二貨的頭髮，至今還在孫二貨的狗窩裡，這事遲遲沒辦，說起來明亮也有責任；另外他剛從延津回來，店裡還有好多雜事需要他處理，便說：

「我剛回來，手頭一大攤子事，停兩天去行不行？」

「不行。你不去延津行，去了延津不行，我爸都快瘋了。」

明亮只好跟著孫二貨的兒子，去了孫二貨的家。孫二貨一見明亮就問：

「四海，你是為我的事去延津的嗎？」

明亮去延津，跟孫二貨的事無關，但事到如今，他只好說假話：「是為你的事去的。」

「你讓老董給我直播了嗎？」
明亮只好順著往下編：「直播了。」
「老董咋比畫的，說我下輩子是啥人？」
「老董比畫的意思，你下輩子是個好人，是個大善人。」
「啥意思？」
「一輩子吃齋念佛，二十多歲就出家了。」
孫二貨愣在那裡：「老董真這麼算的？」
「千真萬確。」
孫二貨的頭搖得像撥浪鼓：「老董算得不準。」
「啥意思？」
「這不是我心頭所想呀。」
「你心頭想個啥？」
「下輩子，要麼做個有權的人，要麼做個有錢的人。」
明亮「噗嗤」笑了，孫二貨看著傻了，誰知肚子裡還包藏野心。明亮：
「你要權要錢幹啥？」
「說話算數呀，人活得像個人呀。」孫二貨抖著手說，「就說眼下吧，家裡除了會飛的蚊子，就剩我一個人了；如果我有權有錢，能沒人來看我嗎？」

「我不是來看過你嗎？」

孫二貨：「四海，世上有良心的人，也就是你了。」又說，「如果我是有權有錢的人，絕對虧待不了你。」

明亮又「噗嗤」笑了。這時想起郭子凱的爸郭寶臣，上輩子是民國的總理大臣，這輩子在延津掃大街；便將這故事給孫二貨講了，說：

「不有權有錢也好，這輩子有權有錢，下輩子就該掃大街了。」

「這輩子過痛快就可以了，還管下輩子？」孫二貨又說，「這輩子不說下輩子的事。」

明亮想說，你現在不就是這輩子在說下輩子的事嗎？但他沒這麼說，而是說：

「老董就是這麼算的，天命難違呀。」

孫二貨拍著自己的腦袋，唉聲歎氣：「咋也沒想到，下輩子是個和尚。」

這天傍晚，明亮接到南郊派出所一電話，說他的兒子陳鴻志跟人打架，把人打傷了，讓他趕到派出所，聽候處理。兒子小時，明亮和馬小萌剛開頭一家「天蓬元帥」，店鋪是租別人的，住房也是租別人的；各方面沒有立住腳，兩人手頭緊，鴻志的穿戴，就比其他西安城裡的孩子差好多；到了冬天，鴻志的棉衣和棉鞋，沒去商場買過，都是「天蓬元帥」打烊，馬小萌在燈下，一針一線做出來的。但因為家裡開著一個飯館，鴻志嘴上並沒吃虧，天天有肉吃。明亮想起自己三歲到六歲，在武漢機務段，跟爸陳長傑住單身宿舍的時候，陳長傑出車了，他一個人端著飯盒去機務段食堂打飯；當時菜分兩種，菜和肉菜，沒肉的菜五分，有肉的菜一毛五，那時明亮只買過沒肉的菜，沒買過有肉的菜。鴻志上小學時，與別的同學比穿戴，明亮往往照他屁股上踹上一腳：

「別沒事找事，你比我小時候強多了。」

兒子自上初中，開始住校。這時「天蓬元帥」的生意上來了，開了幾家分店，兒子的穿戴，就和城裡的孩子不差上下了；甚至，比有的城裡孩子還穿得好些。

明亮急忙開車趕到派出所。派出所值班室裡，一個三十多歲的員警，坐在辦公桌後；員警面前，一邊椅子上坐著鴻志，另一邊椅子上，坐著一個四十多歲的男人；見明亮進來，那個四十多歲的男人，狠狠剜了明亮一眼。員警：

「你是陳鴻志的家長嗎？」

明亮點點頭，指指鴻志：「他怎麼了？」

員警說，下午，學校進行足球賽；因為一個任意球，鴻志跟對方一個球員打起來了，打掉對方三顆門牙；對方去醫院檢查，還有些輕微腦震盪。員警對明亮說：

「認清後果啊，這是輕微傷啊，夠上拘留了。」

又說：「你們雙方的家長都來了，我先給你們調解；調解不成，咱再按法律辦。」

明亮明白，剛才剜他一眼的那個四十多歲的男人，是對方學生的家長。明亮忙說：

「同意調解，同意調解。」

那個四十多歲的男人：「你們家孩子，打了我們家孩子，你當然同意調解了。」

明亮：「打人確實不對，但事已至此，你多原諒，我們盡力去彌補。」

「怎麼彌補？」

「你家孩子被打掉的牙，我們來賠，你帶孩子去最好的牙科醫院，把打掉的牙種上；現在種牙的技術也挺先進的；我去年種了一顆牙，直到現在，和好牙一樣；還有輕微腦震盪，咱也找最好的醫院和最好的醫生醫治；所有的藥費和醫療費，我出。」

「這就完了？」

明亮：「你覺得需要給多少賠償，說個數字。」

對方家長：「給十萬塊錢吧。」

鴻志馬上站起來，要說什麼，明亮把他摔到椅子上，對對方家長說：「行，咱倆換個微信，我回頭打給你。」

對方家長：「就這，我們也吃著虧呢，三顆牙沒了，腦子還不知能不能看好。」

員警向對方家長：「老李，人家有這個態度，也算差不多了，高中的孩子，容易衝動，咱們也都從那時候過過，人家說賠償就賠償，你也別得理不讓人。」

對方家長又狠狠瞪了明亮一眼：「不是說你，你這孩子，真該管一管了。」

明亮忙說：「我管，我管。」

雙方簽過調解協議，明亮和對方家長換過微信，明亮帶鴻志出了派出所，鴻志跟明亮急了：

「你怎麼說給他十萬塊錢，就給他十萬塊錢？這不是敲詐嗎？」

明亮：「敲詐就敲詐吧，你想進拘留所呀？一進拘留所，身上的汙點，一輩子都擦不掉。」又說，

「不是說你，打架就打架吧，怎麼下手這麼狠？」
「我沒打他。」
「那人家的三顆門牙是自己掉的？輕微腦震盪是自己撞出來的？」
「我就用頭磕了他一下。」
用頭磕一下，就能把對方三顆門牙磕掉，把對方磕得輕微腦震盪，明亮愣在那裡：
「你是鐵頭哇？」
「沒想到，他那麼不禁磕。」
「為什麼用頭磕人家？」
「他們那邊落後三分，他急眼了，我帶球往禁區衝，他伸腿把我絆倒了；我罰任意球，他過來趴我臉上說，我媽過去當過雞。」
明亮愣在那裡。馬小萌當過雞，是二十多年前的事了，正是因為這件事，他們從延津來到西安；二十多年過去，他們以為這件事已經過去了，明亮和馬小萌才和老家的人恢復了來往；沒想到二十多年過去，這件事又死灰復燃，從延津傳到了西安，傳到了兒子的中學。明亮氣憤地：
「這個王八蛋，不但應該磕他，還應該撕他的嘴。」
這時鴻志問：「爸，我媽年輕時當過雞嗎？」
明亮忙說：「你媽十九歲，就跟我在延津『天蓬元帥』燉豬蹄，到哪裡當去？」
鴻志：「以後他再這麼說，我就撕他的嘴。」

明亮：「對。」接著又說，「他要再說，打一頓就行了，別真把他的嘴撕爛，那樣，你真該蹲監獄了。」

馬小萌當雞的事死灰復燃，讓明亮有些擔心；但明亮又想，就算死灰復燃，跟二十多年前剛發生這事時還是不一樣；當年是實事，二十多年後就是一個話題；當時有北京小廣告作證據，現在是空口白說；當年孫二貨敢當面要脅馬小萌，現在無人敢當面說這事，無非是背後嚼嚼舌頭；待他們嚼得沒味道了，自己也就不嚼了。於是把心又放寬一些，對鴻志說：

「這事，就別給你媽說了。」

鴻志：「我知道。」

這天晚上，吃過晚飯，明亮坐在沙發上看了一陣電視，又看了一陣手機，感到睏了，回到自己房間，脫衣服躺下，準備關燈，馬小萌沒換睡衣，突然闖了進來：

「出大事了。」

明亮以為馬小萌過去的事，又傳到西安，被馬小萌知道了，故作鎮定地說：

「不管啥事，咱都兵來將擋，水來土掩，你慢慢說。」

「你還記得香秀嗎？」

明亮鬆了一口氣，原來馬小萌說的不是她的事，是別人的事；這個香秀，明亮當然記得，就是二十多年前，在延津撒馬小萌在北京當雞的小廣告的那個人；前不久，她還想帶一個爛臉的朋友，到明亮家裡來；因為顧忌那個爛臉的朋友，他們拒絕了；便問：「她怎麼了？」

「她死了。」

明亮大吃一驚，身子一下坐了起來：「死了？怎麼死的？」

馬小萌哆嗦著身子：「三個月前，她給我打電話，說要帶一個爛臉的朋友到咱們家來，我沒讓她來，你還記得嗎？」

「記得呀，這事你跟我商量過。」

「今天我才知道，她說的那個爛臉的朋友，就是她自己；當時，她就是試探一下我，看我讓不讓爛臉的她來我們家。」

明亮拍了一下腦袋，也明白了香秀當初的用意；問：「這麼說，她現在死了，是她的病發作了？」

「她的病沒發作，她在烏蘭察布奶牛場上吊了。」馬小萌又說，「凡是上吊的人，都是對生活無望的人，我當初不也上過吊嗎？如果當時我同意她來咱們家，讓她在咱們家住上幾天，我們倆聊聊說說，說不定她的心就開展了，也就不會上吊了。」

明亮沒有說話，因為他覺得馬小萌說得也有道理；當初馬小萌上吊時，多虧明亮救得及時，帶馬小萌來了西安。

馬小萌：「剛才延津我姑給我打電話，告訴我這個消息，我的第一反應就是，香秀是我殺的。」說著說著哭了，「我們倆曾經有仇，她還打電話給我，想到咱們家來，你想，她已經在世界上多無助了呀。」

又說：「當時，我咋沒想到這一點呢？」

又說：「明亮，能說香秀是我殺的嗎？」

明亮半天沒有說話，因為當年他媽櫻桃上吊了，他就一直責怪自己，他媽的死，跟他那天出去喝汽水有關係；在武漢機務段職工醫院的花園裡，陳長傑也覺得是他殺了櫻桃；如果說香秀的死跟馬小萌有關係，當時香秀想來他們家，馬小萌跟明亮商量過，是他們共同拒絕了香秀，說起來明亮也有責任；記得二十多年前，香秀在延津撒馬小萌小廣告的第二天，明亮曾去香秀家找香秀，香秀已經離開了延津，他看到牆上鏡框裡香秀的照片，香秀圓臉，大眼睛，對著鏡頭在笑，笑起來，臉蛋上還有兩個酒窩。但明亮安慰馬小萌：

「事已至此，埋怨自己也沒用，誰讓她當時不說清楚呢。」

馬小萌哭著說：「我心裡特難受，今天我睡你這兒吧。」

明亮：「睡吧，別再想這事了。」又說，「也怪我，當時沒想那麼多，沒讓你問清楚。」

馬小萌在明亮身邊睡著之後，明亮還睜著眼睛在那裡想，世事難料，兀自又歎了一口氣。

轉眼兩個月過去。這天下午三點多，在「天蓬元帥」吃中飯的客人陸續離開，晚上吃飯的客人，大多從五點多上來。趁著兩個小時空檔，店裡的廚師和服務員，都跑到大雁塔附近的商業街閒逛去了。記得當年明亮和馬小萌在延津「天蓬元帥」打工時，工休時間，明亮愛到飯館後河邊吹笛子。店裡空了，看外邊太陽還好，明亮泡了一壺茶，到飯館門口的桌前坐下，邊喝茶，邊曬太陽，邊看街上來來往往的人。漸漸有些發睏，把身子靠到椅子背上，想打個盹，這時見一人肩扛一個編織袋，大步流星走過來。明亮以為是一個初到城裡打工的鄉下人，也沒在意，誰知這人四處打量，踅摸到明亮飯館跟前，看到

「天蓬元帥」的招牌，把肩上的編織袋放到地上，擦著頭上的汗自言自語：

「就是這裡了。」

看到明亮在門口坐著，這人問：

「請問這飯店是河南陳總陳明亮開的嗎？」

明亮醒過神來，也聽出這人說話，是河南口音，便說：

「是呀？你有什麼事？」

「我要見陳總。」

「你見他什麼事？」

「大事。」

明亮禁不住「噗哧」笑了：「什麼大事，你給我說就行了。」

「給你說不行，得給陳總說。」

「我就是陳明亮。」

「你可不要騙我。」

明亮換成河南口音：「聽我說話，是不是河南人，是不是延津口音？」

這人側耳分辨，笑了：「原來真是陳總。」

接著把編織袋打開，從裡邊掏出一個物件；物件用棉布包著；打開棉布，露出一寬寬厚厚的牌匾；看其破舊的程度，也上幾個年頭了；牌匾上，有四個鏤空雕刻的大字：一日三秋。

明亮看到這匾，從椅子上跳了起來。三個月前，他去河南延津給爺爺奶奶遷墳，聽說原來家裡那棵大棗樹，被塔鋪的老范做成了桌椅板凳；他去塔鋪找到老范，這些桌椅板凳都被老范的子女當劈柴燒了；接著由老范知道，那棵大樹的樹心，被湯陰的老景買走了，老景讓人把它雕成了門匾，掛在自家的門頭上；明亮去了湯陰，誰知老景又把院落賣給了老周，老周把老景家的房子扒了，蓋起一棟洋房；給老周家看門的老頭告訴明亮，當時的門匾上，雕刻著「一日三秋」四個字；這匾，也不知被老周扔到哪裡去了；明亮給看門的老頭留話說，如果誰找到當年這匾，把匾給他，他出十萬塊錢，並把他在西安的位址和手機號碼留給了老頭。沒想到，三個月後，有人把這匾給送了過來。

明亮：「你從哪裡找到這塊匾的？」

「踏破鐵鞋無覓處，得來全不費工夫。」

「啥意思？」

「我家是湯陰鄉下的，當年老周家扒房，我爺爺跟人去搶渣土，搶著了這塊匾。前幾天，聽給老周家看門的老頭說，你覺得這匾主貴，出高價回收，就跟老頭要了你在西安的地址，把它給你送來了。」指著這匾，「你掂一掂，棗木的，沉著呢。我把它從河南背過來不容易。」

明亮掂了掂，果然很沉。

「你說過，誰把這匾找到，給你送過來，你給他十萬塊錢，事到如今，你可不要反悔。」

明亮看著這匾，想起奶奶家裡那棵大棗樹，奶奶在大棗樹下打棗糕的情形，便說：

「放心，只要這匾是真的，我說話算話。」

這人急了：「我從河南大老遠背過來，咋會是假的呢？」

「我給湯陰的老頭留的還有電話，你來西安之前，咋不給我打個電話呀？」

「實物的東西，電話裡哪裡說得清啊，俗話說得好，耳聽為虛，眼見為實。」

明亮覺得他說得也有道理，便問：「你貴姓啊？」

「免貴姓蔡，你就叫我小蔡好了。」

明亮一邊請小蔡坐下喝茶，一邊仔細打量這匾。左右端詳，初看上去這匾是舊物，細看，覺得匾上的漆有些新；說新不是說漆新，而是能看出一個漆點子，從上往下流，擦去的痕跡。明亮拿起匾，放到鼻子上嗅，果然嗅出新漆的味道。明亮覺得事情有些不對，起身去飯館旁邊銀飾鋪老靳處，借了一把小電鑽，回來，對著匾的一角，鑽了進去。小蔡愣在那裡：

「叔，你要幹麼？」

忙上去阻攔，「叔，別破壞文物。」

電鑽已經在匾角上鑽出個眼。從眼裡冒出的，是新木屑。明亮把電鑽拔出來，指著新木屑問小蔡：

「你自己看看，這能是文物嗎？這像十年前的匾嗎？這木頭，能是兩百多年前的樹嗎？」

小蔡愣在那裡，半天，乾笑兩聲，說：「叔，你厲害，被你看出來了。」

明亮：「我是燉豬蹄的，燉出的豬蹄，用筷子一扎，就知道有幾成熟，這也是扎一扎木頭。一扎，就露餡兒了吧？」又說，「到底是咋回事，說吧。」

小蔡又乾笑兩聲：「既然被你看出來了，我就實話給你說吧。」打了自己兩下嘴，「實不相瞞，給老周家看門的老頭，是我三舅，上個月，我去湯陰找朋友玩，路過三舅家，聽三舅說了這件事，覺得是門生意，便找到林州老晉家，讓老晉另找一塊棗木，照貓畫虎再雕一個；誰知老晉心眼軸，說什麼不幹，怕壞了他的名聲；可他不幹，他兒子小晉幹，我和小晉一起，去林州山村裡，買到一塊棗木，小晉把木頭風乾，雕了一個；我倆一起，又找人做了舊。」又說，「這也是不給你打電話，直接來西安的原因，打電話怕你有思想準備，直接見人，一手交錢，一手交貨，之後你發現也晚了，沒想到還是被你看出來了。」

明亮覺得，雖然小蔡要騙他，但聽小蔡說話，也是個老實人。明亮笑了：

「如果騙成了，你從我這兒拿到了錢，你和小晉咋分成呢？」

小蔡：「事先說好了，一人一半。」

又說：「叔，為這事，我從湯陰到林州，周轉跑了大半個月，刻字雕花費工夫不說，找人做舊也不是一時半刻的事，我又好不容易跑到西安，既然被你看出來了，咱就不說原價了，你給個手工費和跑腿費吧。」

「你想要多少手工費和跑腿費呢？」

「說啥你也得給兩萬，我和小晉，一人一萬。」小蔡又說，「就這，我回去以後，說不定小晉還得埋怨我，說我笨呢。」

明亮看匾上的字，雕刻的手藝，雖不能說有十成功夫，但鏤空出的字和旁邊的花紋，馬馬虎虎還看得過去；做舊的程度，不詳細追究，也看不出個子丑寅卯。但說：

「你拿假貨來哄我，我不把你送到派出所就算好的，你還好意思給我要錢。」指著桌上的茶壺和茶杯，「喝茶。喝完拿上東西走人。」

小蔡看明亮：「一萬五。」

明亮仰在椅子上不理他。

「一萬。」

明亮不理他。

「八千。」

明亮不理他。

「五千。」

明亮不理他。

「三千。」

明亮坐起身：「留下吧。」

小蔡：「叔，你刀子下得也忒狠了，三千塊錢，連工本費和路費也不夠。」又歎氣，「可誰讓貨到地頭死呢，三千，也比扔了強啊。」

明亮掃了小蔡手機上的微信，給小蔡的手機上，轉了三千塊錢。小蔡把手機揣上，嘟嘟囔囔地走了。

小蔡走後，明亮去銀飾鋪還電鑽，老靳問：

「剛才你在街上跟人嚷嚷什麼呢？」

明亮便將這塊匾的前因後果給老靳說了，又說：

「匾雖然是假的，但字雕得還行，我就是擔心那塊木頭，不是好木頭。」

老靳：「把匾拿來我看。」又說，「不瞞你說，做銀飾之前，我跟我二姑父學過幾年木匠活兒，活兒做得好壞另說，木質還懂一些。」

明亮便回「天蓬元帥」門前，把牌匾取來，遞給老靳。老靳用手叩這匾，翻來覆去地看，又把眼睛，湊到剛才明亮在匾角上鑽出的眼上看。終於看過，說：

「這塊棗木不知從哪裡來的，但棗木的材質還不錯；按說，一般的棗木還沒這麼硬，它卻硬得像檀木；是棗木，硬得像檀木，兩個騙子花了棗木的錢，買了檀木一樣的材料，還算占便宜了。」

又說：「就這塊匾，從木質上說，撐它個三五百年沒問題。」

又說：「當然，它不是跟奶奶在一起的那棵棗樹上的木頭，再好的東西，成了贗品，也就不值錢了。」

明亮：「贗品雖然是贗品，但曲曲折折，像當年孫二貨那條狗一樣，自己找上門來，也算個緣分。」

老靳點頭：「那倒是。」

下午四點多鐘，飯館的員工陸續逛街回來了。明亮讓員工把「一日三秋」的牌匾擦拭乾淨，掛在了「天蓬元帥」總店牆上正中。晚飯上客人了，有熟客看店裡多了一塊匾，便指著匾上的字問明亮：

「啥意思？」

「『天蓬元帥』的店訓。」

「啥意思？」

「把豬蹄做得，一天不吃，能想三年。」

這天夜裡，明亮夢見，這塊匾又變成了一棵樹，還是奶奶家院子裡，那棵兩百多年的大棗樹；不過不長在奶奶家，長在延津渡口；大樹仍枝繁葉茂，風一吹，樹葉「簌簌」作響。一群人，坐在樹下噴空。有奶奶，有爺爺，有算命的老董，有奶奶故事裡的黃皮子和強牛，還有明亮養過的那條狗孫二貨，還有明亮在延津渡口遇見的那隻中年猴子。平日裡，明亮總會想起的那些人和動物，生活中再也見不到了，現在聚到了一起。老董生前眼瞎，現在不瞎了；孫二貨這隻京巴從來沒去過延津，現在來到了延津；那隻中年猴子，身上的血道子也已經結痂。不過不是人在噴空，而是黃皮子、強牛、孫二貨和中年猴子在噴空，噴牠們一輩子遇到的人和事；你說一段，我說一段，大家時而哈哈大笑，時而熱淚盈眶。看到此情此景，明亮突然想用笛子吹一首曲子；好多年沒吹笛子了，沒想到笛子就在手中；他想隨意吹開去；過去他隨意吹過媽在長江上起舞，奶奶家那棵棗樹不知哪裡去了，吹過他對延津的陌生；現在想吹一首「一日三秋」；一日三秋在哪裡？原來在夢裡，在黃皮子、牛、狗、猴子的噴空裡。把笛子拿起，正要吹出第一個音，突然聽到身後有人說：

「別吹了，都是假的。」

明亮扭頭看，是花二娘，胳膊上挎個籃子，籃子裡裝著燈籠一樣的紅柿子；明亮有些不高興：

「二娘，大家都是真情實意，怎說是假的？」

花二娘：「樹是假的，樹來自『一日三秋』，『一日三秋』的匾也是假的，這噴空能是真的嗎？你想吹一個虛情假意嗎？」

明亮：「二娘，您聽我說一個道理啊，夢是假的，夢裡的事又是假的，但負負為正，其中的情意不就是真的了嗎？人在夢中常哭溼枕頭，您說這哭是不是真的？人在夢中常笑出聲來，您說這笑是不是真的？有時候這真，比生活中的哭笑還真呢。」

花二娘愣在那裡，似乎被明亮的道理說住了；突然翻臉：

「我希望你也明白一個道理，我出門是來尋笑話的，不是尋道理的。」

明亮也突然醒過悶來，但說：

「二娘，您出門尋笑話沒有錯，但這回真不該找我。」

「又像上回一樣，想說你是西安人？」

「上回我人在延津，雖是西安人，算半個延津人，這回我人在西安，是夢裡回到了延津，延津對我是虛的，您不該以虛為實讓我給您講笑話，您說是不是這個道理？」

「你雖然人沒回來，但夢回延津，等於魂魄回到了延津；如果你惹惱了我，我把你魂魄壓到山下，讓你人魂分離，看你在西安怎麼活。」

花二娘又說：「虛有虛的辦法。」

明亮不禁在心裡歎了口氣，上回離開延津的時候，已發誓不再回延津，沒想到夢裡回來了；可誰管得住自己的魂魄呢？說起來，這也是「一日三秋」惹的禍。花二娘得意地：

「沒話說了吧？誰也別想用道理糊弄我，糊弄我，等於糊弄你自己。」

明亮手中的笛子，頃刻間不見了，笛子並不能吹出笑話給花二娘聽；也是大禍臨頭，明亮急中生智，忙說：「二娘，說起道理本身，我倒有個笑話。」

「啥笑話？」

「道理當然糊弄不了您，但道理可以糊弄許多人。在生活中，許多道理也是假的，可天天有人按真的說，時間長了就成真的了；大家明明知道這道理是假的，做事還得按照假的來，裝得還像真的；您說可笑不可笑？還不如夢裡真呢。」

花二娘倒想明白這層道理，「噗嗤」一聲笑了：「你拐到這裡來了。」又說，「算你說了個擰巴的笑話吧。」又說，「讓道理成為笑話，總顯得有些沒勁，還不如你上回說的黃色笑話好玩呢。」

可上回說的黃色笑話，來自明亮一輩子的傷痛；這樣的笑話多了，明亮早活不下去了；又見笑話說完，花二娘並沒有賞他紅柿子的意思，便說：

「二娘，我知道我笨嘴拙舌，給您老說笑話有些勉強，以後我接受教訓，夢裡也不回延津了。」

花二娘：「你要徹底不回延津，我們也算一刀兩斷。」又說，「延津有五十多萬人，多一個少一個，難為不住我。」

明亮：「那是自然。」

明亮轉身離開；走了兩步，又停住說，「二娘，臨別之際，我想問一件事。」

「什麼事？」

「我也是瞎操心，您別介意。」

「知無不言，說吧，我不介意。」

「您在延津待了三千多年，天天找笑話，延津的笑話，會不會像魚池裡的魚一樣，早晚被您撈光呢？」

花二娘笑了：「你太小瞧延津了，就笑話而言，延津不是個魚池，是條奔騰不息的大河，要不它在黃河邊呢；魚池裡的水是死的，河水卻流水不腐，生活不停，新產生的笑話就不停。當然，就我蒐集的笑話而言，絕大多數的笑話，像你剛才說的笑話一樣有些水，有些勉強；但如水一樣的笑話，還是川流不息呀。」

「您老在延津待了三千多年，有沒有延津人，說出特別精彩的笑話？」

花二娘：「偶爾還是有的，一句話，就把我逗笑了。」又說，「但不會天天有，得耐心等待。」又說，「說起來，這得感謝兩種人。」

「哪兩種人？」

「一種，說來沒來的人，譬如講像花二郎，我一直在延津等他，他不來，我就不敢走，這就給了我等好笑話的時間；還有一種，走了還沒回來的人，譬如講像你媽櫻桃，我就想著，萬一哪天她回來了，不定從外邊帶來什麼好笑話呢。」

「二娘，這就是您的不對了，您除了感謝說來沒來的人，走了還沒回的人，就是不知道感謝整天給您說笑話的延津人，雖然他們說的笑話有些水；那些不會說笑話的延津人，還被您壓死不少；延津自您來了之後，人人都膽戰心驚啊。」

「說起來，我也是萬般無奈呀。來延津之前，我是一個會說笑話的人，不需要別人給我說笑話；來到延津之後，變成一個乞丐，別的乞丐是討飯，我是討笑話；沒有笑話餵著，就活不下去；你以為一到晚上，是我非要去大家夢裡找笑話？錯了，不是我，是有一個人，附到了我身上，一直附了三千多年。」

又說：「是他，非要把生活活成笑話。」

又說：「我想離開延津，可我已經變成了一座山。」

明亮吃了一驚：「這人咋這麼壞，害你不淺。」

花二娘：「對我，也有好處呀。」

「啥意思？」

「跟著他，天天吃笑話，三千多年過去，我才能這麼長生不老哇，你看，我是不是還是十七八歲的小姑娘模樣？」

明亮愣在那裡：「原來是這樣。」又問，「這個人是誰？」

花二娘：「天機不敢洩露。」

又說：「洩露了，他沒了，我不也就沒了嗎？」

又說：「他也知道，是他早年留下的病根，非用笑話才能治癒，讓我陪他玩了三千多年，讓延津人陪他玩了三千多年，可到現在病情也沒好轉，他也心裡有愧呀，可他說，他也作不了主呀。」

又說：「你說，這件事本身，是不是也是個笑話？」

明亮想想，笑了。

花二娘：「你要跟延津一刀兩斷，我才告訴你，對延津人，我可不敢這麼說。」又指著明亮，「打死，也不能說出去，不然，像你夢回延津一樣，我也夢去西安，讓你喝胡辣湯。」

明亮猛地驚醒，看窗外，月光如水。再想起花二娘在夢中說的話，雖然不知道這個附在花二娘身上的人是誰，但突然明白他患的什麼病，嚇出一身冷汗。

第四部分

精選的笑話和被忽略的笑話

其一　延津人一句話說笑花二娘的笑話精選

一、給萬里長城貼上瓷磚。
二、給飛機裝上倒檔。
三、給喜馬拉雅山裝上滾梯。
四、給太平洋清個淤。
五、給所有人的肚子裡都裝上笑話機。
……
（被花二娘記到了筆記本上。）

其二　在延津沒說過的笑話精選

一　花二郎是如何死的

古時的西北，有幾支少數民族，其中一支叫冷幽族，以說笑為生，周遊列國，居無定所。族中一人笑話說得最好，叫花大爺。花大爺說笑話，聽者笑，花大爺不笑，甚至問：這好笑嗎？花大爺愛說的一個笑話叫「向日葵」，向日葵天天迎著太陽轉，突然一天不轉了，太陽停下問：怎麼不轉了？向日葵：

脖子斷了。太陽：看你脖子還可以呀。向日葵：脖子可以，裡面的軸斷了。太陽急了：組裝的呀，假的呀？花大爺說笑話時，愛用「不在話下」四個字。花大爺：這向日葵果真是組裝的，不在話下；這猴子一個筋斗，十萬八千里，不在話下；這人與狐狸成親，幾年後兒女成群，不在話下；這好漢一時性起，一刀搠去，那無賴應聲倒地，也不在話下。到了宋元時期，話本中愛用「不在話下」四個字，源頭就在這裡。

花大爺領著族人，這天轉到了活潑國。冷幽族在集市上說笑話，眾人笑；進宮說笑話，國王笑，滿朝文武笑；國王邀請他們到家裡說笑話，王后妃子笑，王子王孫笑，其中數國王的四兒子笑得歡，笑得前仰後合。國王：

「花大爺，你看，這兒的人都活潑，愛聽笑話，你們就別周遊列國，在這兒住下吧。」

又說：「俗話說得好，笑話好說，知音難求。」

又說：「留下來，等於冷幽族也有了一個故鄉。」

花大爺與族人商量：「這裡陽光普照，雨露滋潤，政通人和，國王邀請，要不，我們就留下吧？」

大家也是奔波累了，紛紛說：「聽花大爺的。」

「不然一年四季在外邊奔波，何時是個頭哇。」

「機不可失，時不再來。」

於是冷幽族在活潑國定居下來，造屋建院，生兒育女，也不在話下。

話說十年過去，國王駕崩，四兒子繼位。誰知四兒子不喜歡笑話，改國號為「嚴肅」。新國王登基，開宗明義：

「從此，希望大家都嚴肅起來。」

又說：「讓嬉皮笑臉見鬼去吧。」

這時有大臣出班上奏：「現國內有一冷幽族，整日挑唆大家嘻嘻哈哈，怎麼處置？」

新國王：「嘻嘻哈哈敗壞民風，嘻嘻哈哈敗壞人心。」

又說：「這是深仇國和大恨國蓄謀已久的陰謀，這是他們派遣的第五縱隊。」

下令屠族。官軍連夜圍封冷幽族，該族男女老少一百多口子，如砍瓜剁菜一般，腦袋都被剁了下來。花大爺臨受刑之前說：

「誰能想得到哇，當年給老國王說笑話時，數他笑得歡。」指的是新國王了。

「原來是裝的，全天下數他會裝。」

「這是老國王也沒有想到的。」

「我說了一輩子笑話，這才是最大的笑話。」

冷幽族被屠，只有一男一女兩個人逃了出來。被屠那天晚上，他們兩個沒在家中，跑到野外野合去了。野合完回城，聽到街上議論紛紛，冷幽族已經被屠，兩人哭都沒敢哭，商議：我們逃吧。女的問，逃到哪裡呢？男的說，前幾天在集上，我碰到一說書人，頗懂說笑，老家是延津的，要不我們去延津吧。正說間，街上人喊馬叫，官軍在搜捕冷幽族的餘黨，把兩人也衝散了。衝散之前男的喊：

「延津渡口見。」

女的：「知道了。」

這男的十八歲，叫花二郎；女的十七歲，本名叫柳鶯鶯，從這天起，改名花二娘。

花開兩朵，各表一枝，不說花二娘如何歷經艱難曲折去的延津，單說花二郎一路向東，歷經戰亂、霍亂、瘧疾和蕁麻疹，三年五個月零二十三天，終於也來到延津。到延津時，已是傍晚。來到渡口，花二娘已回車馬店歇息，那時沒有手機，花二郎不知道花二娘是否到達延津，三年多之中，路途上是否遇到閃失；看著滾滾東去的黃河水，心中煩悶。這時感到肚子餓了，踱進岸邊一家飯館。店老闆坐在櫃檯後，手支著頭，正看酒缸前兩隻花貓打架；花二郎：

「大哥，店裡有什麼好吃的？」

店老闆：「既然到了黃河邊，當然得吃一條黃河大鯉魚。」

便帶花二郎去後院魚池旁挑魚。魚池裡，十幾條大鯉魚在水裡游動，還有一條翻起白肚，已經死了。花二郎：

「別人都在游，牠怎麼死了？」指的是那條死魚。

「氣的。」

「因為什麼？」

「在池子裡待了半個月，沒人相得中，沒人買牠。」

三年五個月零二十三天，花二郎頭一次笑了。

花二郎就著泡餅吃魚間，又進來幾波顧客。渡口沼澤地多，蚊子也多，旁邊桌前一個顧客，啪的一聲，打死一隻蚊子：朋友，見不著你媽媽了。另一隻蚊子急忙飛走了。這人：給牠媽報喪去了。花二郎又笑了。知道他來延津來對了，這裡的人，像當年的活潑國一樣，愛講笑話。這時又進來一人，鄰桌的人問那人：又是吃過來的？又是不喝酒？花二郎知道是朋友間說笑，但對這來言如何應答，他是冷幽族的後人，也想不出好的去語；沒想到進來那人悠悠地說：吃過昨天的了，不喝假酒。花二郎佩服之餘，拊掌大笑；沒想到他忘了正在吃魚，一根三叉魚刺，卡在喉嚨裡，吐吐不出來，吞吞不進去；一時三刻，竟被這根魚刺給卡死了。或者，竟被一個笑話給卡死了。眾人施救不及，飯館老闆也慌了手腳，雖然花二郎是被魚刺卡死的，但人死在他的飯館裡，他對這死也脫不了干係。剛才聽口音，花二郎像是外地人，老闆便對眾人說，事不宜遲，我帶他去看郎中。扛起花二郎，便往外走。走出一里多地，看看左右沒人，來到黃河邊，說：大哥，既然你是被笑話卡死的，趁著剛才笑話的熱乎氣，到極樂世界去吧。

「撲通」一聲，把花二郎扔到了黃河裡。

三千多年來，花二娘一直以為，或許因為戰亂，花二郎死在了延津之外；三千多年來，花二娘立足延津，望延津之外；或立足延津，忘延津之外；其實，這個該望和忘的人，就在延津；當然，也不在延津，隨著黃河水滾滾東去，去了東海。

三千多年來，許多延津人知道這事，但沒有一個人敢對花二娘講。特別是，不敢在夢裡當笑話講。

這才是延津最大的笑話。

二　櫻桃在何處登了岸

江西九江有許多漁戶，祖祖輩輩，在長江上打魚為生。清晨出江，傍晚歸來，將捕到的魚蝦，賣給集市上的魚販。漁戶之中，有一姓陳的漢子，人稱陳二哥，這天傍晚正要收船，看到船頭江水湧動，泛起白浪，以為遇到一群順江歸海的魚群，大喊一聲：慚愧，該我撈著。對著白浪，又撒了一網。收網時，覺得這網比平日沉重，心中暗喜，原來是些大魚。奮力將網拽起，大吃一驚，網中網起的不是魚，而是一個俊俏的小媳婦。小媳婦打量陳二哥的衣帽穿戴，抹了一把臉上的江水：

「大哥，你們這是哪朝哪代呀？」

「宋朝哇。」陳二哥答。接著問，「你是誰呀？」

「我叫櫻桃。」櫻桃知道自己順著流水回到了宋朝。

「為何要跳江呀？」陳二哥問。

「一言難盡。」

岸邊有一酒家，店主姓宋，老宋的渾家叫老馬。陳二哥把船搖到岸邊，將櫻桃領到店裡。老馬見陳二哥領進一渾身溼漉漉的小媳婦，便問：

「陳二哥，從哪裡拐來個小媳婦？」

陳二哥：「不是拐來的，是從江裡撈上來的。」

歷朝歷代，不想活的人都大有人在，在長江邊生活的人，對跳江這事也就見怪不怪，老馬便說：

「既然救上來了，趕緊向火。」

「向火」，在宋朝，就是去炭火盆前「烤火」的意思。「向火」之前，老馬又拿出自己的一身衣服，讓櫻桃去裡間換上；櫻桃從裡間出來，趕忙施了一禮：

「多謝大嫂。」

向火間，老馬問櫻桃：

「聽口音，你是外地人呀？」

「不遠萬里，來到此地，還望大嫂多多關照。」

「好一個俊俏的小媳婦，在這裡給你找個婆家可好？」

「全憑大嫂主張。」

「那你不想家嗎？」

「如果想家，我就不會到這兒來了。」

「為何不想家呢？」

「一言難盡。」

「你家在哪裡？」

「不說為好。」

老馬知道這小媳婦有難言之隱；沒有難言之隱，誰會跳江呢？便不再問；突然想起什麼：

「事到如今，你吃飯沒有哇？」

櫻桃：「跳江之前，沒有吃飯。」

老馬吩咐夥計：「去捉一條活魚，給小娘子熬個魚湯，讓她先暖和暖和身子再說。」

櫻桃又趕忙施禮：「多謝大嫂。」

夥計便去後院魚池撈魚。這時一人頭戴方巾，邁著四方步，進店裡來。一個書童，捧著筆墨紙硯，跟在他的身後。這人是老馬的表弟，九江一個秀才，老宋老馬都不識字，春節之前，表弟來給表姊家書寫春聯。捉魚的夥計，捧著一條活魚，從後門進來，不偏不倚，撞到書童身上，魚也不偏不倚，跳到書童臉上，書童「哎呀」一聲，把手中一方硯臺，砸在櫻桃前胸上。櫻桃「哎喲」一聲，倒在地上。老馬一邊埋怨夥計：

「你這後生，好生莽撞。」

又埋怨書童：「你一讀書人，也恁地毛手毛腳。」

一邊將櫻桃攙起：「小娘子，砸得要緊不要緊？」

櫻桃是平胸，捂著胸口：「大嫂，不妨事，就是心口有些痛。」

老馬便將櫻桃攙扶到裡間，讓她躺在床上歇息。

櫻桃歇息間，聽到外間那書生和幾個漁夫，在分析剛才硯臺砸到櫻桃前胸上的後果。大家七嘴八舌，說，硯臺砸在平胸上，會出現三種情況：一、胸被砸得更平了；二、胸被砸凹下去了；三、胸被砸得還能腫起來點兒。

櫻桃不由得生起氣來，老娘被砸成這樣，你們還拿老娘尋開心，是何道理？宋朝人也忒不講究——

要衝出去與他們理論；但轉念一想，這倒是一個連環笑話，而且連環之中，又是一句一個笑話。又想起，按閻羅的規矩，一個一句一個的笑話，頂五十個普通笑話；現在連環中皆是一句一個笑話，連環套連環，又頂五十個一句話笑話了。櫻桃轉怒為喜，便把這笑話記在心中，想著回頭學給閻羅，她人也就轉生了。被人尋開心和轉生比起來，還是轉生重要啊。爺，我逃不出您的手心，但我會給您講笑話。接著不由得感歎，小娘子從延津輾轉到武漢，又到九江，歷經波折，風風雨雨，沒想到重生卻在這裡；也沒想到，最後救她的，竟是宋朝人。

這也不在話下。

第五部分

《花二娘傳》的開頭

這是本笑書，也是本哭書，歸根結柢，是本血書。多少人用命堆出的笑話，還不是血書嗎？……

（以下無）

附錄

生活停止的地方，文學出現了
——劉震雲答客問

劉震雲的作品總帶有幽默的底蘊。只可意會，翻譯成他國文字總難以言傳。所以他說：「這樣的幽默也會對我作品的轉化帶來困擾，比如說翻譯。」接著又補一句：「因為漢學家都不幽默。」儘管他的作品早已翻譯成十多國語言。

《一日三秋》故事起始於傳說中愛聽笑話的花二娘，地點是他作品一再出現的家鄉河南延津。台灣版出版前夕，劉震雲特為讀者解惑：

一、書名為何取《一日三秋》？

「一日三秋」，一方面說的是時光；同時說的是懷念和掛念，懷念的日子，一日三秋；另一方面說的是在生活中的頓悟，頓悟的瞬間，一日三秋。

二、這是「一」系列之一，與《一句頂一萬句》相較，都是以小搏大，就書名而言，一個是時光，一個是語言，書名背後的意義應該不止如此吧？

許多人都問，我好多部作品的名字，都是「一」字開頭或與「一」字有關，如《一地雞毛》、《一腔廢話》、《溫故一九四二》、《一句頂一萬句》、《一日三秋》，是不是有意為之？我的回答是，有意為之是件痛苦的事，給每部作品起名字的時候，我沒想那麼多；但走著走著，抬頭一看，它們像天上的大雁一樣，竟自動排成了行。我這麼說，估計大家也不信。不信就不信吧，一個作品名字，不是什麼經天緯地的大事。

《一句頂一萬句》說的是語言，《一日三秋》說的是時光、懷念和頓悟。除此之外，它們相同的地方是，寫的都是不愛說話的人，楊百順和牛愛國不愛說話，明亮也不愛說話；不同的地方是，《一句頂一萬句》寫的是人，是眼前的時光，《一日三秋》除了寫人，也寫到了花二娘（神）、櫻桃（後來成了鬼）、孫二貨和中年猴子（動物），及時光的穿梭（從現在回到了宋朝、從三千多年前來到目前）。

三、你好像對家鄉美食、生活很有感觸，像「天蓬元帥」豬蹄，從取名到做法都很到位。

家鄉的美食和生活習慣，頻繁地出現在我的作品裡；「延津」作為一個地名，也頻繁出現在我的作品裡。有人問，你是不是跟福克納一樣，要把延津畫成一張郵票呀？我的回答是，我不畫郵票，就是圖個方便。作品中的人物，總要生活在一個地方；作品中的故事，總要有一個發生地；如果讓這人的故事，發生在延津，我熟悉的延津胡辣湯、羊湯、羊肉燴麵、火燒，還有豬蹄……都能順手拈來，不為這人吃什麼發愁；還有，這人的面容，皺褶裡的塵土，他的笑聲和哭聲，他的話術和心事，我都熟悉，描述起來，不用另費腦筋。

四、真有花二娘這個傳說？她和豬蹄可是貫穿全書。

《一日三秋》出版後，常有一些朋友問，延津真有花二娘這個傳說嗎？真實的情況是，延津並沒有花二娘這個傳說，只是作品中的一個想像。

如同我常常寫到延津，一些朋友，會把書中的延津，跟現實的延津混淆起來。現實的延津不挨黃河，縣境之內，沒有自發的河流，是個缺水的地方，但《一句頂一萬句》中，卻有一條洶湧奔騰的津河，從延津縣城穿過。元宵節鬧社火的時候，津河兩岸鑼鼓喧天，人山人海；第二天早上，沿河兩岸，剩下一地鞭炮的碎屑和眾人擠丟的鞋。一些讀過《一句頂一萬句》的朋友去了延津，從南到北，從東到西，在縣城走了一遍，問：河呢？塔鋪是延津的一個鄉，我寫《塔鋪》的時候，以「我」為主人公；在高考複習班上，「我」與一位清秀的女孩李愛蓮，發生了純潔的愛情。一些朋友去了塔鋪，四處打聽：李愛蓮的家在哪條街？《一日三秋》的開篇，從六叔和六叔的畫寫起。一些讀了這本書的朋友也會問：延津真有六叔這個人嗎？延津也沒有六叔這個人，但他和花二娘出現在了《一日三秋》裡，他們就在書中永遠活了下來。

我的意思是，什麼叫文學？生活停止的地方，文學出現了。

劉震雲創作年表

一九八一年
八月，出版《故鄉天下黃花》（長篇小說）中國青年出版社、作家出版社出版（二〇〇九年六月）。

一九八九年
一月，出版《塔鋪》（小說集）作家出版社，獲一九八七－一九八八年全國優秀短篇小說獎。

一九九二年
五月，出版《官場》（小說集）華藝出版社、長江文藝出版（一九九二年十二月）。
六月，出版《一地雞毛》（小說集）中國青年出版社、長江文藝出版社（二〇〇四年三月）、人民文學出版社（二〇〇六年一月），獲一九九〇－一九九一年《中篇小說選刊》優秀作品獎、第五屆（一九九一－一九九二年）《小說月報》優秀中篇小說「百花獎」。

一九九三年

一九九六年
三月，出版《故鄉相處流傳》（長篇小說）華藝出版社。
一九九八年
五月，出版《劉震雲文集》（四卷）江蘇文藝出版社。
一九九九年
九月，出版《故鄉麵和花朵》（長篇小說，四卷）華藝出版社。
十一月，出版《劉震雲》（小說集）香港明報出版社、人民文學出版社（二〇〇〇年九月）、文化藝術出版社（二〇〇一年九月）、現代出版社（二〇〇五年八月）。
二〇〇〇年
被《中華讀書報》評為「二十世紀中國二十位文學大師」之一。
《一地雞毛》被《中華讀書報》評為「二十世紀世界百部文學經典」之一。
《故鄉天下黃花》被三聯書城評為「二十年中對中國影響最大的一百本書」之一。
二〇〇二年
一月，出版《一腔廢話》（長篇小說）中國工人出版社。
二〇〇三年
十二月，出版《手機》（長篇小說）長江文藝出版社、作家出版社（二〇〇九年七月）。改編《手機》電影版，由馮小剛導演，獲中國電影百花獎等大獎。

二〇〇四年

一月，《手機》被《中華讀書報》評為二〇〇三年「年度最佳小說」。

四月，臺灣出版《手機》（長篇小說）九歌出版社。

二〇〇五年

四月，臺灣出版《那些微小又巨大的人》（小說集）。

二〇〇六年

五月，出版《劉震雲精選集》（小說集）北京燕山出版社。

二〇〇七年

十一月，出版《我叫劉躍進》（長篇小說）長江文藝出版社、作家出版社（二〇〇九年六月）。

日文版《溫故一九四二》被日本圖書協會選為二〇〇七年度向日本公共圖書館推薦的最佳書籍。

《我叫劉躍進》被香港《亞洲週刊》選為「二〇〇七年十大中文小說」。

二〇〇八年

三月，臺灣出版《我叫劉躍進》（長篇小說）、《一地雞毛》（小說集）九歌出版社。

二〇〇九年

三月，出版《一句頂一萬句》（長篇小說）長江文藝出版社、香港明報出版社（二〇一〇年一月）；《劉震雲文集》（十卷）人民文學出版社。

八月，臺灣出版《一句頂一萬句》（長篇小說）九歌出版社。

二〇一〇年

六月，臺灣出版《故鄉天下黃花》（長篇小說）九歌出版社。

二〇一一年

八月，《一句頂一萬句》獲得第八屆茅盾文學獎。

二〇一二年

八月，出版《我不是潘金蓮》（長篇小說）長江文藝出版社、香港天地圖書出版社（二〇一三年二月），台灣九歌出版社同步出版。

十二月，出版《溫故一九四二》（中篇小說）長江文藝出版社獲第五屆（一九九一—一九九二年）《小說月報》優秀中篇小說「百花獎」。

改編《一九四二》電影版，由馮小剛導演，獲得羅馬國際電影節、伊朗國際電影節、北京國際電影節、臺灣金馬獎、香港金像獎、中國電影金雞獎、中國電影百花獎、中國華表獎等多項大獎。

二〇一三年

二月，因電影《一九四二》（*Back to 1942*），獲三十一屆伊朗國際電影節最佳編劇獎。

四月，臺灣出版《溫故一九四二》（小說集）九歌出版社。

二〇一四年

九月，因電影《一九四二》，獲二十九屆中國電影金雞獎最佳劇本改編獎。

十二月，因電影《一九四二》，獲第十五屆中國電影華表獎最佳劇本改編獎。

七月，《我不是潘金蓮》獲香港第五屆「紅樓夢獎：世界華文長篇小說獎」「專家推薦獎」。

二〇一五年

六月，瑞典文《我不是潘金蓮》被瑞典文化部評為二〇一五年上半年六十本好書之一。

二〇一六年

一月，獲開羅國際書展表彰獎。

六月，《一句頂一萬句》被瑞典文化部評為二〇一六年上半年六十本好書之一。

八月，出版《劉震雲作品典藏版》（十二卷）。

九月，電影《我不是潘金蓮》（*I am not Made Bovary*），獲第四十一屆多倫多國際電影節「費比西」獎，獲第六十四屆聖巴斯蒂安國際電影節「最佳影片」獎。

二〇一七年

二月，因電影《一句頂一萬句》（*Someone To Talk To*），獲柏林電影節「亞洲璀璨之星」最佳編劇獎。獲卡薩布蘭卡國際書展表彰獎。

四月，因電影《我不是潘金蓮》，獲第八屆中國電影導演協會二〇一六年度最佳編劇獎等。獲阿布達比國際書展表彰獎。

十一月出版《吃瓜時代的兒女們》（長篇小說）長江文藝出版社、香港天地圖書出版社（二〇一八年四月）。

二〇一八年

一月，《吃瓜時代的兒女們》被香港《亞洲週刊》評為兩岸三地及東南亞十大小說之一。

四月，臺灣出版《吃瓜時代的兒女們》（長篇小說）九歌出版社。被法國文化部授予「法蘭西文學和藝術騎士勳章」。

七月，《吃瓜時代的兒女們》獲香港第七屆「紅樓夢獎：世界華文長篇小說獎」「專家推薦獎」。

二〇二一年

七月，出版《一日三秋》（長篇小說）花城出版社。

十二月，《一句頂一萬句》入選《鐘山》和《揚子江評論》聯合評出的「新世紀文學二十年二十部長篇小說」專家榜、讀者榜。

二〇二二年

一月，《一日三秋》被《文學報》評為二〇二一年度十大好書；被香港《亞洲週刊》評為二〇二一年度全球華人十大小說。

七月，出版《劉震雲作品選》（六卷）花城出版社。

二〇二三年

五月，臺灣出版《一日三秋》九歌出版社。

劉震雲英文網站：http://liuzhenyun.net/index.php

劉　震　雲　作　品　集　9

一日三秋

國家圖書館出版品預行編目 (CIP) 資料

一日三秋 / 劉震雲 著 . -- 初版 .-- 臺北市 :
九歌出版社有限公司 , 2023.05
　面 ; 14.8 × 21 公分 . -- (劉震雲作品集 ; 9)
ISBN 978-986-450-562-3 (平裝)
857.7　　　　112005016

作　　者——劉震雲
責任編輯——鍾欣純
創 辦 人——蔡文甫
發 行 人——蔡澤玉
出　　版——九歌出版社有限公司
台北市 105 八德路 3 段 12 巷 57 弄 40 號
電話 / 02-25776564・傳真 / 02-25789205
郵政劃撥 / 0112295-1

九歌文學網　www.chiuko.com.tw

印　　刷——晨捷印製股份有限公司
法律顧問——龍躍天律師 ・ 蕭雄淋律師 ・ 董安丹律師
初　　版——2023 年 5 月
定　　價——400 元
書　　號——0111009
I S B N——978-986-450-562-3
9789864505630（PDF）